윤석순 장편소설

낯선 출구

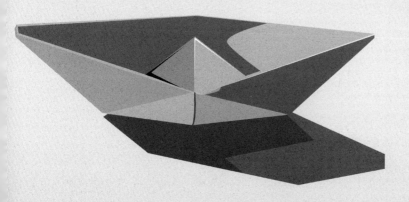

청어

낯선 출구

윤석순 지음

발행처·도서출판 **청어**
발행인·이영철
영 업·이동호
홍 보·천성래
기 획·남기환
편 집·방세화
디자인·이수빈 | 김영은
제작이사·공병한
인 쇄·두리터

등 록·1999년 5월 3일
(제1999-000063호)

1판 1쇄 발행·2020년 6월 20일

주소·서울특별시 서초구 남부순환로364길 8-15 동일빌딩 2층
대표전화·02-586-0477
팩시밀리·0303-0942-0478
홈페이지·www.chungeobook.com
E-mail·ppi20@hanmail.net
ISBN·979-11-5860-852-1(03810)

이 도서의 국립중앙도서관 출판시도서목록(CIP)은 서지정보유통지원시스템 홈페이지
(http://seoji.nl.go.kr)와 국가자료공동목록시스템(http://www.nl.go.kr/kolisnet)에서 이용
하실 수 있습니다.(CIP제어번호: CIP2020021326)

후원 울산광역시 울산문화재단
울산문화재단 2020 울산예술지원 선정사업

낯선 출구

작가의 말

꼭 멈춰버린 것 같은 긴 시간의 터널 속을 헤맨 느낌이다. 코로나19가 우리의 삶을 점령해버린 느낌 탓이랄까. 그 암울한 시간을 먹고 잉태한 한 편의 소설을 세상 밖으로 내보낸다. 감회이기보다는 자신의 게으름에 희석이 된 것 같아 다행으로 여긴다. 그런데, 시간을 톡톡히 먹은 소설이 무척 어둡다는 것이 유감이다. 물론, 소설은 대체로 어둡지만……

이번 소설을 키우면서 실화인 걸 잊은 채, 많이 고민했다는 걸 고백한다. 주인공에 푹 빠진 나머지 현실에서 전전긍긍하였다. 그것이 작품에 충실한 입증이길 소원해본다.

때로는 주인공에 빠져든 나머지 알게 모르게 괴로워했다. 서러움에 흐느적거렸고, 익숙한 분노에 가슴이 저릿저릿 아파 쿵쿵거렸다.

소설을 엉덩이로 쓴다는 말이 합당한 표현 같다. 그렇다고 꼭 엉덩이로만 쓰는 작업도 아닐 터이다. 그럼에도 소설을 손으로 쓰는 작업이라 생각하면 커다란 오산임을 깨닫는다. 마음도 몸도 작품 속에 풍덩 빠졌으니, 겉돌지 않았던 게 확실하다.

작품을 쓰면서 딸의 존재에 대해 공부하고 싶었다. 아니, 여자란 존재에 대해 깊은 생각에 잠겼다. 왜냐면 딸로 태어난 내가 화두의 한복판에 있었다는 점에서다. 내 부모 역시 성차별에 뛰어난 이들이다. 그러나 내 부모가 모델이 될 수 없다는 걸 밝혀둔다.

소설을 키우는 동안 분노에 능숙했던 기억은 이제 가만가만 떨쳐내야겠다. 자꾸만 답답한 순간들이 가슴 깊이 독점하고 있다는 착각인지 모르겠다.

또 한 편의 분신이 세상 밖으로 나온 데 대해 큰 숨을 몰아 쉬어본다. 무겁게 부여받은 숙제를 마친 기분이 들어서다. 잠시 일탈을 해도 용서받을 수 있을 것 같다. 긴 시간을 얽매인 반복의 일상에 홀가분한 마침표 한 개를 찍을까 보다. 야구는 9회 말에 끝난다지만, 사람들 세상에 9회 말은 끝이 아니면 좋겠다.

작품을 잉태시켜 준 주인공에게 한 번 더 그리운 안부를 전하고 싶다. 저 먼 천상에서만은 어떤 서러움이나, 고통 없이 부디 행복하시길 빌어본다.

2020년, 산수유 피는 계절에

윤석순

차례

✳ 첫 머리

'터분'이란 이름의 장 여사는 내 남편을 낳아준 시어머니다. 시아버지의 늦깎이 부인이면서 우리 두 아들놈의 할머니이다.

나는 때늦었지만 이제 와서 천상으로 가고 없는 장 여사에 대한 기억들을 구구절절 회상해보려 한다. 내 남편을 낳아 평범하게 길러 결혼까지 시켜 준 장 여사의 지난날 실상들을 이제 와서 왜 공개하느냐고, 따져 물으면 할 말은 그거다. 장 여사는 내 남편의 어머니란 신분을 내세워, 내 아들놈의 할머니인 지위를 능가하여, 정말 많은 스트레스를 내게 주저리주저리 안겨 준 장본인이기 때문이다. 그때 받은 아픈 상처와 스트레스로 하여 오늘날 폐암까지 앓게 된 나의 속내를 털어놓는 의미에서이다. 살아 있을 때, 장 여사가 상처를 준 말이나, 군림한 갖가지 일들을 대충만 기억해도 내 표정은 금방 일그러지고 우울해진다. 아니, 나의 흘러간 시간들이 속 쓰라린 나머지 흐느적흐느적 기운이 빠져버린다. 정말 유감인 것은 장 여사가 내 젊은 시절에 제공한 스트레스로 인하여 이젠 6개월이란 시한부 인생을 살고 있다는 점이다. 시한부 족쇄로 여위어 가는 내 인생이 서러워 자지러진다 할까, 갓 스물에 코를 꿴 시집 살던 때의 가슴앓이를 잊을 수 없어 뼛골이 마디마디 저리다 할까, 목청 터지게 통곡을 해도 부족하리만치 허탈하달까.

✸ 신혼여행

계절이 성큼 깊은 가을로 내려앉았다. 지난밤 내린 비에 얼굴을 씻은 담쟁이 잎들이 황홀한 붉은 색으로 물들었는데, 때맞춰 우리들의 결혼식이 진행되고 있었다. 속담에 떡 데친 물에 중의(남자의 여름 홑바지) 데친다고, 시아버지의 칠순 생일을 겸한 시월의 하루였다.

결혼식장은 공영시장 옆에 나란히 붙은 2층 홀이었다. 신랑은 감청색 슈트를 입은 갓 스물의 애송이고, 나는 그 동갑내기 신부였다. 향긋하면서도 우아한 국화 화분으로 꾸민 예식장은 하객들이 쳐 준 뜨거운 축복의 박수에 흠뻑 취해있었다.

예식을 끝내자마자 우리는 시부모님께 정성스럽게 폐백을 올렸다. 시아버지는 주름진 얼굴에 하회탈처럼 싱글벙글 함박웃음을 지었다. 그때, 잔 가득 부은 폐백 술을 받아 마시며, 기쁨이 넘치는지 엄지를 척 치켜 올려 세웠다.

"좋은 날이다! 오늘, 아들놈을 어른으로 맹글고 보니까네, 기분 정말 좋고, 최고다! 최에 고오!"

시아버지가 엉덩이춤을 덩실덩실 추더니, 절값이라며 내 앞에 봉투 한 개를 내놓았다. 또한 새내기 부부가 명심해주기 바란다면서 넉넉한 덕담도 들려주었다.

"금쪽같은 내 아들! 천사 같은 내 며늘아가! 자알 묵고, 자알 살기 바란데이! 부디, 부디!"

그때, 옆에서 친척인 하객이 맞장구를 쳤다.

"맞심다, 형니임! 자알 묵고, 자알 사는 기 최고지예! 허허허!"

그 뒤를 이어 장 여사가 신랑과 내가 붙잡은 흰 수건 위로 밤과 대추 한 줌을 훌쩍 던져 주었다. 그러곤 당부의 말 한 마디를 보탰다.

"신랑 말고 신부, 시에미 말 잘 들어래이! 첫날밤에 알밤과 대추를 오독오독 맛나게 깨물어 묵어야 자알 산다카더라! 그리고⋯⋯."

그때, 장 여사의 당부 말이 길어질까 봐서 그런지 시아버지가 농담 삼아 거들었다.

"오늘 멘치로 기쁜 날은, 잘 묵고 잘 사는 한 마디만 하소! 짤막하니⋯⋯."

"자알 살믄 참말로 좋고! 더 좋아라꼬 시에미가 첫날밤 숙제 하나 내 줄라 카는데, 얼라대이, 얼라!"

시아버지도 장 여사의 말에 맞장구를 치며 큰 소리로 웃었다.

"맞다! 얼라가 최고대이, 최고! 허허허!"

시아버지의 웃음 끝에 장 여사가 한 마디를 더 보탰다.

"얼라가 다 얼라가? 아들만 펑펑 낳아래이, 아들!"

장 여사의 말을 듣던 하객들이 합창을 하듯 와하하 웃어댔다. 장 여사가 겸연쩍은지, 우리를 향해 재촉하였다.

"자, 대강대강 절 받을 사람도 다 받았겠다, 얼른 신혼여행 가야제! 늦으모, 밤중에 길 헤맬라."

우리는 반짝반짝 광택이 눈부신 검정 택시를 대절하였다. 신혼여행을 가기 위해서이다. 차를 거울처럼 반짝거리게 닦고, 또 닦던 기사가 감청색 양복과 감청색 코트를 입은 우리를 힐끔 쳐다보면서 물었다.

"손님들, 어디로 모시면 될까요?"

그때, 한 시간 남짓 달리면 금방 도착하게 될 신혼 여행지를 두고, 신랑 도명이 짧게 설명하였다.

"기사님! 경주 방면으로 가주시면 됩니다!"

우리가 택시를 타자마자 웃음을 배어 문 기사는 차를 구물구물 출발하면서, 색깔 맞춘 우리의 옷차림을 룸미러로 쳐다보다 짧게 물었다.

"패밀리 룩이 어울리는 손님들, 혹시 신혼여행갑니까?"

신랑이 잠시 뜸을 들인 뒤, 말했다.

"예, 그, 그렇게 생각해 주시든가요……."

'신혼여행 간다고 하면 뭐가 어때서, 그렇게 생각해 주는 건 또 뭐지?'

나는 신랑의 말뜻이 궁금했는데, 기사가 껄껄 웃으며 농담처럼 말했다.

"예에, 그러십니까? 축하해요! 추카추카, 하하하!"

그때 기사의 호기로운 웃음을 듣던 우리도 그를 따라 함께 조용하니 웃었다. 나는 그의 호기로운 인상에 웃음바이러스가 퍼진다고 생각했다.

*

서라벌고도 경주로 가는 국도는 시원하게 뚫려 있었다. 차들이 날아가듯 쌩쌩 달렸다. 손살 같이 한참을 내달리던 중에 택시기사가 룸미러를 통해 다시 우리를 힐끔힐끔 쳐다보며 말했다.

"신혼여행이라……, 한창 좋을 땝니다!"

기사의 뜻하지 않은 인사에 우리는 아무런 대답도 못했다.

기사가 다시 말했다.

"신혼여행 가시는 걸 보니 정말 부러워요!"

우린 별 반응 없이 듣고만 있는데, 기사가 말을 이었다.

"못난 인생, 뭐가 그리 바빠서 속도위반 죄에 걸려 우린 아직 신혼여행을 못 갔거든요! 물론 결혼식도 아직……."

우리는 서로의 표정을 살피며 소리 없이 웃었다. 못난 인생이 바빠서 속도위반죄에 걸렸다는 그의 어투가 재미있게 들렸던 것이다.

우린 각자 도로 쪽으로 시선을 보냈다. 핑핑 날 듯 달리는 차창 밖으론 복작거린 도시를 막 벗어난 풍경이 뒤로 밀려나고 있었다. 밀려난 가로수들이 각선미를 시원스럽게 뽐낸다고 생각했다. 차창 밖 들판에선 황금빛으로 물든 벼논들이 뒤로 죽죽 밀려났다. 얼마나 더 갔을까, 불국사 아래 동네 서쪽으로 뻗은 길 저만치서 전설을 담은 영지못이 보이나 싶어, 나는 고개를 쑤욱 빼보았다. 거기서 조금 더 지나자 택시가 전통주 빚는 마을 풍경도 등 뒤로 밀어내고 있었다.

이윽고 우리의 택시가 불국사 역 앞에서 토함산 방향으로 접어들며 동편을 향해 우측으로 꺾었다. 눈앞에는, 하늘 높게 떠받친 토함산이 금방 내게 다가 와 안길 듯 우람하게 서 있다.

어느새 우리의 택시가 드르륵 멈춰 섰다. 넓대대하게 펼쳐진 불국사 절 아래 주차장이다. 우리들 신혼여행 목적지인 만추의 주차장엔 관광객들을 싣고 온 색색의 관광버스며, 택시들이 줄을 맞추어 서 있다.

넓대대한 주차장의 잔디밭 군데군데에 키를 재는 단풍나무들이 화려한 풍경을 자랑하였다. 붉게 물이 든 벗나무 숲도 만추의 풍경을 돋우었다. 주차장에서 언덕 위 토함산 쪽으로 잠시 오르니 대사찰 불국사의 정문이 나타났다. 우리도 관광객들 숲에 섞여, 발을 맞추듯 경내로 진입하였다.

나는 두 눈동자 가득 장엄한 불국사를 담아내느라 고개를 휘둘러 살피기 시작했다. 불국사 마당에는 하늘을 찌를 듯 키 높은 나무들이 연륜을 자랑하였다. 시원스레 빠진 적송의 각선미도 인상적이다. 바닥으로 떨어진 낙엽들이 시선에 꽂혔을 땐, 마지막 운치는 역시 쓸쓸하다고 느꼈다. 아니, 뉴턴의 만류인력 그 원리가 바닥을 덮는 중이라 생각했다.

한참을 걸었더니 층층으로 각을 이루며 앉은 대 석단이 저만치서 우리의 눈빛을 끌어당겼다. 교과서에도 나온 바 있는, 정말 미끈하도록 잘빠진 그 이름도 아름다운 청운교(靑雲橋), 백운교(白雲橋)이다. 우리는 직선과 층층의 각도로 쭉쭉 뻗은 청운교, 백운교가 위엄을 빚어낸 푸른 돌계단의 모습을 눈 속에 꾹꾹 눌러 담고, 또 새겼다.

영국의 런던타워와 함께 지구촌에서 가장 아름다운 다리로 그 맵시를 자랑하는 청운교와 백운교는 1962년 12월 20일 국보 제23호로 지정이 되었다고 한다. 청운교 높이 3.82m, 너비 5.11m, 백운교 높이 3.15m, 너비는 5.09m로 아래쪽이 청운교 위의 것은 백운교이다.

국보 제23호인 불국사의 청운교와 백운교는 대웅전을 향하는 자하문과 연결된 다리를 말하는데, 전체 33계단으로 되어 있다. 33의 숫자는 불교에서 아직 부처의 경지에 이르지 못한 33가지의 단계를 의미하여, 계단이 아닌 그 다리를 통해 깨달음을 얻고자 하는 '희망의 다리', '기쁨과 축복의 다리'로 표현한 거라 한다. 아래로 18단의 청운교가, 위로는 16단의 백운교가 있다. 그런데 청운교를 푸른 청년의 모습, 백운교를 흰머리 노인의 모습으로 빗대어 인생을 상징하는 의미를 지녔다고 한다. 계단이면서도 다리형식으로 만든 특이한 구조인데, 그 경사면은 45° 각도로 아주 정교하다. 다리 아래는 무지개 모양으로 이루어져 직선의 딱딱해진 시선을 부드럽게 풀어준다. 통일신라 경덕왕 10년(751)에 세워졌으며, 신라시대의 다리로는 유일하게 완전한 형태로 남아있어 귀중한 유물인 셈이랄까. 또한, 무지개 모양인 다리 아래 부분은 우리나라 석교나 성문에서 보이는 반원아치모양인 홍예교의 시작점을 보여준다. 거기다 청운교와 백운교를 합한 총 33단으로 이루어진 그 각각의 단은 불교에서 하늘을 상징한다니 참으로 의미가 깊다 할까. 모두 서른 세 개의 하늘이 있는데, 마지막 서른세 번째 하늘이 도리천이며, 도리천은 세계의 중심에 있는 수미산 정상으로 부처님이 계시는 곳을 뜻한다는 것이다.

나는 문득 청운교, 백운교의 돌 층층의 단을 쭉 쳐다보며, 한 걸음 한 걸음 발을 옮길 때마다 신랑이랑 둘이서 가위바위보 게임을 하고 싶었다. 누가 뭐라 해도 대사찰 불국사를 찾은 우리의 주목적이 신혼여행 아닌가. 나는 우리가 함께 걸으며 가위바위보 게임을 한다면 재미가 있을 것 같았다. 평생에 한 번 뿐인 신혼여행인데, 그것도 대사찰 불국사에서 청운교, 백운교의 생김들을 면면마다 눈도장 찍으며 걷는 시간들이 그만큼 즐겁다면, 그 또한 신혼여행의 목적을 충분히 누리게 될 테니 말이다. 또한, 즐겁게 게임을 하면서 신혼 첫날부터 신랑과 함께 양가의 가족들 이름도 한 사람씩 알아간다면, 그거야말로 금상첨화가 아니겠는가. 꿩 먹고 알도 먹는 일이니 나는 망설임 없이 신랑에게 첫 운을 떼기 시작했다.

"도명 씨, 문화재 보호 문제 때문에 돌 층층의 단을, 맞다 청운교, 백운교 층층을 한 발 한 발 톺아 올라 갈 수는 없겠네요. 그렇지만, 그래도 우리가 청운교, 백운교를 관찰하면서 게임을 하면, 무척 재미가 있겠는데요!"

내 말에 도명의 표정이 의아해졌다.

"게, 게임을?"

"가위바위보 게임을 하면서 청운교, 백운교도 함께 살펴본다면 층층의 돌 계단을 그냥 민숭민숭 톺는 것보다는 훨씬 더 재미있고, 기억에 남겠다 싶어요! 우리들 신혼여행 목적에도 충실하다 싶고."

도명의 긍정적인 대답은 의외로 짧았다.

"그러지 뭐! 돈도 안 들 텐데……."

내 귀가 조금 민감하게 반응했던 것은 그의 입에서 돈이란 단어가 불쑥 튀어나왔기 때문이다. 그렇지만 나는, 그의 단세포적인 그 표현에 토를 달 필요성은 느끼지 못했다. 돈이 안 드는 건 확실하니까.

그의 눈빛을 읽으며, 내가 다시 제안을 했다.

"그런데, 규칙이 있어!"

"규칙?"

무슨 규칙이냐고 묻는 것 같은 그의 표정을 읽으며, 나는 내가 정한 규칙에 대해 설명하였다.

"신혼여행 온 김에 우리가 서로 간 가족들 이름 정도는 알고 돌아간다면 좋을 것 같은데, 그 조건이 규칙인데요."

"조건이 규칙이라고?"

"낮은 목소리로 말하기예요. 남들 시선도 있지만, 여기는 분위기가 고요한 절간이니깐!"

내가 짐짓 목소리를 낮추자 그가 피식 웃으며, 좋다고 했다. 더디어 우리가 돌 층층의 계단 아래쪽으로 첫발을 들여 놓던 그때다. 다른 관광객을 인솔하던 안내자가 갑자기 목소리 톤을 높였다, 주변 사람들도 다 들릴 만큼.

"관광객 여러분! 청운교, 백운교가 정말 멋지지 않나요?"

우리는 관광안내자의 목소리가 통통 튄다고 느끼며, 그냥 한 걸음 또, 한 걸음씩 탑을 에워싼 주변을 천천히 밟아갔다. 그들과 멀어진 후에도 나는 소곤소곤 낮은 목소리로 그를 향해 말했다.

"자, 가위바위보 해봐요, 우리!"

우리란 소리를 나직이 뱉어낸 나는 그를 향해 다시 눈빛을 보냈다. 내가 먼저 바위를 만들며, 그를 향해 손을 내밀었다. 그도 내 행동에 따라 손을 내밀었다. 가위였다. 나는 짐짓 그를 향해 벌칙으로 시아버지의 함자를 말하라고 했다. 그가 잠시 멈칫거리더니, 받아쓰기를 불러 주는 초등학교 선생님처럼 또박또박 설명했다.

"음, 아버지 함자가, 왕 자! 대 자! 발 자! 왕대발!"

나는 눈동자를 크게 떠서 그를 쳐다보며, 반문했다.

"왕 자, 대 자, 발 자? 그, 그 세 글자가 아버님의 함자라고?"

그가 긍정의 고개를 주억거렸다. 나는 웃음부터 나왔다. 풉풉 웃다 보니 미안해진 나는, 손바닥으로 입을 가렸다.

잠시 후, 그가 다시 손가락을 권총 모양으로 뻗어 신호를 보내왔다. 가위바위보 게임을 하자는 거였다. 입을 가려 풉풉 웃던 나도 그의 모션에 맞춰, 내 손을 쏙 내밀었다. 우린 똑같이 보를 냈다. 우린 다시 가위바위보를 만든 손을 내밀었다. 그가 주먹을, 나는 보를 만들었다. 내가 다시 그를 향해 이겼다는 표현으로 브이 자 손가락을 표시했다. 그가 장난을 치듯 말하는 것이었다.

"으음, 어머니 함자는 장 자! 터 자! 분 자! 장터분 여사!"

이번에도 좀 어렵다 싶은 단어인데, 장터분이란 함자를 듣던 나는 웃음을 참지 못해 다시 쿡쿡 웃어댔다. 고개를 숙인 채 웃던 나는 장터분이란 시어머니의 이름 속엔 어떤 비밀이 숨겨져 있을지 모른다는 생각이 들었다.

나는 궁금해서 다시 물었다.

"어머니 이름자에 대해 아는 것 더 없어요? 뜻이 있는 것 같은데……."

잠시 머뭇거리던 그가 건성으로 말했다.

"딸이 많은 형제로 태어나서 외할머니가 그런 이름을 불렀다고 해요!"

그의 말끝에 나는 터분이란 그 말의 의미를 더듬어 보았다. 지방의 사투리에서 사물의 양이 너무 많을 때, 터분한다는 소리를 들은 기억이 났다.

잠시 후, 그가 다시 독촉을 해왔다. 내게 턱을 내밀며, 게임을 계속하자는 거였다. 우린 동시에 낮은 소리를 뱉어냈다.

"가아위, 바아위, 보오!"

그가 조금 빠른 보를, 나는 반 박자 늦게 주먹을 냈다. 그가 나를 향해 턱을 길게 내밀었다. 벌칙으로 가족의 이름을 대라는 거였다. 나는 굳이 입모양을 만들며, 말했다.

"서 자! 상 자! 무 자! 서상무! 삼촌의 함잔데요!"

이번엔 그가 어깨를 들썩이며 쿡쿡 웃어댔다, 재미있다는 듯이.

"함자가 서 자! 상 자! 무! 서상무? 와, 좋겠다! 평생을 우아하게 상무로 살 수 있을 테니……."

나는 속으로 시어머니 함자인 '장터분'보다는 조금 평범한 이름이라고 생각했다. 내 편에서 다시 게임을 하자고, 그를 향해 주먹손을 내밀었다.

"가아위! 바아위! 보오!"

우린 동시에 손을 내밀었지만, 이번에도 내가졌다. 그가 주먹을 냈기 때문이다. 나는 숙모의 이름을 설명하듯 읊어댔다.

"우리 숙모는, 민 자! 중 자! 고 자! 민중고!"

숙모의 이름자를 읊은 내 말이 재미있는지, 그가 쿡쿡 웃더니 복창하듯 다시 읊어댔다.

"민중고? 민, 중, 고! 음, 무언가 정이 붙는 이름인데."

정이 붙는 이름이란 그의 말에 고개를 주억거린 나는, 다시 그를 향해 게임을 하자고 턱짓을 보냈다. 우린 동시에 목소리를 낮춰 화음을 맞추듯 말했다.

"가아위! 바아위이! 보오오!"

우린 동시에 손을 내밀었는데, 둘 다 가위였다. 그가 먼저 나지막하게 말했다. 자기 동생의 이름을.

"음, 왕! 도오! 치이! 왕도치!"

"왕도치?"

나는 왕도치란 시동생의 이름을 몇 번씩 되뇌어 읊었다. 흔하지 않다고 여겨져서다. 이어 나도 그의 어투를 흉내 내듯이 말했다, 나의 귀염둥이 사촌 동생 꽁지의 이름을.

"서어! 꼬옹! 지이! 서꽁지!"

우린 동시에 목청을 낮추려 소곤대던 걸 잊어버린 채, 갑자기 킥킥 쿡쿡 웃어댔다. 그가 재밌어 한 만큼 내 입으로 말한 서꽁지란 어감이 새삼스레 재미있게 여겨졌던 것이다. 그 사이 우린 벌써 청운교, 백운교의 발치에 있던 그 광장에서 저만치 멀어져 갔다.

조금 더 휘돌아 걸으니 뒤쪽 마당에 우람한 대웅전이 우릴 맞아주었다. 대웅전 서쪽에 반듯한 석가탑이 위엄을 자랑하였다. 한 마디로 의젓한 남성상의 돌탑처럼 보였다. 그리고 동쪽에는 여성처럼 아기자기한 느낌의 다보탑이 멋진 모습을 뽐냈다. 석가탑은 전형적인 통일신라시대 석탑의 양식을 갖추었는데, 다보탑은 이와 달리 독특한 형식이다.

더디어 그 하루의 해가 서산으로 기울 무렵 우린 불국사를 뒤로 하고 물러나왔다. 어느새 먹물 같은 어둠이 노을을 서서히 삼켜가고 있었다.

우뚝한 토함산 아래 마을이다. 식당 촌에서 우리는 저녁으로 산채 비빔밥을 시켰다. 먼저 산나물 한 젓가락을 집어 맛을 봤더니 향긋하면서 쫄깃하여 식감이 좋았다. 나는 우리들의 결혼생활도 산나물을 씹는 맛이면 좋겠다 싶은데, 약간씩은 질긴 나물 맛도 괜찮다고 생각했다.

개운한 산나물에 밥을 비비면서 나는 숟가락 끝으로 고추장도 조금 떠넣었다. 산채비빔밥은 순하여 깔끔했다.

산채비빔밥 향취의 여운을 안고, 우린 산책을 하듯 천천히 숙소로 돌아왔다. 밤하늘의 별들이 총총하여 우리를 내려다보며 축하해준다고 여겼다.

시나브로 우리들의 첫날밤이 오고 있었다. 아름다웠으면 좋겠고, 즐거우면 더욱 신이 날 것 같은 신혼 첫날밤! 나는 설렘의 그 첫날밤에 꼭 남기고 싶은 추억을 만들기로 계획하고 있었다.

그가 손을 씻으러 간 사이, 나는 준비해 온 메모수첩을 꺼냈다. 노란 덮개의 직사각형 수첩을 꺼낸 나는 한 면에다 시부모님 함자를 한 칸씩 적어내려 갔다. 시동생 이름까지 한 획이라도 놓칠 새라 또박또박 기록하였다.

시아버님 함자…… 왕 자, 대 자, 발 자…… 왕대발

시어머니 함자…… 장 자, 터 자, 분 자…… 장터분

시동생…… 왕 자, 도 자, 치 자…… 왕도치

그 아래 칸에는 신랑의 이름자도 적어 보았다.

반쪽의 이름…… 왕도명

나는 시댁 가족들의 이름이 적힌 수첩을 한 번 더 훑어보면서, 중얼중얼 외웠다. 좀 더 후에는 그 아래쪽에 친정 가족들 이름도 꼼지락꼼지락 적었다.

삼촌 함자…… 서 자, 상 자, 무 자…… 서상무

숙모 함자…… 민 자, 중 자, 고 자…… 민중고

사촌 동생 이름…… 서 자, 꽁 자, 지 자…… 서꽁지

사촌 막내 이름…… 서 자, 단 자, 지 자…… 서단지

나는 신랑의 이름과 내 이름자도 마지막 줄에 적었다.

신랑: 왕도명, 신부: 서양숙

그 사이 별들이 은하를 흐르고, 신혼여행지에서 맞이한 우리들 첫날밤도 깊어져 갔다. 포근포근, 서리서리, 깊은 심연처럼 조용히.

✳ 신고식

갓 스물의 내가 처녀시절을 졸업한 것은, 하늘이 청잣빛으로 물든 시월의 한복판이다. 그 해 가을은 내 인생을 두고 크게 결혼식 이쪽과 저쪽 두 편으로 갈라지고 있었다. 시댁에 입성하자마자 내 앞에는 거룩한 숙제가 주어졌기 때문이다.

전통 장을 담글 메주를 쑤는 과제였다. 확실한 것은 내가 그때까지 살면서 간장과 된장을 먹었지만, 나는 그걸 어떻게 만드는지 방법을 전혀 모르고 있었다. 그런데, 나야말로 겁도 없이 처음으로 접한 과제 앞에 덜컥 스스로를 내맡길 수밖에 없었다. 메주를 처음 접해 본 건 물론, 콩으로 메주를 쑨다는 것조차 몰랐던 내게 불행의 첫 단초가 눈을 부라리고 기다릴 줄 몰랐기 때문이다. 대한민국하고도 나의 시댁에서 못 배워 빚어지는 불행이 어찌 콩으로 메주를 쑤는 그 일 한 가지에만 국한이 되겠는가마는.

아침 설거지를 막 끝낸 즈음이다. 바야흐로 각 가정에서 전통장용 메주를 끓이는 계절인지라, 장 여사가 내게 메주를 끓일 재료인 흰 콩이 담긴 자루를 내놓았다. 콩은 알갱이가 통통하니 굵고, 윤기마저 잘잘 넘쳐흘렀다.

"새사람도 들어왔고, 일손도 늘어났겠다, 가을도 깊었는데, 메주 끓일라꼬 콩 준비를 했다!"

나는 장 여사가 시키는 대로 콩을 깨끗하게 씻고, 조리로 살랑살랑 일어 소쿠리에 건졌다. 그런 다음, 수순대로 가마솥에다 콩을 쏟아 부은 후, 물도 출렁출렁 넉넉히 부었다. 이어 메주콩 솥에 불을 때려고 불쏘시개로 헌 신문지를 챙겼다. 거기까지는 별로 문제가 생기지 않았다.

그런데, 펄펄 끓던 메주콩 솥에서 서둘 사이도 없이 갑자기 콩물이 와르르 넘쳐났다. 아궁이에 땔감을 부지런히 집어넣어 메주콩을 끓이던 중에 콩물이 펄펄 넘치게 된 것이다. 나는 콩물이 그렇게 급하게 펄펄 넘친다는 걸 그때 처음 알았다. 콩물이야 말로 인정사정없이 쉬 넘는다는 걸 접한 적이 없으니 끝내주는 왕초보라 할까. 주제에 콩 메주 끓이는 일이 첫 경험이고 보니, 나는 당황해서 절절맬 뿐이었다. 정말 대략난감이었다. 아니, 난처하기 이를 데 없었다.

그때다. 메주콩 솥에서 콩물이 펄펄 넘친 걸 보자마자 강렬한 눈빛레이저를 내게 쏘아대기 시작한 장 여사가 날 향해 고래고래 야단을 치는 것이었다. 놀란 나는 장 여사의 표정만 쳐다볼 뿐, 무섭고 정신이 아물거려 현기증이 일었다.

"아이고, 세상에 콩물을 펄펄 넘기모 우짜노? 우짜노오?"

나는 그 새, 정신이 멍하니 나가고 없었다.

"이런, 답답아! 메주 솥에 불 때다가 정신은 어디 보냈노? 콩물 넘는 것도 몬살피고."

"몰랐어요, 어머니!"

"뭐하노, 시방? 콩물이 소나기 맨치로 펄펄 넘치뿌는데!"

계속 넘치는 콩물을 보는 장 여사도 화가 펄펄 끓는 모양이었다.

"아이고, 이 답답아! 나이 스물에 콩 메주 한 솥도 몬 끓인다카모, 우짜노오?"

"죄송, 합니다!"

"쯧쯧쯧, 인간 스무 살이모, 범도 안 물어 갈 나이라카는데……."

"죄송해요, 어머니!"

내가 메주콩 삶는 일을 그르쳤구나 싶어 장 여사한테 위로 차 한 말인데, 장 여사는 더욱 화가 끓는지 눈빛에 불꽃을 팍팍 튀겼다.

"아이고, 속 터진다, 속 터져! 남 집 미누리가 돼 가이고 메주콩 솥에 불 하나도 땔 줄 모린다카모, 말이 되나, 말이?"

"……."

장 여사는 그때부터 주먹으로 자신의 가슴팍을 툭툭 치면서 탄식조로 읊어댔다.

"어매야, 미치겠대이! 바보가 암만 복이 많다케도, 메주 솥에 불도 몬때는 밥통이 무신 복을 받겠노? 쯧쯧쯧."

"……."

장 여사가 계속 화를 끓이며 분해하는 통에 내 눈에는 그렁그렁 눈물이 고였다. 그러다 눈물이 볼을 타고 주르르 흘러내렸다. 나는 새댁인 것도 잊어버린 채, 손등으로 눈물을 훔치기 시작했다. 그러다 차츰 훌쩍훌쩍 소리 내 울었다.

장 여사는 메주콩 솥뚜껑을 드르륵 열어 잦히며, 넘치는 콩물을 진정시키려 애를 썼다. 장 여사의 민첩한 행위 이면에는 새 며느리가 사고를 친 것에 대한 끓는 속내를 옴팡 드러낸 걸까.

"흥, 바보가 복이 많다 카지만도, 쯧쯧쯧……."

장 여사는 끓어 넘치던 콩물이 진정 된 뒤에도 실수를 저지른 내가 못마땅한지, 계속 저주 같은 푸념들을 쏟아내고 있었다.

"어떤 밥통이, 그런 말로 시부렁댔는지 몰라도, 복은 뭐, 아무나 받나? 끄응!"

"……."

나는 난생 처음 메주콩을 끓였고, 본의 아니게 시어머니를 분노하게 만들고 말았다. 즉, 본분을 다하지 못한 며느리가 된 셈이다. 그 때문에 장 여사의 까칠하고 마뜩찮은 언사는 시간이 갈수록 강도가 세졌다. 그렇지만 나로썬 장 여사 앞에서 어찌 대처할 방법을 몰라 절절맬 뿐이었다. 한 마디로 죽을 맛이었다. 그때부터 화가 화를 키운 걸까, 장 여사가 나를 향해 내뱉은 불만들은 낱낱이 가시가 되어 화살처럼 핑핑 날아왔다. 내 귀청은 찡하니 아파왔다.

"눈 붙은 인간은 밥통이나, 죽통이나 다 복 받나? 부모 복 반 쪼가리도 몬 받은 인간이, 무신 복을 받겠노?"

갈수록 거침없이 리듬을 타는 장 여사가 내게 퍼붓는 험담은 흡사 내리막길 차바퀴에 가속이 붙은 것 같았다. 그런데, 그 순간 참으로 알 수 없는 것은 장 여사의 화내는 모습이 곧 시어머니가 부리는 심통인지 모른다는 생각부터 내 머릿속을 헤집어대는 것이었다.

"암만케도 새 애기 눈은 꺼죽이 모지라는 갑대이? 꼴 난 메주 한 솥 쑤는 거는 한 번만 봤다카모, 눈 감고도 훤할 낀데."

나는, 눈물을 글썽인 채, 메주 솥 근처에서 망부석처럼 멍하니 서 있었다. 장 여사는 아직도 내게 화가 끓는지, 불만을 쏘아댔다.

"콩물을 펄펄 넘기뿌모 고만치나 장맛이 싱거워지는 것도 모리는 밥통이 우째 시집을 왔노? 으응?"

"……"

그때부터 장 여사는 한탄조로 한숨을 뱉어냈다.

"내사 마, 통 모린대이. 암만 쑥맥이라케도, 작년에 끓인 메주를 금년에 몬 쑨다카모, 말이 안되제."

"……"

"콩메주도 몬쑤는 덜쾡이가 시집은 말라꼬 왔노? 시에미 속 터지는 꼬라지 볼라꼬 왔제?"

"……"

"안 그렇나? 남의 집 미누리가 됐으모 메주 쑤고, 간장 된장도 담글 줄 알아야 미누리 아니가?"

"……"

바닥에 널브러진 땔감 부스러기를 정리하던 나는, 장 여사의 표정에 흠칫 놀랐다. 장 여사의 입에 게거품이 복작복작 끓었기 때문이다.

"내가 뭐라 케봐야 내 입만 아프고, 귀한 말만 귀양 간다카이."

장 여사의 말투는 이윽고 자조하듯 쏟아졌다.

"집안일 기본도 몬 배웠으모, 시집은 뭐할라꼬 오노? 바랑 하나 짊어지고 절로 가서 살지르."

"쯧쯧쯧, 내 집 운수가 없는데, 사람이 우째 잘 들어 오겠노?"

장 여사의 잔소리는 줄어들 줄 몰랐다. 나는 자조 섞인 장 여사의 훈수를 듣다보니 나중엔 개체 없는 잡소리가 귓속에서 윙윙거렸다.

"새애기도 차암 딱하대이! 앞으로 뭐를 끓이고 뭐를 맹글어서, 식솔들을 맥일라카노? 무신 재간에 긴 팽생(平生)동안 배 안 곯고 살겠노?"

그때부턴 장 여사의 입에서 모터가 한 개 더 달린 듯 탄력이 붙었다.

"혼수라 케봤자, 꼴난 몸땡이 딸랑 하나 갖꼬 시집왔제?"

"……."

"내사 마, 걱정이 태산이다카이! 언놈 등골 빼묵을라꼬?"

나는 장 여사를 바로 볼 수 없는 죄인이 되었다.

"새애기, 내 말 잘 듣고 있나?"

"……."

"그렇다카모, 뭐라꼬 입이라도 한 번 달싹거리 보라카이!"

"예? 예……."

"시에미가 숨차구로 씨부리는데, 미누리는 꽁하이 입 닫고 있으모, 되겠노?"

장 여사는 이제 내 친정댁 핏줄까지 들먹이는 것이었다.

"암만케도 새애기는, 조상들 나쁜 피를 물려받았는 갑제?"

"……."

"뭐라 케사도, 새끼는 꼭 에미 머리통을 빼닮는 기라."

나는 긴 시간을 참다가 장 여사를 향해 겨우 한 마디 거들었다. 아무런 일도 모르는 내 조상까지 들먹이는 장 여사의 언행이 너무도 거슬렸기 때문이다.

"앞으로 조, 조심할게요, 어머니!"

이윽고 까칠한 장 여사의 목소리에서 힘이 약간 빠진 듯했다.

"나종이, 걱정아이가 나종이! 운 나빠서 새애기 맨치로 머리 나쁜 에미 닮은 새끼가 나오모, 우짜겠노?"

장 여사의 더욱 길어진 탄식조가 내 귀청을 끝없이 때려도 나는 그때부터는 아예 못들은 척 하였다. 장 여사의 질긴 공격성을 외면하고 싶었던 것이다. 열세한 나의 잘못을 깨닫는 중에도 계속 공격해댄 장 여사가 무서웠기 때문이다.

나는 마음이 무겁게 가라앉았다. 천둥먹구름이 몰고 온 소낙비를 흠뻑 맞은 것처럼 정신마저 축축해졌다. 축축해진 내 기분은 비를 흠뻑 맞고 싶었다. 나는 마른입을 쩝쩝 다시니 목이 말랐다. 그래서 수도 물을 바가지로 벌컥벌컥 들이켰다. 그러곤 물행주로 콩물이 넘쳐흐른 솥의 몸피를 쓱쓱 닦아내며, 속으로 외쳤다.

'신고식 한 번 거창하다!'

나의 신혼 신고식이야 말로 메가톤 급이랄까.

 재회

한낮의 찻집은 음악이 감미롭게 흐를 뿐, 물밑처럼 조용했다. 테이블에는 안개랑 홍색 장미 세 송이가 까만 유리병에 꽂혀있었다. 테이블 위로 찻잔이 오르고, 손님이 늘자 그때부터 경쾌한 팝송이 흘러나왔다. 자잘한 소음들이 덮여져갔다.

노인의 얼굴은 물오른 나무의 잔가지처럼 턱선을 따라 둥글게 다듬어진

턱수염이 무척 인상적이었다. 그런데, 내가 노인을 의아스럽게 여긴 것은, 우리의 맞선장소까지 동행한 신랑감 아버지란 신분 때문이다. 게다가 빠뜨릴 수 없는 또 다른 하나는 노인의 파격적인 조크였다 할까.

"늙은이한테 주책이라꼬 흉보지 마이소! 요새는 아들이 군대에 가모 4촌이 되고, 결혼을 하모 8촌이 된다꼬 카딘데, 내가 여기까지 온 거를 좋게 봐주면 고맙겠심더 처자! 허허허!"

노인을 마주한 것은 맞선장소인데, 그곳까지 따라온 총각의 아버지야말로 뜻밖의 인물이 아닌가. 맞선 보는 아들 따라 동행하는 어머니의 이야기는 들었지만, 아버지가 아들의 맞선장소에 따라온 이유가 무척 궁금하였다.

노인은 아들을 따라온 게 민망했던지, 그에 대한 설명을 떠듬떠듬 시작하였다. 아들의 짝이 될 대상이 무척 궁금했다는 것이다. 젊어선 사는 게 바빠서, 어쩌다 장가가 늦어진 탓에 늦게 얻은 자식에 대한 아버지의 관심이라고 했다. 노인은 무척 조심스럽게 말하고 있었지만, 나는 그게 바로 아들에 대한 아버지의 사랑이라 여겼다. 동시에 장차 시아버지가 될지도 모를 노인의 진정성에 공감을 보내고 있었다. 나중에 알았지만, 조실부모한 며느릿감이 마뜩찮아 극구 만류한 시어머니 장 여사 때문에 아들의 맞선장소에 시아버지가 동행했다는 것이었다. 마마보이란 말은 들었지만, 파파보이란 말은 들어 본 적이 없다. 그럼에도 조금은 이해를 할 수 있을 것 같았다.

그런데, 왜 그런지 가시방석에 앉은 듯이 나는 자꾸만 주눅이 들었다. 노인은 자세를 웅크린 채, 눈만 깜박거린 내가 딱했는지 정감 있게 말하는 것이었다.

"반갑소, 처자! 우리 도명이한테 다리를 놔 준 중매쟁이 박씨가 처자를 좋게 말해 줘서 내 미리 짐작은 했심더! 글치만도 내가 직접 처자를 만나고 보니까네, 훨씬 더 맘에 차고, 아들놈 따라 오기를 잘했다 싶네요!"

중매쟁이 박씨는 삼촌의 처가댁 친척을 말함이다.

"오늘, 내가 아들놈을 따라 여기로 온 거는 내 성미가 급한 탓에 빨리 처자가 보고 싶어 염치불구 쫓아왔심더!"

나는 노인에게 목례를 하며, 고개까지 숙였다. 그러자 노인의 주름진 표정이 금방 하회탈처럼 환해졌다.

"혹시, 처자 맘에 우리 아들놈이 조금 덜 찬다 싶거들랑, 넓은 맘으로 봐 주이소! 이 늙은이를 봐서라도."

나는 삼촌의 권유로 별 기대감 없이 맞선장소에 나갔다. 그런데, 노인의 온화한 인사를 받으니 내 마음도 불안하지만 조금은 훈훈해졌다. 동시에, 나는 흠칫 놀라고 있었다. 노인이 내 두 손을 덥석 잡았기 때문이다.

"내는, 처자가 우리 미누리가 됐으모 좋겠다 싶어 부탁함더! 내 아들 도명이가 쪼매 무뚝뚝하지만도 본바탕은 착해서 기대해도 될만한 놈이거든!"

"……."

"오늘까지 부모가 시킨 말은 한 번도 거역한 적이 없었소! 그렇지만도 내는, 아들놈 자랑은 안 할라요! 팔불출 소리 듣기 싫으니까네, 허, 허, 허!"

"……."

"처자! 내 말 이해하겠소?"

"말씀 낮추시지요!"

"그래도 될라나? 요새 젊은 처자들은 늙은 노인을 두고 상여 알맹이라꼬 칸다던데, 허허허!"

한때, 유행처럼 퍼진 말이 바로 그 소리이다. 노인은 곧 관 속에 들어갈 처지이니 상여에 들어갈 알맹이 같은 존재라고, 입에서 입으로 전해져 돌던 시절이 있었다. 그런 유행어는 노인을 폄하한 사회적 분위기에서 생겨난 거라 별로 유쾌하진 못했다. 씁쓸한 그 유행어가 나를 선보러 나온 노인한테서 듣고 보니 조금은 겸연쩍고 무안해졌다.

"내가 쓸데 없는 말을 했는 갑소! 미안시럽소!"

"아, 아닙니다!"

"내 말은, 처자가 우리 도명이 짝이 돼 주모 좋겠다 싶어 카는데, 처자가 우리 집에 시집만 와준다모 내는, 언제든지 처자 편이 될 참이오!"

"……."

"도명이 안즉, 졸업도 몬한 학생이라 모아 논 돈도 없고, 학교만 마치모 취직을 할테니까네, 희망적이다 생각해 주이소!"

총각이 아직 학교 다닌다고, 중매쟁이가 해준 말이 떠올랐다.

"내가 쪼매 앞 서 가는지 몰라도, 인자는 우리가 한솥밥 묵고 싶어졌다 그 말입더! 처자캉 도명이가 혼인해서 오순도순 살모, 앞날이 훤하니 존 일만 생길라카는지, 예감이 좋심더!"

노인은 깜빡 잊었다며, 이런 말도 덧붙였다.

"두서없이 주절주절 떠들고 보니까네 까묵었는데, 도명이가 안즉 군대는 몬 가서 맘에 쪼매 걸리요!"

나는 노인의 말에 긍정도 부정도 못했는데, 그 와중에 깜짝 놀란 일은 따로 있다. 총각의 낯이 익었기 때문이다. 나는 세포의 모든 촉수를 풀가동하였다. 마주 앉은 청년을 향한 기억의 세포를 더듬기 위해서이다.

'낯익은 얼굴인데, 어디서 봤더라?'

청년도 나를 보자마자 흠칫 놀라는 표정이었다. 더디어 내 기억에 불빛 한 올이 섬광처럼 반짝하였다. 언젠가, 클럽에서 만났던 애송이 남성이란 기억이 떠올라서다. 그때, 우린 서로 손가락으로 브이 자를 만들어 치켜세우며, 동시에 마주 질러댔다.

"모, 모나리자?"

"모나리이자?"

우린 뜻밖의 장소에서 재회를 한 셈이다.

내가 처음 클럽에 간 것은 여고를 중퇴한 얼마 후였다. 가정형편상 학교 생활을 접었지만, 때때로 끓는 혈기가 불쑥불쑥 속에서 치밀어 올랐다. 아니, 나를 향해 파도처럼 밀려드는 불만과 우울함이 곧잘 나를 괴롭히고 흔들어 댔다. 나는 은연 중 그 응어리를 발산해버리고 싶었다.

어느 날, 클럽을 찾아가는 나를 발견하고 스스로도 흠칫 놀랐다. 하늘도, 땅도, 별도, 바람 아니, 모든 걸 몰랐던 쑥맥인 내가 가슴에 쌓인 것들을 발산하겠다고, 그 실행에 돌입한 내가 놀라우면서 낯설었던 것이다.

'젊음의 용기는 탱크다! 밀어 붙이는 탱크!'

클럽은 난생 처음이었다. 또한, 술이란 액체를 목구멍으로 흘려 넣은 것도, 그 맛에 젖어 알딸딸한 기분도, 나로썬 최초의 체험이요, 도전이랄까. 클럽도 최초의 걸음이고, 알코올 역시 첫 시음이었다. 낯선 액체를 목구멍 터널로 꿀꺽꿀꺽 흘려 넣을 때, 나는 돌발적 반항심을 부풀렸다. 알코올에 기대 불만을 담금질했고, 엉덩이도 실룩실룩 흔들어댔다. 춤에 매료된 젊은 영혼들이 땀을 발산하는 분위기에 동화된 것이다. 또한, 집단끼리 목소리를 내지르는 그들과 한데 섞인 내 영혼은 무척 낯설고 어지러웠다. 그럼에도 벙어리처럼 살던 내가 춤이란 행위를 통해 쌓인 걸 분출하니 통쾌했다 할까. 얼떨떨했다 할까.

나는 이따금 몸통을 흔들흔들 움직이면서 순간순간 정신을 놓은 것처럼 멍해지기도 했다. 한 마디로 순수한 내가 궁금했던 사회의 한 단면을 발견한 첫 시험장이라 그랬는지 모른다.

그날의 복병은 단연코 술이다. 클럽에서 개인적 불만을 발산하려 춤으로 흔들어 댄 전신의 율동이 한창 무르익을 때다. 옆에서 시큼한 술 냄새를 풍겨댄 덩치 큰 남자가 엉덩이를 무작정 밀어붙이다 나와 강하게 부딪쳤다. 술기운에 휘청거린 내가 픽 나가떨어지고 말았다. 힘없이 밀리고 보니 나는 취중에도 화가 북받쳐 올랐다. 정신은 말짱했지만, 기분은 사납게 일그러졌다. 낯선 분노가 스멀스멀 치밀어 올랐다. 스트레스 풀러 간 클럽에서 스트레스를 받았다고 여긴 나는 화가 끓었다. 왜냐면, 바닥에 벌렁 넘어진 나와는 무관하게 그들은 쿵쾅쿵쾅 음악 따라 멈춤 없는 광란을 벌였기 때문이다. 잠시라도 더 머물다간 그들의 불안정한 발에 밟혀 죽을 것만 같은 나는, 더럭 겁이 났다. 그 길로 나는 슬그머니 그들 숲에서 비실비실 빠져나오고 있었다. 동시에 마른안주가 담긴 하얀 멜라민 접시를 높이 들어 테이블 위에 휘익 쏟아버렸다. 그러곤, 접시를 팽이처럼 팽그르르 돌렸다. 안주 접시가 곡예사의 소품처럼 테이블 위에서 빙글빙글 돌다가 바닥 아래로 처박혀 버렸다.

"매너 좀 지켜욧!"

먼저, 내게 달려온 사람은 노란 명찰을 단 클럽 종업원이다. 나는 눈을 허옇게 치떴다. 기분이 나빠서 주먹을 부르르 떨었다. 내가 불특정다수로부터 밀려났다고 여기자 속이 부글부글 끓나 싶은데, 더 속이 상한 것은 종업원의 자세였다. 노골적으로 밀어붙인 그들의 객기를 나무라기는커녕, 오히려 나를 나무랐기 때문이다.

"아가씨! 매너는 집에 두고 왔어요? 어디 손해배상 한번 물어 볼래요?"

그때다. 청남방을 입은 앳된 청년이 부르르 떨던 내 어깨를 뒤에서 세게 붙잡더니, 만류하듯 휴게실로 밀고 갔다. 그런데, 휴게실이 아니라 곰팡내 풍기는 흡연실이었다. 담배냄새가 독하게 코를 찔러댔다. 니코틴의 쩐 냄새에 정신이 번쩍 든 나는 우중충한 흡연실 소파에 털썩 주저앉아버렸다. 그러곤 술기운에 처진 고개를 외로 꺾었다. 정신이 몽롱해졌다. 나는 소파를 붙잡은 채, 중심을 잡으려 애를 썼다. 그때, 청남방의 애송이 남자가 말했다.

"자, 진정하고, 정신 좀 차려 봐 봐요!"

나는 비틀비틀 일어서다 다시 털썩 주저앉았다. 흐느적거린 내 팔을 붙잡은 청남방도 나처럼 핑 나뒹굴며, 함께 소파에 쓰러졌다. 그를 힐끗 쳐다보던 나는, 반감을 담아냈다.

"내버려 두고, 댁 볼일이나 보세요!"

그가 잠시 멈칫거리더니 내게 물었다.

"좀, 괜찮아졌어?"

나는 취중에도 그의 반말이 귀에 거슬렸다.

"괜찮아졌냐고? 웬, 반말?"

그는 따진 내가 같잖은지, 대꾸가 없었다. 나는 다시 그를 향해 비아냥대듯 중얼거리다 딸꾹질을 하였다.

"싸래기 밥을 드셨나? 언제 봤다고 반말이래? 딸꾹!"

그는 나를 걱정하였을까.

"반말이건 짧은 말이건, 정신이나 차리셔!"

나는 취중에 그가 진지하다는 느낌을 받았다. 다시 그가 말했다.

"마, 말할 게 있어!"

"……"

"누군가 닮았어, 눈썹이!"

그가 또 말했다.

"맞다, 모나리자!"

"모나리자? 내가? 그럼, 그쪽은 모나리자 오빠가?"

나는 모나리자 어쩌고 한 그의 말에 기분이 나쁘진 않았지만, 정신이 번쩍 들었다. 눈썹이 좀 옅다고, 모나리자 인상으로 봐주다니.

클럽엔 방금 전까지 지축을 흔들어 댄 디스코에서 부루스로 바뀌었다. 쿵쾅거린 소음이 사라진 때문인가. 음악이 바뀌자 나는 머리가 조금 맑아졌다. 평생 처음인 클럽이란 공간에서, 그것도 청남방 입은 애송이 남자로부터 모나리자란 말을 들었지만 나는 무신경했다.

청남방이 다시 말했다.

"미안! 모나리자."

나는 혀 짧은 말로 딱딱 자르듯이 이었다.

"모, 나, 리, 자, 아?"

나는 그와의 말끝에 잠시 뜸을 들였다. 그런데, 괜히 겸연쩍어 그곳을 빠져나오고 싶은 나머지 머리카락을 손으로 쓸어 올리며, 말했다.

"미안하지 마요! 괜히 화나니깐."

안으로 들어가다 멈춘 그가 손바닥을 수직으로 곧추 세우며, 말했다.

"자, 선택해요! 춤인지? 집인지?"

나는 그한테서 진지히다고 여긴 사이 그가 머리통을 좌우로 휘휘 돌리며, 안으로 들어가 버렸다.

나는 풍선에서 바람이 새듯 스르르 힘이 빠졌다. 잠시 진정한 후, 어정어정 집으로 돌아왔다. 그리고 하얗게 잊어 버렸다.

그런데, 맞선장소에서 그 청남방을 만나다니, 기분이 묘하다고 느끼는 사이 그가 말했다.

"나는, 지홀사예요!"

그의 목소리에 깜짝 놀란 내가 궁금해서 물었다.

"지홀사? 지홀사가 뭐예요?"

"그런 게 있어요……."

"의사, 약사, 박사는 들어봤지만, 지홀사는 뭔 직업이죠?"

"그 말은, 지갑이 홀쭉한 사람이란 건데요."

나는 기발하다 싶은 그의 말끝에 까르르 웃었다. 그가 다시 말했다.

"지홀사를 이해하고, 용기를 내주겠습니까?"

나는 한 번 숨을 몰아 쉰 후, 짧게 말했다.

"용기, 요?"

내가 다시 대꾸하였다.

"지홀사? 젊음도 재산 아닌가요?"

심드렁한 표정을 짓던 그가, 나를 향해 고맙다면서 한 마디를 더 했다.

"인생을 개척하는 길동무가 될래요? 니 캉 내 캉!"

'니 캉 내 캉'이란 그 단어에 유독 악센트가 세다고 느낀 나는, 그냥 쿡쿡 웃었다. 그리고 정말로 오랜만에 듣는 단어라 재미있었다 할까, 정감이 있다고 생각했다. '니 캉 내 캉'이란 그 말은, '너하고 나하고'라는 우리 지방의 사투리인 까닭이다.

✳ 약점

내 신혼의 아킬레스는 장 여사 즉, 시어머니이다. 시댁에 입성을 한 첫날부터 장 여사가 내 모든 걸 지배할 줄을 나는 몰랐다. 특히 장 여사가 밥 짓는 문제에서부터 내 기를 꺾을 줄은 꿈에도 상상하지 못한 일이다.

"새애기 듣거래이! 밥쌀은 절대로 물에 불리모 안 된대이! 쌀을 물에다 팅팅 불리모 밥맛이 고만치 싱거워진다 그 말이대이!"

"반찬은 세 가지 이상 상에 올리모, 간첩보다 더 나쁜기라! 반찬 가짓수가 많으모 반찬값이 고만치 낭비된다카이! 생활비가 늘고, 생활비 적자 되기 딱 좋다카이."

"……"

"부자도 몬 되고, 돈이 뭉텅뭉텅 들어오는 사장 집도 아니모, 첩첩 반상이 낭비지 뭐꼬?"

"새애기가 까묵으모 절대로 안 되는 일이 또 더 있다카이! 하늘이 두 쪽 난다케도 까먹으모 안 되는 기 뭔고하모, 생활비를 적자로 만들모 집구석 역적아이가! 우리 집은 생활비를 적자로 맹근다카모, 대통령 할배도 쫓겨난 다 그 말인기라!"

"한 번 더 다짐 하모, 음식을 쓸데 없이 많이 맹글어, 남기고 버리모, 친 정서 몬 배웠다꼬, 조상 피가 나쁜 거를 물려 받았다꼬, 욕바가지 배 터지 게 얻어 묵는다 그 말이다카이!"

메주 솥에 물을 넘긴 그 사건 후부터 장 여사가 나를 낮춰본 걸까. 여차 하면 말끝마다 가만있는 친정을 들먹거렸다. 내 친정붙이를 콕 찍어 머리가 없다거나, 나쁜 유전자 탓이라는 둥, 은연 중 무시하는 말이 장 여사의 입 으로 자주 들먹이는 것이었다. 구렁이 보고 구렁이 하면 좋아하겠는가? 장 여사가 내 친정붙이를 깎아내리면 정말이지 나는, 떫고도 속이 상했다. 못난 사돈이든 가난한 사돈이든, 시도 때도 없이 깎아내리면 사돈이 무슨 동네북이란 말인가. 그러나 그 정도라면 인내심을 키울만했다. 이쪽 귀로 듣고, 저쪽 귀로 술술 흘려보내면 됐기 때문이다.

내가 정말 참아내기 어려운 건, 안하무인 장 여사의 그 오만에 찬 도도함 이랄까. 때때로 장 여사는 내 인내심을 시험하는지, 인간으로썬 어찌할 수 없는 환경적인 조건마저 흠잡고 헐뜯어댔다. 조실부모한 것이 일부러 선택 한 죄라도 되는 것처럼 나를 긁는 장 여사의 갑질은 따지고 보면 처음부터 흡족하지 못한 며느리 감인 까닭에 빚어진 탓이겠지만.

"사람은 하날 보모 열을 안다꼬 켔다 아이가. 새애기는 미죽하구로 처진 눈이 감았는지 떴는지 구분이 안되니까네, 애매하니 음흉해 뷔고……."

나는 용암처럼 끓어오르는 화를 꾹꾹 눌러대고 있었다. 아래로 처진 내 눈을 두고 순종적이라 말해 준 사람도 있다. 그렇지만 대한민국 사람치고 입체감 있게 생긴 눈이 몇이나 되는가. 눈알을 부라려 찾아도 흔치 않을 거라고, 그저 참는 게 곧 나를 이기는 시간이라고, 나는 자신에게 암시하듯 중얼거려댔다.

장 여사가 나를 향해 개념 없이 깎아내리며 뱉어낸 말들은 때때로 길고 지루하게 이어졌다.

"새애기, 친정 삼촌어른도 눈이 감은 거 맨치로 찢어졌제?"

나는 너무 놀라운 나머지 잡념에서 깨어난 듯 엉뚱하게 동문서답을 하였다.

"예? 뭐라고요, 어머니?"

"눈을 떴는지 감았는지, 바깥사돈 눈이 답답해 가이고 구분이 안 되더마는, 새애기도 쏙 빼다 박았는갑다 켔다아이가!"

나는 다시 얼뚱하게 말했다.

"무슨 눈이요, 어머니?"

"눈이 단춧구멍 맨치로 쪼맨한 사람은, 간덩이가 크다꼬 카던데, 새애기가 삼촌한테 한 마디 전해봐래이! 행팬이 어렵다카지만도 돈 생기모, 눈 수술부터 쪼매 받았으모 좋겠다꼬, 호, 호, 호!"

어느 날인가, 사촌 꽁지한테서 전화가 걸려왔다. 휴대폰이 없던 시절인데, 언니가 보고 싶다고 꽁지가 전화했을 때, 장 여사가 그 전화를 받았다. 그러곤 내게 바꿔 주었다. 그때, 꽁지가 전화를 받은 장 여사한테 인사도 없이 언니를 바꿔 달라고 했던 모양이다. 예의 장 여사가 기분을 무척 나빠하였다.

"새애기 집은 우짜다 그 모양이 되뿐노? 고만한 여식아가 전화 받는 어른한테 인사도 할 줄 몰라가이고!"

"꽁지가 인사를 안했어요? 어머니!"

"뚱하구로 툭 던지더라! 고만한 나를 묵었으모, 사돈어른한테 인사말도 나긋나긋 할 줄 알 낀데, 쌍놈맨치로 할무이가 뭐꼬, 할무이가?"

초등학생 일 학년짜리 꽁지가 장 여사한테 사돈어른이란 말 대신 '할무이 안녕히 계세요'라고 인사 했다고, 장 여사가 섭섭해서 투덜거렸다.

꽁지가 실수한 그 일 말고도 장 여사가 곧잘 내게 친정식구들 약점을 흠으로 입에 담던 어느 날이다. 마당에 널어 둔 빨래를 걷어오는 중에 내가 양말짝 한 개를 현관 문 밖에 떨어뜨렸다. 뒤따라오던 장 여사가 그걸 줍자마자 내 약점을 건드리는 것이었다.

"새파랗고 젊은 것이 노망들라 카나, 정신 줄을 놓고 사나, 질질 흘리는 거는 무신 꼬라지고? 쯧쯧쯧."

조상의 피가 나쁘다느니, 노망 운운 하는 장 여사의 표현은 나의 모든 것이 맘에 안찬다는 뜻일 것이다. 나는 장 여사의 지적에도 웬만해선 못들은 척했다. 아니, 무관심한 듯 반응하였다. 양말 짝 한 개라도 떨어뜨리면 지적을 당하는 게 시집이란 생각이 들자, 잘난 척 하는 장 여사를 무시하고 싶었던 것이다. 그럴 때마다 나는 비 맞은 스님처럼 중얼거렸다.

"무궁화 꽃이 피었습니다! 무궁화 꽃이 피었습니다!"

중얼중얼 입술을 달싹여댄 나를 본 장 여사가 또 까칠하게 반응하였다.

"새애기는 시에미 말이 강 건너 개 짖는 소리로 들리제? 눈물이 쏙 빠지구로 혼이 나봐야 눈을 깜짝거릴라카나? 밉상 맞구로 칵 닫아 건 귓구녕을 확 뚫어 뿔 수도 없꼬……."

나는 언제부턴가 장 여사의 까탈진 행동을 당연시하는 게 습관에 붙었다. 아니, 통째로 모른 척하는 게 속 편하다고 여겼다. 장 여사가 확 뜯어고치라고 주문을 하는 내 삼촌의 눈을 들먹여대거나, 나만 보면 불만이 가득 찬 장 여사의 부릅뜬 매를 닮은 날카로운 눈이나, 도긴개긴이라 생각한 때문이다. 그리고 어떤 일이든 내게 꼬투리 하나가 잡힌다 싶으면, 질기게 물고 늘어지는 특이한 사람이 장 여사라고, 그냥 시어머니답다고 봐 넘길 뿐이었다.

가구는 닦을수록 윤기가 나는 법이다. 며느리가 밉다는 구실로 흠잡고, 그 흠을 말끝마다 물고 늘어지며 날을 세운 장 여사 앞에만 서면 나는 피곤에 절여졌다. 장 여사의 질긴 푸념과 불만에 내성이 생긴 걸까? 장 여사가 내뱉는 내 약점이 무엇이든 나는 이쪽 귀로 듣고, 저쪽 귀로 흘려듣는 버릇에 길들여지고 있었다. 그런데, 언젠가 한 번은 인내심에 한계를 느낀 내가 인사치레로 장 여사 앞에서 대꾸한 적이 있다.

"죄송해요! 어머니 맘에 쏙 드는 며느리가 못 돼서요."

참으로 뜬금없다 싶은 내 말에 장 여사는 내 눈치를 힐끗 살피더니, 갑자기 레이저 빛 시선으로 마구 쏘아댄 것이었다.

"죄송타 카는 그 말, 양심이제?"

"……."

"죄송타카는 그 말은 백 번도 더 들었대이! 죄송이 뭐꼬? 밥을 주나, 돈을 주나, 또도 아이고 개도 아이고."

나로썬 장 여사 앞에 적절하고 유용할 것 같아 써 본 언사치레다. 그런데, 인사치레의 효용가치가 한순간에 배척당할 줄 짐작조차 못했다. 좋은 고부 관계를 꿈꾸며, 매끄럽게 잘 해 보려던 내 입은 다시 육중한 철문처럼 굳게 닫혀버렸다. 오히려 장 여사의 흥분을 도운 꼴이 됐으니 결과적으로는 본전조차 건지지 못한 셈이다.

"첨부터 진즉 내다 봤다카이. 조실부모하고, 본 바 없는 인간은 뭐가 달라도 다른 법이라꼬! 내가 녹아 실이 되구로 입 아프게 떠들고 또, 떠들었지만도."

때마침 옆에서 장 여사를 향해 시아버지의 말참견이 시작됐는데, 순간 설렁한 기운이 훑고 지나갔다.

"임자 또, 쓰잘데없이 잔소리 하노? 귀에 딱지 앉았대이!"

"첨부터 우리 도명이 혼사 말이 오갈 때, 내가 입 닳아 빠지도록 얼매나 말렸노? 며누리 삼을 처자는, 먼저 그 집안부터 살피야 된다꼬 안켔나? 그때, 당신이 날보고 눈알 휘휘 굴리감서 했던 말, 생각 나능교?"

"……."

"집안이 넓은지, 빽이라 카는 것도 쪼매 있는지."

시아버지가 놀라운 척 장 여사를 응대하였다.

"머어, 빼액? 거기 머꼬? 묵는기가?"

"그때, 당신이 날보고 뭐라 켔노? 똥도 모림서 콧대만 쎄빠진 시에미라카믄서, 내 말 꼬랑지 잡고, 시비 걸었다 아닌교?"

"……."

"당신이 날보고 말을 너무 씹어대서 녹아 실이 된다꼬 켔다 아닌교? 아들

놈 결혼식 잔치 술도 마시기 전부텀 미누리 시집살이 시킬라 칸다꼬, 날보고 눈알 허옇기 까뒤집은 거 기억 안나능교?"

"그때? 그 말 했다 와?"

"못니빼지고 싹수없는 시에미라꼬, 내 말을 얼매나 씹다가 짤랐능교?"

"머라카노? 또……."

"그때, 날 웬수맨치로 입 닳아 빠지구로 질러 쌓더마는, 지금 보소! 어떤교?"

"또, 뭐꼬?"

시아버지의 뚱한 질문에 장 여사가 콧마루를 실룩거리며, 공격하였다.

"모양 좋게 됐지르! 귀한 내 말, 귓등에도 안 듣다가."

듣다 못한 시아버지가 조곤조곤 설득조로 말했다.

"임자! 또, 며누리 깎아대는 소리 하나? 장생포 고래 심줄도 아이고, 질겨 빠진 그 몹쓸 잔소리, 인자는 고마 할 때도 안됐나? 쯧쯧쯧."

"뭐라꼬? 그때, 내 말 들었으모, 진즉 좋았을끼다! 내사 마, 쇠고집 불통 당신이 더 골치고, 원망시럽대이!"

내 흉을 겨냥하던 장 여사의 화살이 순간, 시아버지에게로 날아간 것이었다. 시아버지도 기를 꺾지 않았다.

"내 며누리가 어떻노? 와? 그 나물에 그 밥이 적나?"

장 여사의 까칠한 불만은 계속 누그러지지 않았다.

"뭐, 뭐라카노? 그 나물에 그 바압?"

"그 나물에 그 밥이 적다 말이가?"

"……."

"밥 잘하고, 반찬 맛갈지기 맹글제! 빨래 깨끗이 잘하고, 또, 밤 톨 맨치로 귀여분 손자 펑펑 낳아 줬제!"

"……."

"그거 뿐이가? 손자 방실방실 잘 키우제! 우중충하고 푸석거린 낡은 집구석 반질반질 윤기 나구로 가꾸는 것도 잘만 하잖나, 이 사람아!"

"그 나물에 그 밥 좋아한대이?"

"그 나물에 그 밥이 적다꼬? 아까븐 며누리를 와, 뭐할라꼬 깎아 내리쌓노? 당신이 시에미 티깔 팍팍 내 쌓노!"

장 여사는 시아버지의 지적에 눈도 깜짝하지 않았다.

"당신이 켔제? 조실부모한 처자 며누리 보모 안된다카는 날보고, 귀신 씨나락 까묵는 소리 하지 마라꼬, 내 기를 팍팍 꺾고, 고함도 질렀잖능교? 날보고 늙어서 쫓기 나기 싫으모, 입 좀 닫고 살아라꼬."

시아버지는 뉘우침은커녕 계속 시비를 걸어대는 장 여사기 싫은 모양이었다.

"당신도 차암, 내가 와 그랬겠노? 당신이 너무 별나게 설쳐대니까네, 내가 한 마디 했제!"

"가마가 솥보고 껌정이라카네? 고집하모 당신 아이가?"

장 여사가 계속 토를 달자, 시아버지의 목청도 더욱 높아졌다.

"입 아프니까네 고마해라, 쪼옴! 쯧쯧쯧, 여북하모 에비가 아딜 놈 맞선보는 데까정 따라 나섰을라꼬?"

❋ 대리부모

삼촌이 아버지가 된 것은 내 부모가 교통사고로 갑자기 세상을 떠났기 때문이다. 내 부모들이 같은 날 같은 시각에 사별했지만, 천생연분이나 찰떡궁합은 절대로 아닌 이들이다.

그들은 식은 죽 먹듯 부부싸움이 잦았다. 참으로 아이러니 한 점은 부부싸움을 하던 중 미움에 받혀 이혼하려고, 법원으로 가는 도중에 교통사고를 당한 것이었다. 슬프지만 특이하게도 그들은 결혼식장에 들어설 때처럼 영안실도 동시입장을 한 셈이다. 주변 사람들은 부질없는 한마디씩을 던져대고 있었다. 교통사고로 비명횡사 했을망정, 그들 부부야말로 하늘 아래 둘도 없는 천생연분이라고.

내 부모들 부부싸움의 최초 발단은 아버지가 원인제공자이다. 물론, 아버지의 강한 약점은 대창처럼 얇은 귀를 가졌다. 한 마디로 오지랖이 넓다는 뜻이다. 누구로부터 어렵다는 말 한마디를 들으면, 곧장 동정심이 활활 불타다 못해 재가 되고 마는 이가 내 아버지다.

아버지가 아무런 대책도 없이 엄마 몰래 친구의 빚보증을 써 준데서 우리 가정 불행의 단초가 시작된 것이었다. 아버지의 지론은 언제나 어질고, 똑같았다. 친구의 어려움은 곧 내 어려움이란 인식이 문제였다 할까. 조금의 망설임이나 조건 없이, 남을 돕느라 보증을 써주는 일에 정의감을 불태우는 아버지의 상격이 병이라면 병이었다. 그렇다고 세상만사가 순진한 아버지의 맘처럼 부드럽게 흘러가 준다면 얼마나 정이 넘치고 환상적 사회이겠는가.

아버지의 정의감과 달리 친구의 재정형편이 엎어지자, 우리 집도 덩달아 하루아침에 빚더미 쓰나미가 덮쳐왔다. 한 마디로 알거지가 되고 만 우리는 귀 얇은 아버지의 박애정신이 원수 같은 유죄라 여겼고, 분명한 것은 아버지의 넓은 오지랖 때문에 우리 집이 망했다는 사실이다. 망했다는 건 빈손이고, 빈손은 곧 가난함의 대명사가 된 것이었다.

가난이 먹구름처럼 우리 집을 덮쳐 온 건 정말 순간적이다. 한 푼의 재산도 써보지 못한 채, 홀라당 망한 걸 엄마는 가슴이 아파 죽으려 했다. 아버지가 친구에게 보증 써 준 얘기를 진즉만 들려줬어도, 미흡하나마 대책을 세웠을 것이었다. 그런데, 그 기회조차 놓쳤으니 엄마의 화가 펄펄 끓을 수밖에.

그럼에도 아버지는 엄마 앞에서 겉으로나마 미안해 할 줄을 몰랐고, 헛말로도 용서해 달란 말을 입에 담을 줄 몰랐다. 오히려 아버지는 집안의 불행을 따지러 든 엄마 앞에 침방울을 튕기며, 큰소리로 허세를 부려댔으니 적반하장이랄까. 너무도 뻔뻔하면서 너무도 밉상 맞았고, 징그럽도록 능글맞았다.

"당신 차암, 그 정도로 바닥이가?"

"무슨, 바닥?"

"이 판에, 당신이 좀 참아주면 안 되나?"

"이 판이 무슨 판인데?"

"당신이 날 잡아 묵을라꼬, 시비거는 판이제."

"개판이 아니라 다행이네?"

"남편이 한 일인데, 한 번만 눈감아 주믄 안되나?"

"내 눈이 안 보이모 좋겠제? 흥! 그것도 팔랑귀 당신이 처음이모 또, 몰라."

"삼 년 전, 그 사건은 나도 모리고 당했다 안카나."

"쓸데없이 넓은 당신 오지랖 탓이 아니고?"

값싸게 나온 경매건물을 연명으로 받아서 함께 가든 집 해 보자고, 정보를 제공한 지인이 있었다. 양측에서 반반씩 자금을 출자해 경매를 받았는데, 재주는 곰이 넘고 재미는 왕서방이 본 꼴인 사건이다. 경매 받은 건물의 등기를 끝내고, 잉크도 마르기 전에 지인이 혼자 몰래 팔아먹고 도망을 갔는데, 그때 충격을 받은 엄마는 체중이 홀쭉하니 빠졌다고 했다. 그렇지 않아도 타고난 약골 탓에 얼마나 말랐으면 폐병환자 소리를 들었는데, 어떤 이는 암이 걸렸느냐고, 묻기까지 했던 사건이다.

엄마는 지난 그 일이 떠올라 화가 더욱 끓는 모양이었다.

"사기꾼한테 당한 죄도 자랑이 되네? 쯧쯧쯧! 그 잘난 친척이 팔푼이 당신을 홀랑 벗겨먹고 날아간 줄도 모리고!"

그때서야 아버지의 목소리가 조금 숙어지는 것이었다.

"그 친구 너무 욕하지 마라! 얼마나 어려웠으모, 팔푼이고 가난뱅이 나를 다 이용해 묵겠노?"

"눈 뜨고 당한 것도 자랑이제? 지 코도 못 닦는 주제에, 남의 보증을 써 준 거는 미친 짓 아이가? 위인아!"

"당신은 안죽도 내 말귀 몬 알아듣나? 가내공장 형편이 어려워 딱 1년만 부탁한다 카는데, 우째 외면하노? 냉혈한도 아니고……."

아버지가 엄마를 설득하느라 급히 둘러대다가 냉혈한이란 말이 튀어나온 것이었다. 아버지의 입에서 양해나 이해가 아닌 냉혈한이란 말이 튀어나오자, 엄마는 화가 치밀어 죽겠는 모양이었다.

"뭐어? 하다하다 날 보고 냉혈한이라 켔나?"

엄마가 냉혈한이란 단어에 알레르기 반응을 보이자, 아버지는 흠칫 놀랐다. 그때부터 엄마의 입에선 모터를 단것처럼 쌓인 원망들을 쏟아내기 시작했다.

"와? 내가 냉혈한인 줄 몰랐나? 밥통 같은 위인아!"

아버지는 엄마가 밥통이라 했다고, 꼬투리를 잡고 늘어졌다.

"남편 보고 밥통이 다 뭐꼬? 참말로 칵 미친대이! 동네사람들! 저 여편네 좀 보소! 남편이 밥통이라꼬, 나팔을 불어대요!"

엄마 역시 아버지의 말 공격에 뒤지지 않았다.

"그게 말이가? 방구가? 오지랖 넓은 자기 땜에 집구석이 폭삭 망했는데, 입만 살아 나불대는 꼴이?"

빚보증 때문에 원수처럼 싸우던 내 부모들은 집달리가 붉은 딱지를 붙이러 들이닥친 때부터 외나무다리 위의 원수가 돼 버렸다. 그들은 서로 박박 긁어대고, 할퀴고, 마주치면 눈에서 불꽃이 팍팍 튀었다. 밑도 끝도 없이 서로의 잘못을 탓하고 질러대며, 나무랐다. 아니, 누가 더 날카로운지 겨루고, 으르렁거렸다. 부부싸움은 칼로 물 베기라지만, 칼로 물 베기가 아닌 게 문제였다. 즉, 그 문제는 내리막길에서 브레이크가 고장 나버린 차량 같았으니 말이다.

우리 집 형편이 토성처럼 홀라당 엎어져버린 뒤에도 아버지는 자신을 변호하느라 엄마를 나무라며, 앵무새처럼 읊어댔다.

"집구석 여편네가, 똥도 모름서 입에 독기만 뿜어 쌓노? 남편이 한 일에 빡빡 긁고, 화만 팍팍 내 질러대모 뭔 일이 잘 풀릴 턱이 있나?"

아버지가 본인의 잘못을 반성하는 대신 억지를 부리자 엄마는 가슴팍을 퍽퍽 쳤다.

"저 남자 말 뽄새 좀 보소! 쯧쯧쯧, 남자꼭지가 돼가이고 꼴 난 그걸 변명이라꼬, 씨부렁대나? 멸치 똥만치도 영양가 없이!"

"고마해라! 귀 아푸니까네!"

"집구석에 처박힌 여자도, 빚보증이 뭔지 아는데, 보증도 몰라 집따까리 홀랑 날려뿐 인간은, 귀가 아파 죽어도 싼기라!"

"바보소리 고마 해라, 쪼옴!"

"길 막고 물어 봐라! 자기보다 더 바보가 세상에 있는지?"

아버지가 바보란 말을 읊자 엄마가 짧고 잽싸게 한마디를 날렸다.

"속 터진대이! 바보니까네 지 꺼 주고, 뺨 뙤기 맞제?"

엄마는 그 후부터 몽둥이로 아버지를 때려주고 싶다고 아니, 하루빨리 죽어 없어져야 할 인간이라고, 화를 끓여 염불처럼 읊어댔다. 그런데, 아버지가 밉다고 앙앙불락 날을 세우는 건 애교 띤 예고편에 불과했다. 하루하루 모든 걸 부정한 엄마로 변해갔기 때문이다.

"다 싫대이! 바보도, 일색도 다 싫다! 우리 고마 찢어지자!"

아버지는 엄마가 헤어지자고 할 줄 몰랐을까. 엄마는 아버지를 동물인양 비하했다.

"빚보증 써주는 인간은 사내도, 가장도, 남편도 에비도 아니고, 짐승이다, 짐승!"

아버지의 청력만 더욱 예민해졌을까.

"뭐어? 당신 지끔, 웃기기 대회하나?"

"당신은 웬수라카이! 마누라도 애새끼도 없이 혼자 살모 딱 좋은, 홀아비될 팔잔기라!"

계속 기세등등하던 아버지의 목소리가 한 옥타브 낮아졌다.

"내가 웬수라꼬? 남편을 박 속 맨키로 빡빡 긁어대모, 밥이 나와? 누룽지가 나와? 밥통마누라야!"

엄마는 밥통마누라로 깎아내린 아버지를 향해 이를 갈았다.

"말하는 뽄새 보소! 어느 구석에 국이 끓는지, 장이 끓는지 모름서……."

아버지는 그때부터 앓는 소리를 해댔다.

"고마 해라, 지친대이! 끄응!"

"뭐라? 누 보고 밥통이라카노? 밥통은 밥이나 퍼 담제!"

"그라모, 밥을 퍼 담든가, 배가 터지구로!"

옆에서 듣다보면 피식 웃음이 날 정도의 대화가 계속 이어지고 있었다.

"인간이 밥통도 아니고, 밥만 묵고 똥만 싸모 뭐하노? 우리는 똥 창자 홀랑 까뒤집어도 인자는 똥 먼지 하나도 없는 빈털터리 알거진데."

엄마는 한탄을 하던 중에 목이 멘 모양이었다. 엄마가 미치도록 속을 상해한 건, 그거였다. 빈털터리가 된 처지에도 본인을 뉘우치기는커녕, 잘못을 지적한 엄마의 옳은 말도 헛소리로 깎아내린 아버지가 한심해서이다.

"허우대만 멀쩡하모 뭐하노? 집 한 칸도 몬 지키고, 마누라를 허수아비로 맹그는 남잔데……."

아버지를 향한 엄마의 공격은 시간에 비례하여 극으로 치달아가고 있었다.

"가장이라 카는 말을 와 하겠노? 피죽을 묵어도, 식솔들 챙길 줄 아는 남자가 가장이제!"

아버지는 그때까지도 반성 없는 말들만 쏟아내는 것이었다.

"남자도 가장도 다 싫다꼬 켓제? 좋다카이, 내 가장 사표 그거 놓지 뭐!"

엄마는 그런 아버지가 더욱 더 민상이라고 했다.

"진작 사표 놓지, 와? 그랬으모, 이런 거지 꼴은 없었제!"

"그라모, 당신 혼자 통반장 다 해무라! 내 손발 다 들었으니까네!"

엄마는 드디어 끝을 치달아가고 있었다.

"진작 손발 들지 와? 일 터지기 전부터."

그때, 아버지가 발칵 화를 내면서 큰소리로 공표해버렸다.

"소, 소원이가? 그래, 이혼하고 끝내자!"

"제발! 제발! 빌고 있대이…….."

내 부모가 이혼하러 집을 나서던 날 아침에도 그들의 전선은 때와 장소마저 구분 없이 건드리면 터지는, 폭발물이 장전된 원격조종 버튼 같았다 할까. 입에 복이 혀의 복이라고, 이혼하러 집을 나선 그들은 밤새 앙앙불락 싸우던 대로 대치한 나머지, 법원 문턱에 도착하기 전에 교통사고를 당하고만 것이다. 정말이지 말이 씨가 됐나 싶은 것은, 그들의 동시죽음을 대하면서부터 실감하였다.

그날 새벽에도 비운의 예측이 가능했다 할까. 아버지를 향해 끓어 오른 엄마의 신경질은 날이 훤히 밝아올 때까지 수그러들지 않았다.

"팔랑귀 인간은 씬물 나고, 팔랑귀 사내는 죽어도 싸다카이!"

방귀 뀐 사람이 성 낸다고, 원인제공자인 아버지는 엄마의 잔소리를 이기고 싶어 질기게도 맞불작전을 펴는 것이었다.

"그래, 죽자! 산 꼴이나 죽은 꼴이나 똑같으니까네!"

새벽부터 줄기차게 싸워대던 내 부모는 한나절이 되기 전 동시에 죽었고, 나는 돌에도 나무에도 붙을 데 없이 홀로 남겨진 고아가 되었다.

✽ 아주 긴 이별

시신의 염을 시작한다고, 염사가 유족들을 불러들였다. 하얀 마스크와 가운을 입은 두 명의 염사들이 흰 장갑을 낀 채, 우리가 지켜보는 가운데 내 부모의 시신을 조심조심 만져댔다. 그 장면을 바라보고 있는데, 내 귀에서 어떤 환청이 들려오고 있었다.

"빚은 남의 돈이다. 남의 돈은 휴일에도 새끼를 친다. 남의 돈을 만만하게 보는 인간은 악마다. 빚보증 써주고, 빚을 깔보는 악마는 남편도 아니고, 아비 될 자격도 없다. 악마는 밥도 아깝다, 악마는 얼른 죽어야 한다, 죽어야 한다!"

빚보증을 선 내 아버지를 향해 잔소리를 넘어 저주를 퍼부어댄 엄마가 금방이라도 내 앞에서 홀홀 털고 벌떡 일어날 것만 같았다.

그 사이, 염사들은 돌아가신 분들의 마지막 모습을 정중하게 참관하라는 주문을 해왔다. 죽은 내 부모를 바라보며, 앞쪽에 서 있던 나는 슬금슬금 뒷걸음질을 치고 있었다. 전신에 오싹하니 소름이 돋았기 때문이다. 생명체가 아닌, 나무둥치 같고 또, 험악한 내 부모들 모습이 흡사 귀신처럼 보였던 것이다. 게다가 나를 와락 끌어당길 것처럼 무섬증까지 생겼기 때문이다.

옆에서 숙모가 내 등을 쓰다듬으며, 나직한 목소리로 말을 건넸다.

"무섭지? 원래, 부모도 죽으면 정을 땐다더라!"

숙모가 무슨 말을 하는지 귓결 밖을 윙윙거린다 싶은 나는, 혼란에 빠졌다. 나는 부모들 마지막 모습을 살피라던 염사가 원망스럽다고 생각했다. 돌발사고로 한 군데 터진 곳 없이 얼룩덜룩 검푸르던 내 부모의 마지막 모습은 차라리 안 본 것만 못했으니 말이다.

우리 집이 하루아침에 해체된 걸 계기로 내 신상에도 커다란 변화가 왔다. 오갈 데 없어 삼촌댁에 맡겨진 것이다. 운명인지 팔자인지, 나의 아버지가 된 삼촌은 빤질빤질 광장처럼 넓은 이마며, 광대뼈가 도드라진 볼에 살이라곤 한 줌도 없어 훑어 내린, 뾰족한 주걱턱이 내 아버지와 붕어빵처럼 닮았다. 순간순간 삼촌을 아버지라 착각했던 건, 아버지를 빼닮은 겉모습만이 아닌 까닭이다. 남들 앞에 아쉬운 소리 못하는 삼촌의 성미가 아버지처럼 똑같았다. 그렇지만, 가슴과 달리 내 입에선 아버지란 말이 쉬 나오질 않았다.

삼촌은 한 마디로 골샌님이다. 죽었다 깨나도 남 싫은 소리며, 아쉬운 부탁의 말은 한사코 못하는 성미랄까. 긴 세월 시름하며 운영한 사업을 문 닫을 때 역시, 내 아버지와 흡사하였다. 납품대가를 받지 못해 부도를 당할 처지인데도 거래처에 요구해야할 권리주장은 안으로 수그러들었고, 삼촌이 짊어진 빚 독촉만 곳곳에서 아우성처럼 들으며, 참아내고 있었다. 아니, 이를 악물고 견뎌내기를 익숙해 하였다. 상대의 어려움을 들어 넘기지 못한 팔랑귀 때문에 빚보증을 서고, 그 때문에 재산이 바람처럼 휘익 날아가는 데도, 빚쟁이 앞에 힘든 속내 한 번 털어놓지 못한 내 아버지와 너무나도 판박이로 닮아있었다.

삼촌이 아버지와 다른 점은 바로 그거다. 머리에 먹물이 든 탓인지 최면에라도 걸린 듯 항상 자신의 능력을 과대평가하는 데 있어 아버지보다 한 수 위였다. 디자인이 뭔지도 모른 채, 목재로 물건 만드는 걸 사랑한 일념으로 가구 업에 손댄 엄청난 용기가 그 대표적이랄까. 또한, 일에 비해 보수가 얇다고 불만이던 디자이너가 투덜투덜 시위하며 흔들리다 끝내 휑하니 떠나버릴 때도, 삼촌은 답답한 속내를 겉으로 드러내지 않았다. 오히려 젊은 디자이너가 돌리는 발길 앞에 위로하고 나섰다.

"견디다 힘들면, 유턴 해 와라! 멀건 피죽이라도 반반씩 나눠 마시게……"

숱한 업종 중 마진이 괜찮다는 것만 알고, 섣불리 뛰어든 가구사업이 내리막길을 달리던 차량처럼 거꾸로 엎어지려 아슬아슬한 조짐을 보일 때도, 삼촌은 입술이 닳도록 자신을 방어하는데 자존감을 잃지 않았다. 어디까지나 자가당착이요, 그 누구에게도 인정받지 못한 자기변명 내지 위로에 불과하였지만.

"나, 서상무 식으로 말하면 남들처럼 사업 수완이 부족해서가 아니거든. 단지, 흙수저로 태어난 유죄라 할까. 시대적인 운을 못 탔을 뿐, 누가 뭐래도 우리 업체가 힘든 것은 대물림한 가난과, 경영에 대한 전문성을 키움 받지 못한 환경 때문이지!"

사업이란 지배구조에 따른 감가상각의 결과물에 불과한 걸까. 디자인 투자에 생산비의 원가대비 마진율의 밝은 면만 간파한, 꾼들이 불빛을 보고 날아든 부나비처럼 너도 나도 가구사업에 뛰어든 건 지극히 당연한 이치인지 몰랐다. 그렇지만, 투자금 대비 회전율을 저울 질 하기 전에 급한 마음이 끌린 나머지 가구사업에 발을 적신 이들 모두에게 배를 불려주는 만만하고 녹록한 일은 세상 어디에도 없는 법이었다. 각자 타고난 순발력, 혹은 특출한 디자인 실력에 따라, 미래를 읽는 능력의 결과물일 뿐이랄까. 가구사업 역시 회전자금의 뒷받침을 강하게 요구하는데도, 삼촌은 디자인만 신경을 쓰고, 자리를 지키듯 끈질기게 버텨냈다. 목질의 표피를 매끄럽게 쓸어대는 대패질의 능숙 도나 디자인이 아무리 특출한들, 자본에 쫓긴 영세업체의 운영은 걸핏하면 휘청댔지만 말이다. 결국은 목줄이 튼실한 업체들에게 잡아먹히는 약육강식의 사슬로 이어지는 정해진 흐름의 순서가 뒤따를 뿐인데.

삼촌은 곧잘 자존심만 꼿꼿이 세우는 만용을 부렸다. 자금에 쫓기면서도 회전기간이 긴 어음을 받아오거나 갑의 자리를 유리하게 밀어붙이지 못해 전전긍긍하였다. 곧잘 자금에 쫓길 때면 사업장에 기대 먼 길을 와버린 처지라 빼지도 박지도 못하는 게 주된 이유라 둘러댔다. 삼촌은 영세한 사업장에선 무조건 참아야 된다고 속을 끓이면서도 생존을 위한 강박관념에 취해 말로만 염불하였다. 그렇지만, 절박한 현실에 인내력을 키워봤자 그 누가 공장주의 어려움을 너그럽게 봐 주는 일도 없었지만 말이다.

때때로 신경이 쓰이는 적나라한 장면은 그거다. 쉬울 상 끊어 준 어음쪽지들이 월말이면 사방팔방에서 불나방처럼 펄펄 날아들었다. 가난한 장손집에 제사 날짜 자주 닥치듯 그 일로 인하여 삼촌의 얼굴에는 근심 떠날 날이 없고, 입에선 곧잘 한숨이 푹푹 내뿜어졌다.

숙모도 나름의 처지가 있을 법했다. 월말에 삼촌이 숙모 앞에서 어음 막을 걱정에 한숨을 쉬면, 숙모는 삼촌에게 앙앙불락 대들었다. 도움인지 충고인지 알 수 없지만, 아래로 처진 눈꼬리가 순종적으로 보이던 숙모의 인상이 한순간에 확 바뀌는 순간이다. 찬 기운이 옴팍 묻은 숙모의 목소리가 귀청에 착착 감겨들면 아무리 귀가 질기다 해도 저절로 오금이 저릴 정도이다.

"당신은 사업을 하는지, 어음을 퍼 날린 재미로 사는지, 알 수 없는 남자 같아요!"

삼촌의 표정에 갑자기 긴장이 묻어났다.

"무슨?"

"제발, 휴지처럼 어음을 퍼 날리지 좀 마요! 사업체를 꿍꿍이속으로 주무르는 건 좋다 쳐요! 그렇지만, 자금을 홑돈, 겹돈 따져가며 신중하게 써 줬으면 좋겠어, 쪼옴!"

삼촌의 표정은 숙모를 향한 궁금증이 그득했다.

"홑돈, 겹돈온? 재밌구먼! 그런 돈도 있다니?"

"암만 콧구멍만한 업체라 해도 운영하는 대표랍시고 폼 잡고 어음을 마구 퍼 널면, 돌아오는 그것들을 대체 누가, 무슨 힘으로, 어떻게 막느냐 그거죠, 내 말은."

잔소리는 곧 바가지일까. 사업을 실속 있게 경영하고 싶은 건 모든 업주의 일편단심 로망일 터이다. 쉽고 만만하다고, 우선 먹기에 곶감이 달다고, 어음을 종잇장 퍼 날리듯 마구 남발하는 업주는 하늘 아래엔 없는 법이다. 골샌님 삼촌도 숙모 앞에서 대꾸할 변명은 주렁주렁 차고 넘쳤다.

"잠깐, 민중고 씨! 누가 어음을 휴지처럼 퍼 날렸다고 그래? 오해도 그렇게 하면 못써! 홑돈, 겹돈은 뭐며, 어음을 마구 퍼 날리는 사업주가 세상천지에 어디 있겠나?"

"……."

"소처럼 비빌 언덕이 없는 내 처지에 맨 땅에 헤딩인 거 당신도 알잖소? 사업이랍시고 덤비다 보니, 형편상 어음을 발행한 것일 뿐이지……."

"형편상 어음을 발행한다고?"

"그렇다마다! 사장을 보필하는 사모님이 할 일이나 제대로 하든가! 사업에 지친 남편 기죽이는 데만 그렇게 도가 확 텄나 보네! 사모님은?"

"당신의 기를 죽여요? 누가? 내가?"

"돈가뭄에 치인 업주의 기죽고 아리는 속을 당신은 꼭 그렇게 독 묻힌 가시로 콕콕 찔러대? 취민가? 그러면 기분이 상쾌해져? 벼슬한 것 같아? 속이 시원해지느냐고?"

"누가, 그렇대?"

"남편 속이 진흙탕 스트레스로 왕창 뭉개져도 모름서……."

"이봐요, 서 상무님! 나한테 긁히기 싫으면, 칠칠한 경영솜씨를 보여주든가 아님, 노랑은 노랗다, 파랑은 파랗다, 전후 사정을 알아듣게 설명이나 세세히 해주든가!"

쌓인 게 많았는지 참던 중에 터졌는지, 삼촌은 목청이 찢어지도록 외쳐댔다.

"어쭈우! 말 한번 자알한다! 어떤 팔불출 사내새끼가 마누라 비위 맞출라고, 공자 왈 맹자 왈, 긴 토막 짧은 토막 시시콜콜 보고하누? 누가 들으면 실없는 정보가 돼서 부메랑으로 돌아올지 모르는데……."

"점점, 부메랑은 뭐고, 실없는 정보는 또 뭐야?"

"떨어진 불똥에 발등이 델 판에, 나야말로 참는 것도 이젠 한계거든! 경고하는데, 동냥주기 싫으면 쪽박은 깨지 말게! 민중고 씨, 제발 더 이상 날 흔들지 좀 마소!"

맞장인지 대꾸인지, 삼촌 내외는 서로 자기의 처지를 합리화 시키듯 주장해댔다. 그들이 도토리 키 재기로 티격태격하는 중에도 결제를 요구하는 만기어음들이 바람 탄 종이처럼 휙휙 날아들고 있었다. 어음, 그거야 말로 발행자의 마음을 조급하게 만드는 무서운 재주꾼인지, 삼촌은 흡사 호떡집에 불이 난 것처럼 곳곳의 전화번호를 뿡뿡 눌러댔다. 그렇지만, 어느 누가 삼촌이 발행해서 땅불 나게 돌아오는 어음을 막아주기 위해 돈다발을 쌓아놓고 기다리겠는가. 그럼에도 삼촌은 그렇게나마 타들어가는 속내를 진정시키려 애를 썼다. 또한, 어떻게든 돌아온 어음을 아쉬운 대로 막아낼 때면 안도감을 씹는 눈치였다.

매 월말이면 삼촌이 필요에 따라 끊어 준 어음들이 업주의 목줄을 죄듯 돌아온 그 풍경을 훤히 꿰고 있던 나는 시시각각 책가방을 던져버릴까 말까, 고민에 휩싸였다. 천지 세상에 어느 한 곳 기댈 데 없이 빡빡한 삼촌의 형편에서 보면, 내 학업은 너무도 사치하게 여겨졌기 때문이다. 그럼에도 나는 학업 중단을 선택하는 데 용기가 필요했다. 학생 신분에서 배움이 뭔가? 배움의 열차에서 이탈하면 그것이 곧 탈선이고, 자학이니 말이다.

내 속은 숯검정으로 타들어 갔다. 답답하고 막막한 내 마음이 두 갈래인데, 견디느냐, 용기를 내느냐, 기로에 서있었다. 배움이야말로 절묘한 타이

밍인데, 그러나 유감스럽게도 신은 내 편이 아니었다.

　며칠 전, 삼촌의 사업장에 심부름을 갔다. 그때, 내 눈에선 뭔가 어수선한 분위기가 읽혀졌다. 모두들 힘들게 버틴나는 소문이 꼬리를 붙던 동종업체인 노블이 탄탄한 동종업계인 프린스와 합병한다는 소식이 속속 날아들고 있었다. 그 다음다음날, 허공을 떠돌던 소문이 현실로 나타났다.

　그런데, 소문의 진위는 프린스가 아니었다. 매일매일 아슬아슬하게 버틴다 싶은 삼촌의 프라임이 프린스 대신 노블과 합병한 것인 줄 나중에 알았다. 엄격히 말하면, 배고픈 노블이 허기져있는 프라임을 먹어 치운 셈이다.

　삼촌 내외의 눈치를 보면서 하루하루 손톱여물을 썰던 나는, 끝내 용기를 내지 않을 수 없었다. 그리하여 스스로 학생 신분을 던져버려야만 했다. 자퇴를 선택한 내가 결국 환경의 지배를 받고만 셈이다. 슬프지만, 가슴이 아프지만, 미래를 위한 배움이지만, 오늘의 나를 발목 잡는 걸림돌이고, 사치였기 때문이다.

　학교생활에 종지부를 찍어버리니 후유증이 순간순간 나를 엄습해왔다. 우울감에 치인 나는 매일 깜깜한 밤이면 습관처럼 숨죽여 울었다. 때때로 답답한 가슴을 퍽퍽 치며, 쥐어뜯었다. 그러나 속에서는 배움에 대한 미련과 후회가 용트림을 해댔다. 아니, 신을 향해 저주를 퍼붓고 있었다 할까.

　나는 자나 깨나 착잡했고, 축 처져있었다. 삶에 대한 희망이 말라버렸다는 느낌 그대로였다. 그것은 우울의 늪이 되어 내 전신을 그 속에 빠뜨렸고, 빈약한 식욕마저 앗아가 버렸다.

　나는 뼈가 없는 해면체처럼 흐느적거렸다. 내 몫의 청춘 바다에 상실감만

출렁출렁 파도를 탔고, 그럴 때마다 나는 암울한 멀미에 시달렸다. 인간에게서 배고픈 서러움이 제일 크다지만, 배움에 대한 굶주림도 그에 버금가는 고통인 걸 나는 그때 처음 알았다. 초라해도 청춘은 청춘이지만, 허접한 내 청춘은 숨이 턱턱 막혔다. 괜히 억울하던 나는 소외받은 느낌에 젖어있었다.

나는 한동안 내가 우는 이유를 몰랐다. 나를 적시는 눈물이 서러운지, 서러움이 눈물을 동반했는지 알지 못했던 것이다. 그런 멍에에 갇힌 내 가슴은 숯처럼 새까맣게 타들었다. 그냥 답답했다. 그렇지만, 답답함에 몸부림을 쳐봐도 내 몫은 내 몫일 뿐인 사실만 확인하였다.

나는 불면에 치여 매일 밤 간절한 스스로를 닦고 있었다. 때로는 신과 세상이 나를 버렸다고, 신과 세상을 향해 원망을 해댔다. 그런 날 밤이면 나는 긴 잠에서 깨어나지 말기를 바랐다. 그것은 또 다른 낯선 갈구였다 할까. 참으로 아이러니한 것은 나를 버렸다고 원망했던 신을 향해 내가 자신도 모르게 간절히 찾았다는 점이다. 신에게 원한 건, 너무도 뻔하였다. 다음 날 아침에 긴 잠에서 나를 깨어나지 않게 해달라는 미련한 주문이 그 방증이었다 할까.

내 표정엔 우울의 그림자가 먹구름처럼 덮여있었다. 순간순간 자살의 충동이 샘솟았는데, 죽음을 갈구하는 나를 압박해댄 우울증은 일기예보와 비례하였다. 흐리거나 비가 오면 나는 더 깊은 방황의 수렁에 빠져들었다. 비가 오는 날이면 무작정 비를 맞고 후줄근히 헤맸다. 우울해진 내 전부를 빗물에 팅팅 불리면 답답한 현실이 부드럽게 바뀔 것 같았던 것이다. 비는 머리카락을 축축하니 젖게 하였고, 젖은 머리카락에 나를 기대어 돌아다녔다. 그처럼 비에 젖은 자신이 싫을 땐 또 다른 나와 저항감에 부딪혔다. 주변에서 번뜩인 제 3의 시선들 아니, 나를 스캔하는 눈빛들이 그랬다. 그들의 눈빛은 잔인하였다. 눈빛이 잔인한 그들은 돌아서며 비에 젖은 내 몰골을 수준 이하의 젊은 여자로 깎아내렸다. 동시에 내게 던져댄 말들도 하나같이 판박이였다.

"가엾다 할까? 미련하달까? 쯧쯧쯧."

"철딱서니! 왜, 스스로 값싸게 굴어? 비싼 청춘을."

"바본가? 젊음만한 재산이 어디 있어?"

그들은 혀를 끌끌 차는 동질성의 소유자들인데, 듣는 내 귀가 안보인 모양이다. 젊음도 희망이 있을 때만, 그 백분의 가치를 발휘할 터이다. 부모와의 긴 긴 이별이 나를 그렇게 만든 것인 줄, 그때까지 나는 몰랐다.

✱ 일탈을 꿈꾸다

후덥지근함이 우주를 둘러싼 계절이다. 우울하고 나른한 기분에 취한 나는 기가 푹 꺾여있었다. 후끈한 기온마저 한낮 속 열기로 빨려 드는데, 사촌 동생 꽁지가 나를 찾아 와 졸라댔다. 시장에 함께 가달라는 주문이었다.

꽁지는 방학 숙제 때문에 시장을 답사해야 한다며, 근심어린 눈빛을 굴려댔다. 방구석에 처박혀 뒹굴뒹굴 방을 닦던 나는 꽁지의 채근에도 아무런 대꾸를 하지 않았다.

잠시 후, 꽁지가 내 앞에서 엉덩이를 흔들흔들 실룩실룩 거리며, 위문 공연을 해 주고 있었다. 빼빼 마른 키에 고사리 같은 손가락을 오므렸다 펴며, 흔들어 댄 꽁지를 보던 내가 무의식적으로 피식하다가 쿡쿡 웃어버렸다. 여고 자퇴 후, 내가 소리 내어 웃은 건 오랜만이다. 꽁지는 자기의 요구에 호응하는 걸로 비쳐진 걸까. 그런 내가 반가운지 폴짝폴짝 뛰다가 손뼉을 짝짝 쳐댔다.

"와아, 언니가 웃었다! 꽁지가 언니 웃겼다아!"

나는 구물구물 일어서서 꽁지를 흉내 내듯이 엉덩이를 두어 번 실룩실룩 흔들어댔다. 그런 나를 본 꽁지가 신나 하기에 한 번 더 몸을 팽그르르 돌리며, 나는 발레 동작을 취했다. 그런데, 그런 내 행동에서 갑자기 어지러움이 느껴졌고, 바닥에 철퍼덕 주저앉아버렸다. 꽁지가 주저앉은 내 등을 토닥토닥 해주면서, 재차 졸랐다.

"언니야, 나는 웃는 언니가 젤로 이쁘다앙! 언니야, 또 웃어 봐, 으응?"

"……."

"언니야, 우리 시장에 한번 가보자! 응?"

나는 건성으로 대답했다.

"시장에 가고 싶어, 우리 꽁지?"

꽁지는 내 말에 기쁘다는 반응으로 팔짝팔짝 뛰었다. 나는 그런 꽁지를 향해 힘없이 대답했다.

"알았어, 시장에 가 주마!"

그때, 꽁지가 동그란 손거울을 가져 와서 나를 비추어 주었다.

"언니야, 거울 한번 봐봐! 웃는 모습 예쁘지?"

꽁지가 거울을 비춰 준 대로 나를 맡기다가 하마터면 나는 악 소리를 내지를 뻔했다. 거울 속엔 히죽한 괴물이 보였던 것이다. 머리카락이 삐죽삐죽 뻗친, 낯설고 퀭한 눈을 가진 한 덩치의 괴기스러운 생명체였다. 학교를 떠나온 후로는 거의 웃음을 담아보지 못한, 시옷자로 처져버린 입술이며, 환자처럼 거무스레한 피부에 초점을 잃은 표정이 거울 속에 있었다.

꽁지의 채근이 다시 이어졌다.

"언니야, 시장 가보자! 언니야?"

나는 꽁지의 채근에 못이기는 척 구물구물 일어섰다. 그러곤 엉클어진 머리카락을 손가락으로 대충 빗어 넘기며, 뒤로 모은 머리카락을 고무줄로 묶었다. 그러곤 내 손을 잡아끄는 꽁지를 따라 어정어정 밖으로 따라나섰다. 그때 빛바랜 모자를 푹 눌러 쓴 건, 머리카락이 새집처럼 떡이 졌기 때문이다.

시장은 활기가 철철 넘쳐났다. 오고가는 사람들 표정도 생기에 차있었다. 정말 딴 세상에 온 것 같았다. 시장이란 공간에는 구매하는 측과, 판매하는 측의 부 즉, 두 가지의 돈이 수평으로 오고 가는 풍경을 만들어내고 있었다. 거기엔 또, 흥정이란 매개가 사람과 사람 사이를 끈끈하게 연결시키는 풍경도 함께 탄생시켰다. 누구에게든 공평한 삶의 기운이랄까, 강한 흡인력 같은 활기찬 기운이 장터란 공간을 에워쌌다.

나는 금방 시장의 본색을 느끼기 시작했다. 짧은 시간이지만 처진 나를 고물고물 되살아나게 해주었다. 기가 죽어 처진 내 두 눈꺼풀이 시나브로 빛을 만들며, 열려져 갔다. 동시에 싱그럽고 짙은 초록의 단 열무가 내 시선을 잡아당겼다. 열무김치를 좋아하던 아버지 얼굴이 잠시 떠올랐다. 건강한 머리카락처럼 반지르르하게 윤기 도는 부추다발도 내 눈에 와 꽂혔다. 비가 오는 날이면 부추전을 곧잘 부쳐준 엄마얼굴도 기억이 났다. 어느새 나는 거북이처럼 느린 걸음을 느릿느릿 과일가게 앞으로 옮겼다. 노랗고 달콤한 참외향기가 시장 통 골목 그득히 퍼지며 나의 후각을 자극해댔다. 먼저 코끝에서 참외 향이 맡아졌는데, 누구의 눈치도 받을 필요가 없었다. 참외의 단맛을 떠올리자 입 속에서 침이 흥건히 고였다.

나는, 참외가 내뿜는 향이며 노란 빛깔에 취해서 넋을 놓았다. 머릿속에선 노랑에 대한 기억 하나가 스멀스멀 피어나기 시작했다. 내가 어렸을 적 명절빔의 노랑 한복저고리가 떠올랐던 것이다. 엄마가 만들어 준 그 추석빔이 예뻐서 나는 밤낮 없이 입었다 벗고, 입었다 벗고는 했었다. 그런 내 모습을 지켜 본 엄마가 처음엔 타이르다가 나중엔 노랑 저고리를 뺏어가 버렸다.

"인조비단을 그렇게 입었다 벗으면 홀랑 닳아 없어지겠다!"

그때, 꽁지가 다시 내 손을 잡아 흔들며, 참외를 가리켰다.

"언니야, 저 노란 참외는 무슨, 과야?"

나는 뜻밖의 꽁지 질문에 떠듬거렸다.

"으응, 참외? 참외가 무슨 과더라?"

그러다 나는 대충 둘러댔다.

"으음, 박과인가? 박과일거야……."

꽁지가 작은 수첩에다 꼼지락꼼지락 메모를 했다. 나는 참외 향을 맡다가 갑자기 쩝쩝 입맛을 다셨다. 향기에 취하다 보니 나도 모르게 입이 다셔졌던 것이다.

꽁지가 다시 내 손을 잡아끌었다. 꽁지한테 끌려 발을 멈춘 곳이 생선가

게다. 갑자기 생선 비린내가 확 코언저리를 덮쳐왔다. 비린내의 역겨움에 내 고개가 돌아가는데, 꽁지도 코를 막았다.

꽁지가 다시 내 손을 잡아끌더니 시장 귀퉁이 난전에서 발을 멈추었다. 붉고 넓대대한 대형 함박에 낙지가 징그럽게 달라붙어 허우적대고 있었다. 꽁지가 손가락으로 낙지를 집적거리며, 혼자 말로 중얼거렸다.

"아이 징그러워! 언니야, 얘가 발을 허공으로 휘휘 저었다!"

건성으로 내가 물었다.

"꽁지야, 춤추는 저 낙지가 무섭지? 징그럽고……."

"낙지가 춤추는지, 휘휘 내젓다가 허물거리고, 뻣뻣하다가 쭉 펴고, 너무 징그러! 잠깐만, 낙지다리에 오톨도톨 동글납작한 것도 붙어있어!"

나는 꽁지에게 힘없는 목소리로 설명해주었다.

"으응, 동글납작한 거는 흡반이야! 빨판인데, 낙지는 무슨 물체든 착 달라붙으면 안 떨어지지!"

그때, 낙지를 파는 상인이 코맹맹이 소리로 말했다.

"팔팔하고 존 놈인데, 요놈을 먹으모 기운이 솟는다케요! 아파서 누운 소도 요놈만 먹으모 기운이 펄펄 난다꼬 카니까네, 낙지 좀 사이소!"

낙지를 들여다보고 있던 중 어릴 적 아버지가 떠올랐다. 아버지는 열렬한 낙지 마니아이다. 오일장 날이면 아버지는 꼭 낙지를 먹어야 직성이 풀린다며, 낙지를 사오곤 했다. 나무 도마 위에 세발낙지를 길게 펼쳐놓고 탕탕탕 내려쳐 다진 후, 참기름소금에 찍어 먹었다. 토막 친 낙지의 반은 썹어 먹고 반은 미끈거려서 그냥 삼켜버렸는데, 마지막에 남은 낙지로 아버지는 연포탕을 끓여 라면사리도 넣어 즐겼다.

빚보증 사건 그 전부터 아버지는 광대뼈가 유독 불거져 여윈 몸을 보충한다면서 오일장마다 낙지를 사온 다음, 의례 통탕통탕 토막을 친 낙지를 참기름에 찍어 내 입에도 한 점씩 넣어 주었다. 나는 토막을 쳤음에도 고물거린 낙지가 징그러워 겨우 씹었던 기억이 남아있다.

어느 장날인가, 거실에서 아버지와 마주 앉아 통탕통탕 토막 낸 낙지를 참기름에 막 찍고 있던 그때, 이마가 벌판처럼 훤한 처음 본 대머리 아저씨가 아버지를 찾아왔다. 잘 알던 사이인 듯 아버지가 먼저 인사를 건넸다.

-어이 문어대가리, 오랜만이다! 요즘 사업 재미 좋나?-

거실에 들어 온 대머리 아저씨가 상에 놓인 낙지 접시에 손을 먼저 쭈욱 뻗었다. 그러곤 토막 친 낙지 한 점을 집어 들고, 참기름에 콕 찍자마자 입에 넣고 우물거렸다. 그는 질근질근 씹다가 맛나네, 맛나네 하고 되 읊더니 젓가락을 내려놓았다. 그때부터, 대머리 아저씨가 아버지를 붙들고 무언가를 설명하느라 침을 튕겨댔다. 나중엔 얼굴을 찌푸리며, 어렵다 어려워 라는 말을 연거푸 뱉어내는 것이었다.

얼마 후, 대머리 아저씨가 아버지의 손을 꽉 움켜잡고 고맙네, 고마워라고 외쳐댔다. 아버지가 대머리 아저씨를 도와준다고 했는지 어쨌는지는 잘 몰랐다. 그렇지만, 훗날 짐작해보면 그때, 아버지가 대머리 아저씨를 도와준다고 했던 것 같았다. 나는 그때부터 이마 넓은 대머리 아저씨를 뺀질이 아저씨라 불렀다. 강단 있게 거절할 줄 모르는 내 아버지한테 낙지처럼 착 달라붙은 뺀질이 아저씨 때문에 아버지가 빚보증을 서게 됐던 것에 대한 기억인 것이다.

꽁지가 넓대대한 물통 속에서 온몸으로 쇼를 해대는 낙지의 다리를 한

가닥씩 세면서, 메모를 했다. 그러다 갑자기 아악, 비명을 질러대더니 기겁하는 것이었다. 낙지가 자기의 세발을 집적거린 꽁지의 손목을 휘익 감아댔기 때문이다. 대상이 무엇이든 일단 목표를 삼으면 착 달라붙는 연체동물 낙지의 주특기가 곧 본능적으로 휘감는 필살기일까. 내 아버지에게 빚보증을 서게 만든 끈질긴 뺀질이 아저씨처럼.

나는 꽁지가 메모를 하는 동안 낙지의 흐느적거린 모습에서 뺀질이 아저씨를 다시 떠올렸다. 낙지의 눈에서 뱀눈같이 음흉한 뺀질이 아저씨의 눈매가 보였던 까닭이다. 아마도 뺀질이 아저씨는 필살기의 촉수로 내 아버지한테 질기게 달라붙어 자기의 목적을 위해 갖은 술수로 매달렸을 터이다. 미끈거리고 징그러운 연체동물 낙지, 오래 전의 사건이지만 뺀질이 아저씨야말로 낙지 같은 인간으로 내 머릿속에 박혀진 것이었다.

나는 꽁지의 손을 잡고, 시장 통을 돌아 나오면서 그릇 가게나, 잡화물건 가판대에서도 활기를 읽었다. 시장이란 공간이 사람들에게 활력과 기운을 불어넣는 어떤 묘약의 세상인가 싶었다. 그 시간을 계기로 나는 시장의 위력을 좀 더 새롭게 깨달았다. 아니, 시장이 낳는 경제파워에 대한 거대한 발견을 했다 할까. 활기찬 상인들이 자살했다는 비보는 아직 한 번도 듣지 못한 것도 입증이 되고 남는 일이라고 생각했다.

나는 시장에서 물음표 하나를 가슴에 품었다.

'시장은 왜 활기가 넘칠까?'

시장을 찾기 전, 나를 부정한 상실감은 그 사이 내게서 시나브로 지워져 간다는 걸 느끼고 있었다. 그런데, 생소하게도 나는 나 자신의 일탈에 대한 욕구가 스멀스멀 피어오르고 있었다.

* 스무 살 신부

 우중충하게 흐린 오후의 노을이 주변을 빈약하게 물들였다. 나는 해묵은 시집 한 권을 서가에서 꺼냈다.

 "행복은 소리 없이 찾아온다."

 나는 곰팡내 풍긴 그 시집을 한쪽씩 넘기기 시작했다. 입으로는 가만가만 읽었다. 낭독이 아닌, 묵독은 더욱 아닌, 시구를 음미한 셈이랄까. 나중에는 주절주절 소리 내 읊기에 이르렀다. 좀 더 길게 목소리를 돋운 채, 시어를 한 줄 한 줄 맛에 들린 듯 읊어대기 시작했다. 귀신에 홀린 걸까, 계시를 받았을까, 내 입에서 시어들이 또박또박 부드럽고 리듬감 있게 흘러나온 것이었다.

 처음엔 낭랑하게 흉내를 내다 차츰 내 목소리에서 시의 맛이 느껴졌다. 나는 차츰 시를 읊는 재미가 생겨났다. 바람에 흔들린 절간의 풍경소리처럼 아니, 노을빛을 가르며 허공으로 울려 퍼지는 종소리의 은은함처럼 시어들의 은율이 내 입 속에서 낱낱이 살아나고 있었다. 좀 더 후부턴 내 입에서 퉁겨져 나온 시어들이 구슬픈 포효로 변해가는 것이었다. 나중엔 꺼이꺼이 울음이 되어 내 입 밖을 튀어 나온 시어들의 묘미를 무자비하게 휘덮어 버렸다. 나는 억압받은 짐승의 절규 같은, 흉부 속에서 끓어올라 처절한 슬픔 같은 걸 뱉어내고 또 뱉어냈다. 그때, 집안사람들이 내 방으로 우우 몰려왔다. 삼촌 내외와 동생들인데, 그들은 놀란 눈빛으로 나를 쳐다보며 어리둥절해 하였다.

나는 그들 쪽으로 눈길 한번 보내지 않았다. 아니, 그럴 여유가 없었다. 아무런 목적 없이, 욕심도 없이, 흥도 없는 시어들을 읊어대느라 목청이 터지도록 허공을 향해 외쳐댔기 때문일까. 뜻밖으로 거칠던 내 복식 호흡이 나중엔 자기삼성에 빠져들었다. 내 목소리가 낯설지만 탄탄한 울림을 만들어낸 것이다.

나는 흡사 한을 풀어내듯이 시 읊는 소리를 구구절절 뿜어냈다. 힘겨운 젊음이 아파서, 환경이란 벽에 부딪쳐 곪아터진 상처를 닦아낼 절규가 필요했는지 몰랐다.

다음 날 저녁에도 나는, 똑같이 주절주절 시를 읊어댔다. 다음 날도, 또 그 다음 날에도, 미친 듯이 시를 뿜어내듯 좔좔 읊었다. 시를 목청 돋우어 구성지게 읊을수록, 또 다른 느낌의 여운이랄까, 쌓인 감정이 후련해졌다 할까, 어떤 쾌감을 맛보았다. 그것은 자기만족으로 무엇에 심취한 정서의 맛, 시구를 마디마디 음미하는 낭송이야말로 마음의 감기인 우울증을 닦아내준, 약손과도 같은 묘약이 돼 주었다.

삼촌이 나를 불러 앉힌 건, 며칠이 더 지나서다. 삼촌은 날더러 허심탄회하게 이야기를 나눠보자며 관심을 보였는데, 아마도 근래 들어 달라진 내 행동에서 어떤 식으로든 절실한 소통을 원했던 모양이다.

"숙아, 너! 시인이 되기로 했어? 그러냐?"

나는 아무런 대꾸도 없이 삼촌의 눈빛만 읽었다. 삼촌도 내 눈치를 살피며, 조심스런 표정을 지었다.

"넌, 그것만으로도 고상하다! 시인이 된 것 같다야, 임마!"

"……"

"그동안 혼자 많이 아팠지? 드러내놓고 말도 못하고."

"······."

"니 맘, 내 다 꿰고 있다!"

"······."

"그래서 말인데······."

나는 뜬금없이 칭찬하는 삼촌의 말에 귀를 쫑긋 세우며, 동시에 그의 입을 멍하니 쳐다보았다.

"내가 할 말이 있는데, 한번 들어볼래?"

광대뼈 불거진 삼촌의 얼굴에서 아버지가 보였다. 불거진 광대뼈를 덮은 것처럼 구레나룻 수염이 거뭇거뭇 얼굴의 절반을 덮고 있다. 인간이 수염을 기르는 행위는 권위적인 심리라 했던가.

"숙아, 결혼을 해보면 어떻겠니? 남들보다 조금 빠르다 싶지만, 그거는 문제가 안 될 거 같고."

나는 삼촌의 입에서 결혼이란 말이 나오자 금방 황당해졌다. 너무 뜻밖이라 대답조차 더듬거렸다.

"겨, 결혼이요?"

"관심만 있으면, 나이는 별 문제가 안 될 거다."

삼촌은 말끝에 긴 한숨을 토해냈다. 눈썹을 움찔거린 삼촌의 설득에 나는 그저 벙어리처럼 듣고만 있었다. 날더러 빠른 결혼을 권하는 삼촌의 속내가 뭘까? 잠시 생각에 취하는데, 그의 감정이 긍정과 부정이 교차되는 모양이었다.

다시, 삼촌의 눈빛이 나를 쳐다보았다. 내 눈치를 살핀 것이다.

"결혼이, 남들 보다 조금 빨라도 괜찮을 것 같구나. 잡념도 훌훌 털어낼 겸."

"……."

"팔팔해야 할 니가 풀죽은 걸 보는 나도 속이, 속이 아니고 미어진다!"

"삼촌은……."

"너도 알다시피 내가, 더 환장하는 거는, 우리 형편이 바닥이란 사실이다. 쉽게 차고 올라 갈 힘이 부치니, 더더욱 그렇구나!"

삼촌의 목소리가 조금 떨리다 가라앉았다.

"결혼이란 말을 꺼낸 나도 사실 어리둥절하다. 그렇지만 젊은 니가, 시들한 파김치로 사느니 기회를 역이용해 결혼하는 게 좋을 것 같다! 인생의 변곡점이 돼 줄지도 모르잖나?"

"……."

"으음, 남자를 만나 젊음도 나누고, 미래를 설계하고."

"……."

"아기를 낳아 고물고물 키우며 정 붙이다 보면, 맺힌 상처도 조금씩 치유가 되겠지? 희망도 생기고, 행복도 얻고!"

나는 결혼을 권하는 삼촌의 말에 괜히 두려운 마음이 들었다. 그래서 고개를 숙인 채, 삼촌에게 힘없이 대꾸했다.

"그래도 아직, 결혼은 좀……."

잠시 뜸을 들이던 삼촌이 한마디를 덧붙였다.

"결혼이 조금 빠르다 싶지? 그렇지만, 너의 결혼은 나름 어떤 돌파구가 되리라 믿는다, 틀림없이!"

나는 삼촌 표정에서 왕년의 철학도 다운 걸 읽어냈다.

"결혼은 어쩜, 인간 본연의 모습을 찾고, 청춘을 개척하는 길인지 몰라!"

"개척, 이요?"

"그렇다고 내가 너의 결혼을 강제로 밀어붙이는 건 절대 아니다! 못난 삼촌이 의견을 내 본 김에 조카 인생에 조금이라도 도움이 될까 싶어 그러는데, 등을 떠미는 꼴이 돼서 미안하다!"

나는 삼촌의 말에 저항감으로 대꾸하였다.

"제가 집에 빨대를 꽂을까 봐서요? 그런 거예요?"

삼촌이 조금 당황해 하는 것 같았다.

"아, 아니다, 절대로, 그건!"

나는 금방 후회하였다. 삼촌이 내게 악감정은 없다고 여겼다.

"내가, 결혼을 강요하는 건 절대로 아냐! 결코, 네버!"

나는 아무런 대꾸도 하지 않았다.

"이 시점에서 조카가 결혼을 하면, 크게 손해 볼 건 없겠다 그거지, 나는!"

삼촌의 설득이 끈끈하게 이어졌다.

"우리 속담에 중이 제 머리 못 깎는다는 말이 있어! 지금 니 맘에 결혼 이야기가 황당하고 낯설지?"

"……."

"그렇지만, 남자든 여자든 나이 스물이면 성인인데, 좋은 사람 만나 이쁜 가정을 꾸리다 보면, 알콩달콩 사는 재미도 얻게 될 것이고."

"……."

"진부한 소린데, 소크라테스도 말했다더라! 결혼을 하면 공부가 되고, 악처를 만나면 더욱 공부가 될 거라고! 그러니, 결혼은 공부도 또, 인생 반전의 기회도 되지 않겠니?"

"그래도 결혼은, 너무 빨라요."

"그래 그래, 결혼이 급할 건 없지. 이왕 화두가 던져진 김에 긍정적으로 한번 생각해 보자 그거다! 밑져야 본전일 테니……."

나는 삼촌이 말한 끝 대목을 속으로 되뇌었다.

'밑져야 본전? 밑져야 본전은 게임의 룰에선 아주 잘하는 공식이라던데…….'

삼촌은 그때까지도 끈끈한 설득을 이어갔다.

"경험상 결혼은, 일찍 하는 게 좋겠더라! 왜냐면, 너도 알다시피 삼촌은 텅텅 빈손에 여자 꼬드기는 재주까지 없어서 결혼이 많이 늦었잖니? 아직도 오십 밑줄에 똥오줌 못 가리는 새끼 키우느라, 콧물을 줄줄 흘리잖아? 딴 친구들은 학부모가 한창인데."

언니라 부르며, 내 뒤를 졸졸 따라다닌 막내 단지가 삼촌의 마음에 걸린 모양이었다. 나는 삼촌의 의견을 좀 더 시간을 두고 생각해 보겠다며, 그 자리를 물러나왔다.

북어포처럼 깡마른 나를 훑고, 며칠이 더 지나갔다. 뇌리에서는 나의 미래가 흐릿한 터널처럼 아득하게 느껴졌다. 결혼문제가 나를 자신 없게 했다. 결혼에 대해 흥미도 없고, 상상해본 적이 없었기 때문이다. 그렇지만, 나는 최소한 유전자가 닮은 내 삼촌을 위해 숟가락 한 개라도 덜어줘야 할 처지란 걸 깨닫고 있었다. 삼촌댁 형편이 바닥이니 나의 조기결혼이 삼촌댁에 도움이 된다면, 나는 그 길을 택할 참이었다. 그것은 현실 도피를 위한, 아니 내 일탈의 욕구이기도 했다.

나는 결혼에 대해 진지해지기로 작정을 했다. 삼촌이 권유한 그 화두 속으로 부나비처럼 뛰어들어야 될 것 같아서다. 자의 반 타의 반, 삼촌이 권유한 결혼을 선택하는 게 그나마 맘이 편할 것이었다. 나는 삼촌을 돕겠다고 결정하니 주어진 어떤 숙제를 힘들게 해낸 느낌마저 들었다. 어차피 속세를 살아갈 거면, 결혼 선택이 현명하겠다는 용기가 나를 각성시켰다 할까. 물론, 갈팡질팡한 내 청춘에서 결혼이 어떤 전환점이 돼 줄 것 같은 막연한 믿음과, 야릇한 사행심도 없지 않았지만.

나의 결혼은 갓 스물 그 해 가을에 진행되었다. 지체 없이 빠른 시간에 중매가 들어왔고, 맞선을 본 우여곡절 끝에 결혼이란 관문을 통과한 것이다. 우여곡절이라 함은 시어머니 측에서 조실부모한 내 처지가 마음에 차지 않는다는 것이었고, 사사건건 나의 결점들을 찔러댔기 때문이다. 결점 없는 인간이 세상 어디에 있으며, 결함 없는 결혼이 세상 어디에 존재하겠는가. 사람은 누구나 나름의 결점들을 보완하기 위해, 모자란 남자와 부족한 여자가 어울려 결혼하는 것일 터이다. 물론, 미래의 험난함을 예측 못한 채, 먼 길 여행도 떠나듯 말이다. 그 또한 젊음의 용기가 아니겠는가.

갓 스물에 한 남자의 아내가 된 나는 정말이지 젊음이 준 용기야말로 겁 없고, 무모하다는 걸 알았다. 그 일이야말로 너무도 무지한 죄악이란 생각이 들었다. 새내기의 쓸모없는 용기로 결혼했다는 걸 알았기 때문이다. 모르면 용감하다고, 결혼은 정말 간 큰 행동이요, 엄청난 모험인 거였다. 결혼을 빙자하여 가정을 이룬 행위가 무엇을 뜻하는지, 나는 까맣던 백치의 인간이라 여겼다. 연애를 못해 본 탓에 나는 배우자에 대해서도 알지 못했다. 또한, 시댁이란 장소가 어떤 영역인지 더더욱 낯설 뿐인 숙맥이었다. 숙맥의 선택은 불쌍하리만지 용감한 법이었다.

✳ 시집살이 1

시내버스 정차장은 집에서 세 블록 정도의 거리에 있다. 정차장 옆엔 몽글몽글 다듬어진 향나무 숲의 소공원이다. 공원에 드물게 섞여있는 단풍 든 팽나무의 잎들이 나풀나풀 떨어져 내렸고, 공원 저편에서 장발의 여성이 아기를 모델로 사진을 찍고 있다. 청바지 무릎에 구멍이 뻥 뚫린 그녀는 아기를 모델 삼아 온몸으로 촬영을 하였다. 앉았다 일어서고, 구부렸다가 다시 아기의 옷을 매만지며, 피사체를 향한 갖가지 모션에 취해가고 있다. 엄마가 아기를 향해 녹음테이프처럼 연거푸 말했다.

"솔아, 엄마 봐, 까꿍! 솔아, 엄마 봐, 까꿍!"

아기의 시선을 끌려는 젊은 엄마의 몸짓을 넋 놓고 바라보던 나는, 떨어져 내리는 공원 숲의 단풍잎과 시한부인 내 운명이 똑같다는 감상에 빠져들었다.

─솔아, 까꿍! 솔아, 까꿍!─

마치 스냅 사진사처럼 카메라 셔터를 눌러댄 젊은 엄마를 향해 나는 한번 더 눈도장을 찍었다. 그러곤 버스가 올 때까지 엉덩이 두 쪽을 정차장 벤치에 걸터 앉았다.

잠시 후, 병원 행 시내버스가 도착하였다. 운전석 뒤 네 번째 자리가 비어 있었다. 나는 또각또각 걸어가서 빈 좌석에 내 엉덩이를 맡겼다. 앞자리에는 머리카락에 희끗희끗 서리가 내린 할머니가 앉아있다. 할머니의 쪽진 머리에 반짝거린 금비녀가 꽂혀있었다. 금비녀가 눈에 들어오자 나는, 금방 시집살이에 빠져 허우적댄 기억들이 되살아났다. 못 말린 장 여사의 용심(用心)은 정말 나의 시집살이에 엄청난 복병이었기 때문이다.

내가 받은 결혼 패물은 순금반지와 목걸인데, 장 여사의 뜻에 따라 만들어졌다. 화이트골드도 좋지만, 나중에 팔아먹으려면 그런 건 헌 물건이 된다는 장 여사의 노파심에서 황금을 결혼예물로 정한 거였다. 결혼 패물은 순금이 최고라는 장 여사의 뜻이 강하게 작용했던 때문이다.

장 여사가 결혼예물을 맞춰준다며, 금은방으로 나를 불러낸 건 결혼식 며칠 전이다. 금은방에 찾아갔을 때, 가장 먼저 난처했던 건, 금은방주인을 향해 대뜸 쏟아낸 장 여사의 거침없는 말 폭탄이었다.

"세상 차암, 내사 마 이해가 안됩니더! 아들 놈 장가 한번 보낼라카는데, 패물을 와 맹글어야 되는지, 통 모리겠다 아인교! 귀한 돈 들이붓는 그따우 풍습은 언놈이 맹글었는지, 밉상 맞심더! 그 까이꺼 패물은 안 해도 될 낀데……."

장 여사의 말을 듣고 있던 금은방 사장의 표정이 사늘히 바뀌더니 별난 사람 다 봤다는 듯이 대꾸하였다.

"결혼패물은 해도 그만, 안 해도 그만인데, 사납게 소리 질러댈 일은 아니지요. 결혼패물 만들어 나한테 줄 것도 아니고, 누가 여기 비싼 패물 하라고 강제로 시킨 사람 있어요? 정 싫다면 결혼패물 안 해도 누가 뭐라고 할 사람 없으니 돈 굳지 않습니까? 평양정승도 자기 싫으면 그만인데……."

금은방 사장이 심드렁한 기분으로 조목조목 찔러대자 장 여사의 악센트가 약간 낮아졌다. 그렇지만 시비를 거는 것처럼 말했다.

"사장님 쪼매 보이소! 결혼패물은, 뭐라 케사도 금 팔아 묵는 장사치가 맹글어 낸 풍습이 아니겠능교? 내 말 틀린교?"

"그야 뭐, 저는 모르지요."

"아들 놈 어른 맹글라카는데, 뭉터기 돈이 들다 보니까네, 내사 마, 골치가 지끈지끈 아파서 글타아닌교. 뱁새가 황새걸음 뽄보다가 가랑지 찢어질라 케서요!"

그제야 금은방 사장이 눈치를 챘는지, 점잖고도 익살스레 대꾸를 하였다.

"와우! 결혼패물이 황샙니까, 뱁샙니까? 허허허!"

금은방 사장이 다시 장 여사를 쓰윽 훑어 본 후, 한 마디를 더 보탰다.

"황새가 커서 벅차면, 쪼맨한 뱁새 한 마리 키우든가요. 후후후."

사장이 농담으로 응수하자 장 여사도 너스레를 떨어댔다.

"뭐라카능교? 내사 마, 금이라카모 쪼가리만 봐도 좋아 죽겠심더! 부자들 뽄 받고 싶어 카는데, 패물은 순금 가락지 하고 목걸이로 맹글어 주이소! 기왕지사 결혼패물 살라꼬 왔다 아닌교."

"그럼, 그렇게 하시지요!"

"아이고, 아들 놈 장가 두 번만 보냈다카모, 늙어빠진 부모 등골이 홀랑 빠지고 없겠심대이!"

금은방 주인 앞에서 횡설수설도, 신세타령도 아닌 말들을 넣어놓는 장 여사를 본 내가 괜히 민망하였다. 나야말로 보석이나 결혼패물을 결코 요구한 적이 없는 처지이니 말이다.

그런데, 결혼을 한 후에 참으로 황당한 것은, 장 여사가 날더러 결혼패물인 금반지와 목걸이를 못 끼게 했다는 점이다. 시집간 지 사흘 만에 결혼반지를 손에 낀 나를 안방으로 불러간 장 여사는 두툼하면서 예리한 손바닥으로 내 목이며, 손가락을 더듬더듬 훑어댔던 시어머니다. 그것은 반지며 목걸이를 내게서 뺏다시피 가져가기 위함이었다. 이유는 그거다. 금반지를 일상적으로 끼면 무른 성질의 순금이 금방 닳아져 버린다는 이유였다. 장 여사의 논리는 이해가 되었다. 그렇지만 나는, 결혼패물을 빼앗기고 본즉, 기분이 나빴는데 손가락이 무척 허전하였다. 스스로 위로하고 달래고, 체념해도 섭섭한 건 사실이었다. 결혼생활에 충실 하는 증표가 결혼패물이라 여긴 까닭에서이다.

그 후 나는, 금반지며 목걸이에 대한 안부를 귀로 듣거나 눈으로 본 적조차 없다. 물론, 어느 장소에서 누구에게로 옮겨 갔는지에 대해서도 알지 못한다. 그렇다고 내가 장 여사 앞에서 금반지의 향방을 묻는 것도 쑥스러웠다. 아니, 장 여사 측에서 보면 며느리의 그런 행위는 곧 용납 못할 반란이요, 언어도단이 되고 남을 터였다. 다만 분명한 건, 결혼패물 금반지와 목걸이를 장 여사가 어떻게 했을 거라는 짐작만 하였다. 삼수로 힘들게 대학에 들어간 시동생의 등록금에 나의 결혼패물들이 일조를 했으리란 것만 점칠

뿐이다.

버스에서 안내방송이 흘러나왔다.

"이번 정차는 금강한방병원입니다! 다음은, 평화아파트 앞입니다!"

버스가 속의 것을 토하듯 승객들을 쏟아놓은 채, 거무튀튀한 매연을 방귀처럼 내뿜으며 멀어져갔다.

한방병원 건물은 백색으로 도색이 돼 하얀 호텔 같았다. 병원 로비에서 긴 복도를 따라 걷다가 중앙에서 기억 자로 꺾어 돌았다. 그러곤 계단을 톺아 위층으로 올라가니, 2층 중앙 로비가 환자와 보호자들로 북적거렸다.

대기실 벤치의 한 곳에 할머니 환자가 구부린 새우처럼 누워있다. 할머니의 손을 만지며, 젊은 여성이 훌쩍훌쩍 눈물을 찍어냈다. 눈물을 찍어낸 여성의 왼쪽 뺨에 까만 점이 붙어있다. 그런데, 옆 할머니의 그쪽 뺨에도 까만 점이 또렷했다. 붕어빵처럼 닮은 그들은 모녀간인 모양이었다.

나는 딸을 두지 못했다. 딸 형제를 둔 엄마는 금메달 감이고, 아들과 딸을 섞어 둔 엄마는 은메달 감이라는 말이 있다. 그보다 아들만 둘인 나는 어쩜 동메달 감 엄마도 못되는지 모른다. 아들, 아들, 자나 깨나 아들타령만 입에 담고 산 장 여사도 나처럼 딸이 없다. 내가 두 아들만 키운 건, 어디까지나 딸을 낳지 못하게 극구로 말린 장 여사 때문이랄까. 딸은 무조건 싫다고, 노골적이다 못해 무조건 딸은 하나도 많고, 반쪽은 못쓰므로 낳기도 싫었지만, 생긴 적도 없다던 장 여사의 속내가 궁금하였다. 그래서 나는, 장 여사의 속내를 떠보고 싶어 물었다.

"어머니, 혹시 여자로 태어나서 피해가 있는지요?"

"피, 피해? 뭔 피해?"

"세상 사람들 절반이 딸이고, 여잔데요, 왜 소름 돋게 딸을 싫어하는지 궁금해서요?"

"……"

"어머니도, 딸이잖아요?"

한눈으로도 장 여사의 표정이 불편해 보였다. 장 여사의 눈꺼풀이 반쯤 열려져 꺼벙해 보인 것은, 내 말이 못마땅하다는 뜻이다.

"우, 울 어매가, 아들 하나 낳을라꼬, 딸내미를 일곱, 말하자모 칠공주나 펑펑 낳았다 아이가. 딸을 일곱씩 낳은 그 일이 몹쓸 병이 됐는지, 산후병에 시들시들 아파서 한 팽생(平生) 골골 앓다가 불쌍쿠로 죽었는기라!"

나는 걱정스런 말투로 다시 물었다.

"저런, 어쩌다요?"

"우리 집서 딸 형제 일곱은 자나깨나 구박덩이가 됐다카이!"

"……"

"그라니까네 나는, 딸이라카모 꼬라지도 보기 싫다카이."

그때, 장 여사의 표정이 왜인지 쓸쓸해 보였다. 반면, 내 궁금증은 눈덩이처럼 더욱 커져버렸다.

"딸이 싫다고요? 왜요?"

장 여사가 건성으로 대답하는 것 같았다.

"글치 뭐! 통 힘이라꼬 없는 딸이 싫지, 뭐가 좋겠노?"

딸을 싫어한 장 여사는 내가 첫 아기를 가졌을 때, 태아에 대한 반응이 정말 특이하였다. 아니, 미친 듯 유별나게 굴었다. 내가 임신이 됐다는 사실을 알기가 무섭게 장 여사는 무턱대고, 날더러 태아를 지워버리라고, 숨이 넘어갈 듯 다그치고 볶아댔다. 장 여사의 말로는 내게 딸이 잉태될 태몽을 본인이 꿨다고, 그러니 그 태아를 지워야만 한다고, 나한테 무섭고도 거북스럽게 굴어댔다.

나는 처음에 태아를 지우라는 장 여사를 예사로 봐 넘겼다. 그냥 날아가는 말로 태몽이 정확하다는 자기 주정이려니 여기고 있었다. 그런데, 장 여사는 나만 보면 뱃속 태아를 지우라고 다그치고 또, 다그쳐대니 나로썬 엄청 당황스러웠다. 아니, 미칠 것만 같고, 공포스러웠다. 갈수록 낙태주문이 강해졌기 때문이다. 나는 장 여사를 쳐다보거나 맞대면 할 때면, 무서운 나머지 얼른 두 눈을 돌려버리곤 했다. 장 여사가 내 앞에서 아들타령도 모자라 딸을 임신했다며, 무조건 그 태아를 지우라고 강요해대니 그보다 더 살벌한 일은 없었다. 뱃속의 태아가 장 여사를 거부하듯 시시각각 꼼지락대니 더욱 그랬다.

장 여사가 내게 낙태 종용을 너머 강요하는 주문은 날이 갈수록 거세어졌다. 그렇다 보니 나는 가능하면 장 여사를 멀리하려 애썼다. 아니, 마주치기조차 꺼려졌다. 나만 보면 미친 듯이 낙태를 강요한 장 여사를 보는 것조차 몸서리 쳤던 것이다.

그러나 내가 장 여사를 피하는 데는 한계가 있었다. 한 지붕 밑에서 한솥밥을 먹고, 동거하는 가족이기 때문이다. 그래서 나는 더 피가 말랐다. 나만 보면 무턱대고 낙태부터 하라고, 마귀가 되어 다그쳐대는 장 여사를 피할 방법을 찾지 못한 까닭이다.

어느 날, 나는 다짜고짜 장 여사 앞에 무릎을 납작하니 꿇었다. 그러곤 태아를 지우란 말만 거두어 달라고, 두 손을 비벼대며 절박하게 매달렸다.

사실 나는 낙태를 강요해대는 장 여사의 억지를 힘들게 버티느라 실신하기 직전이었다. 그런데, 황소고집의 장 여사는 무소불위로 지위의 힘을 휘둘러대느라 내 의사를 들을 맘조차 없어보였다. 참다못한 나는 장 여사 앞에 아기를 낳아 훌륭하게 잘 기르겠다고, 한 번만 봐 달라고, 무슨 잘못을 저지른 며느리처럼 애걸복걸 하였다.

그러나 장 여사는 내가 사정사정하는 걸 보면서도 눈썹 하나 까딱하지 않았다. 그런 장 여사한테 낙태만 요구하지 말아 달라고, 나는 입에 침이 마르도록 매달렸다. 아니, 낙태란 말만 접어달라고, 설득하였다.

나는 그런 내가 딱하고 싫었다. 찐득이처럼 끈질긴 장 여사의 집요한 억지 앞에서 약해져버린 나의 모성애가 무너질까봐 겁이 났던 것이다. 그런데도 장 여사는 아예 낙태란 말을 입에 달고 살았다. 심지어 오며가며, 내 배를 툭툭 치면서 쓸데없는 딸이니 무조건 낙태하라고, 지워야 한다고, 시어미 말을 듣지 않으면 날벼락을 맞게 된다고, 독하게 악담을 퍼부어댔다. 장 여사가 주문해댄 악담을 들을 때면 나는 오싹오싹 소름이 돋았고, 공포심에 짓눌렸다. 그래서인지 내 입은 가뭄 탄 강바닥처럼 바짝바짝 말랐다. 따라서 입덧에 치여 비실거린 내가 태아를 지켜내지 못할 것 같은 불안감이 엄습해왔다. 장 여사가 뱉어낸 악담들이 하나하나 환청이 되어 진종일 나를 괴롭혔기 때문이다.

"딸은 절대로 낳지 마래이! 딸 태몽인데 억지로 낳으모 싫대이! 고집 부리모 집안 망한다카이! 이번에 낙태해도 너는 젊으니 다시 금방 얼라가 생길 건데, 시어미 말을 거역하고 와, 고집 부리노? 내가 시키는 대로 낙태 안 하모, 우리 집안에 무슨 풍파가 닥칠지 모린다, 그 말 아이가!"

장 여사가 강요하는 낙태소리에 질리고 지치던 어느 날이다. 나는 장 여사 앞에 아예 죄인처럼 무릎을 꿇고 하소연 하였다. 아니, 내 모든 걸 걸고 슬픈 넋두리를 쏟아냈다.

"어머니, 제발 그 낙태소리만 하지 마세요! 생명은 하늘이 주신다는데, 하늘이 점지해 준 축복받은 생명이라는데, 낳아서 건강하고 예쁘게 키우고 싶어요! 아들이든 딸이든요, 어머니!"

장 여사는 여전히 내 말을 들으려고도 하지 않았다. 오히려 더 구구한 소리로 태아를 지워야 한다면서, 낙태를 정당화하는 소리만 지겹도록 이어 갔다.

"딸이 하늘이 내린 축복받은 생명이라꼬 누가 카더노? 어림 반 푼 없고, 참말로 건방진 소리 아이가!"

"……."

"누가 그런 개 방구 엉터리 헛소리 하더노? 딸이 축복받은 생명이라카더노? 이쁘게만 키우모 된다꼬, 누가 카더노 으응? 이 답답이 맹추야! 개가 웃다가 기절할 소리 아이가?"

나는 장 여사한테 왜 딸을 못 낳게 말리는지 궁금해서, 한 번 더 물어 보았다.

"어머니! 꼭 말씀해 주세요! 왜 딸을 낳으면 안 되는지, 그 이유를 요!"

"내가 꾼 태몽을 다시 또 말하자모, 푸르딩딩한 땡감을 손으로 따는 그런 허접한 태몽은 딸 태몽이 맞다고 안 카더나, 딸! 틀림없이 딸이라꼬!"

"어머니! 그래도 낙태란 말씀만은 거두어 주세요! 임신한 저는 모질고 독한 그 말 이제 더 이상 듣기 싫고, 거북해요!"

"거북하다 켔나? 시에미한테? 시끄럽대이! 글코, 니 맘대로, 니 똥집대로 시에미 말 거역하는 거는 어디서 베웠더노?"

"어머니, 제발요! 낙태 소리만 거두시면 어머니가 시키는 건 뭐든 다 할게요!"

"니 고집도 차암! 낙태하기 싫다꼬, 딸 낳을라카나? 니 고집이, 대밭집 할마씨 고집보다 더 억세 빠졌구마는?"

"어머니, 저는 뱃속 태아가 들을까 봐 움찔움찔 놀라고 미치겠어요! 할머니가 그런 험한 말만 골라서 하면……."

장 여사와 입씨름을 하다 보니 나중에는 내 입에서도 독기가 뿜어져 나오려 했다. 게다가 입덧에 치여 비실거린 나는 금방 핑 돌면서 어지러웠다. 입만 열면 낙태를 강요해대는 장 여사의 억지에 어질어질 현기증이 난 것이었다.

낙태를 강요하는 장 여사의 말폭탄은 갈수록 점입가경이었다. 장 여사가 낙태를 강요하는 주문이 잠잠해지도록 나는 한껏 처신을 낮추고, 움츠렸다. 그런데도 장 여사는 지치지 않는지, 나중엔 나를 설득 하려고 들었다. 좀 더 후부터는 한 술 더 떴다. 지금까지 낙태를 강요한 장 여사의 목소리에 기름을 칠한 것처럼 반질거렸다 할까, 정나미 떨어지도록 나긋나긋 여유를 부렸다 할까.

"봐라 새아가, 인자부텀 내 말 이해 좀 해주모 안되겠노?"

이제껏 한 번도 들어본 적 없는 매끈한 말솜씨였다.

"새아가, 내 말 쪼매만 들어 볼래? 이번 얼라를 낙태해도 다시 또 잉태하모 된다 아이가? 팔팔하니 젊은데, 앞으로 얼라는 열도 스물도 더 생길 기회가 많다카이!"

나는 더 이상 참다못해 장 여사 보는 게 화가 치민 나머지 시비 걸듯 입바른 소리를 해버렸다.

"어머니는, 아들인지 딸인지 꿈만 믿고 어떻게 알아요? 무슨 재주로 아들딸을 안단 말입니까?"

나는 무겁게 입을 닫으려다 한 마디를 추가로 날렸다.

"어머니가 언제부터 안단이 박사가 됐어요? 무슨 수로 뱃속 태아의 성별을 아느냐고요?"

짐작한대로 장 여사가 발끈하였다.

"뭐라꼬 켔노? 방금 나보고 안단이 박사라꼬 켔나?"

나는 입을 닫을까 하다가 한 번 더 무리수를 두었다.

"그렇다마다요! 콩알만 한 뱃속 태아를 안단이 박사나 알지, 누가 아느냐 말이지요?"

장 여사는 내 말이 뗴은 듯 콧방귀를 흥 뀌더니, 다시 태몽 이야기를 하는 목소리에 화가 묻어나고 있었다.

"딸 태몽을 꾼 사람이 난데, 와 모리노? 와 몰라?"

장 여사가 나를 잡아먹을 듯 노려보는데, 나는 그런 장 여사가 무서운 나머지 정나미가 떨어졌다. 회유와 압박으로 포기를 모르는 장 여사의 기세는 집념으로 돌돌 뭉쳐진 것 같았다. 잠시 부드럽게 회유하는가 싶었던 장 여사가 그 후부터는 깐죽이는 어투로 바꾼 걸까. 심리전을 펴는 것 같았다.

"우야꼬 참, 새애기는 신랑이 이쁘다꼬, 쓰담쓰담 사랑은 잘 해 주더나?"

나는 흠칫 놀랐다. 장 여사가 또, 무슨 말로 나를 닦달해댈까 소름이 돋았던 것이다.

"솔직히 말하자모, 새 애기가 딸을 낳았다카모 내 아들놈 등골 빼먹는다 그 말인기라! 그런 판국에 내가 새애기 널 딸 낳구로 얌전하니 내비 둘 거 같으나?"

나는 그때부터 혼자 최면을 걸었다. 장 여사의 말을 귓속에 담지 말자고, 그 무슨 말로 나를 협박한다 해도 내 귀를 꽉 막아두자고.

그런데, 장 여사의 결심에 찬 언사는 지치지도 않는 모양이었다. 그날 이후부터는 협박하는 말 속에 뼈가 박혀 있었다.

"내 말 들겠다꼬 케래이! 내 눈에 흙이 들어간다케도, 나는 미누리가 딸 낳는 꼬라지는 절대로 몬 참는다카이! 그리고……."

나는 나를 위한 세뇌운동을 더욱 질기게 하였다.

―장 여사의 쇠심줄처럼 질긴 낙태소리를 나는 전혀 들은 바 없다, 그러니 절대로 신경 쓸 필요가 없다! 못들은 척하자! 무관심하자! 무관심하자! 무관심이 답이다!―

장 여사의 저주 같은 말 폭탄이 그 후에도 이어졌다.

"내 꿈은 뚫꽂이 박사라카이! 그라니까네, 장터분 할마씨가 미누리 딸 낳는 꼴은 절대로 두고 봐 넘길 수 읍다 그 말인기라!"

"……."

"상전이 백해(碧海)되고 백해가 상전되고, 천지가 둘로 쪼깨지고 먼지가루로 뽀사진다케도, 절대로 없다카이!"

"……."

"와 그라노카모, 내가 아딜 놈 엄마기 따문인기라!"

나는 장 여사의 꼴조차 보기가 싫었다. 엄마면, 시어머니면 다인가? 할머니면, 장 여사면, 모든 게 통하는 전지전능한 신이라도 된다는 말인가? 나는 잠시 눈을 감은 채, 진정을 하였다. 그리곤, 뱃속에서 커가는 내 아기를 더욱 강렬하게 지키리라 작심하였다. 아직도 성별조차 모르는 태아를, 단지 딸이라는 이유로, 그것도 믿을 수 없는 태몽을 빙자하여 지워 없애라는 장 여사의 주문은, 정말 어불성설이요, 언어도단이요, 언어폭력이 아닌가. 성별구분 없이 태아로 부르는 것도, 배냇저고리를 성별구분 없이 심플하게 만드는 것도, 다 그런 이유일 터이다. 아들이건 딸이건 건강한 아기를 낳아 튼튼하게 키우는 게 부모의 행복이요, 가정의 미래이고, 나라의 보배가 아니겠는가.

낙태를 강요한 장 여사의 요구는 여전히 식거나 지칠 줄 몰랐다. 오히려 집착을 한 듯 장 여사가 묘한 방법으로 작전을 바꾸는 분위기가 느껴졌다. 따라서 참아내던 나의 인내심에도 한계가 왔다고 여겨질 정도였다.

드디어 나는 장 여사가 요구한 낙태문제를 신랑 도명에게 사실대로 털어놓고, 도움을 청하기로 맘을 고쳐먹었다. 그것이 태아를 지키는 최선이며, 최후의 방법이라 생각했기 때문이다.

도명은 처음부터 내 말을 곧이 듣지 않았다. 도명은 장 여사가 세상에서 제일 경우 바르고, 입바른 성미인지라 절대로 그럴 리 없다는 것이었다. 오히려 시어머니를 흠집 내는 며느리가 되고 싶으냐며, 도움을 청한다는 내 말을 나무라는 것이었다. 너무 충격적이고, 말 같지 않다는 거였다. 장 여사가 갓 스물인 도명을 결혼시킨 이유가 바로 손자를 보고 싶어 한 목적에서 진행시킨 일이라고, 우리의 결혼 전부터 장 여사가 누차 말했다는 것이다. 피가 물 보다 진하다지만, 내 말을 부정하는 도명이 딱해서 나는 울먹거렸다. 동시에 도명이 내 말을 믿든 말든 장 여사의 만행들을 입에도 담기 싫었지만, 나는 주절주절 털어놓았다.

임신 사실을 알게 된 처음부터 장 여사가 무조건 낙태를 강요하였다. 그리고, 아직도 그 낙태강요에 시달리는 중인데, 내일도 낙태를 강요할 장 여사로부터 나는 더 이상 시달리기 싫다, 그런 장 여사야말로 할머니의 자격이 없는 할머니다, 새 생명인 자손의 핏줄을 거부하는 모진 할머니가 세상에 어디 있느냐, 그런 장 여사의 만행을 당장 멈추게 해 주길 바란다. 그러니 태아를 지켜야 할 나로썬 무슨 일을 저지를지 모른다…….

나는 땅이 꺼지게 한숨을 몰아쉬며 울먹거렸다. 그리고 도명의 의혹을 푸는 의미로 장 여사로부터 당한 일들에 대해 삼단논법식으로 논리를 펼치기까지 했다.

"지금 내가 한 말을 믿든 안 믿든 그건 자유다. 그렇지만……."

"……."

"도명씨 어머니도 사람이다. 사람은 누구든 이중적일 수 있다. 그 이중적인 사람이 바로 당신의 어머니 장 여사일 수 있다. 그런 어머니의 또 다른 면을 사실대로 봐야할 아들이 중심을 잡지 않으면 무슨 일이 생길지 모르니 긴장 해 주길 바란다!"

나의 논리는 어눌하고도 서툴렀다. 그래서 일까. 도명이 장 여사를 향해 의심이 가는지, 날더러 조금만 기다려 달라는 거였다. 나는 도명이 느슨해질까 봐 한 번 더 강조하였다.

"그 문제는 빨리 해결하면 좋겠어! 그만큼 태아에게 나쁘고 물론, 나는 무섭고 힘이 빠져 지쳐서 이젠 태아를 지켜낼 자신도 힘도 바닥인 줄 알아

줘요!"

하늘은 스스로 돕는 자를 돕는 법, 내 뱃속의 태아가 존폐의 위기에 몰린 문제는 시간이 빠를수록 좋을 터였다.

"도명 씨, 한 번 더 부탁할게, 당장 태아를 지킬 사람은 아빠뿐이란 걸 잊지 말고, 재빨리 대처해주길 바래요!"

그때부터 태아를 지우라고 다그치던 장 여사가 종일 잠잠한 것은 폭풍전야의 고요함이랄까.

다음 날 오후, 잠잠하던 장 여사의 낙태주문이 다시 재 점화되었다. 잠시 방심한 사이 장 여사가 내 손을 잡아끌고, 집을 나서려 했던 것이다. 병원 문 닫을 시간이 됐다, 얼른 산부인과 병원에 가자, 서둘지 않으면 병원 문 닫힌다, 장 여사는 흡사 미친 듯이 서둘러댔다.

재 점화 된 장 여사의 요구에 나는 경기를 일으킬 것만 같았다. 그만큼 지쳤기 때문이다. 내가 장 여사의 말을 못들은 척하며 버티자, 장 여사는 내 손을 부득부득 잡아끌었다. 그때가 저녁 무렵이었다.

"얼른 가자! 산부인과 문 닫을라."

나는 장 여사가 내 손을 잡아 끈 순간부터 강렬하게 거부하였다. 그렇지만 힘이 모자란 나는 장 여사의 손아귀에 잡혀 질질 끌려가고 있었다. 나는 억센 장 여사의 손아귀를 뗄쳐내고자 질게 달라붙은 찰거머리를 떼어내듯, 장 여사의 손을 밀어내고 또 밀어냈다. 갈고리처럼 악세고 거칠한 장 여사의 손아귀를 연거푸 밀어내며, 필사적 몸부림을 쳤다.

장 여사의 힘은 항우장사였다. 하얗게 센 머리카락을 뒤집어 쓴듯한 늙은 여성의 몸에서 그렇게 강한 에너지가 분출되리라고는 상상이 가지 않았다. 아니, 무섬증 돋게 놀라웠다. 장 여사의 횡포에서 벗어나고자 한 나는, 안간힘을 넘어 젖 먹은 에너지까지 짜내고 있었다.

장 여사의 손아귀에 잡혀 밀고 당긴 내 손목은 금방 빨갛게 부어올랐다. 손독에 발갛게 부은 내 손목을 들여다본 나는 전신에 기압을 팍팍 넣었다. 태아를 지키고 싶은 모성본능의 힘이 조금 더 강했을까. 내 손을 움켜잡은 장 여사의 손에서 스르르 힘이 빠져나가는 게 느껴졌다. 불시에 장 여사가 휘청거렸고, 장 여사의 완력에 휘청댄 나의 중심에너지가 순간적으로 곧게 잡혔다. 아니나 다를까, 그때부턴 장 여사의 눈빛에 살기가 번쩍이고 있었다.

나는 더욱 불안에 떨었다. 아니, 공포심에 경기를 일으킬 것만 같았다. 장 여사의 심중에는 일말의 동정심도 없어 보였다. 얼핏 나를 공격하던 장 여사가 패턴을 바꿨나 여긴 사이, 갑자기 장 여사가 내 귓전에다 소름끼치게 속살거리기 시작했다.

"오냐, 새애기 맘 내가 다 알고 있대이! 인자 더는 낙태하라꼬, 안 할테니까네, 니 캉 내 캉 병원에 한 번만 가 보면 어떠노? 괜찮제?"

장 여사를 공포심으로 쳐다보던 나는 그만, 두 눈을 꽉 감아버렸다. 입에는 큼직한 감을 넣은 듯 불룩하니 부풀렸다. 맘속으로는 이미 장 여사를 향해 스커드 미사일로 거세게 공격을 해댔다. 동시에 감은 눈을 왕방울처럼 부릅뜬 나는, 강렬한 레이저 눈빛으로 보기 싫은 장 여사를 쏘아대기 시작했다.

'시어머니면 다야? 할머니면 최고야? 뱃속 태아를 아니, 손자를 지워 없애라고, 갖은 협박을 해대다 이젠 산부인과에 그냥 한번 가 보자고? 그렇다

고 내 손목을 비틀어 댄, 지독한 저런 화상(畵像)은 인간도, 할머니도, 그 무엇도 아니다! 괴물이다!'

내 목구멍에선 장 여사를 향해 원색적인 욕 꾸러미가 펑펑 뱉어져 나올 것만 같았다.

'마귀, 스킬라, 괴물, 괴물보다 더한 악마! 독기 품은 거미, 밟아 버려도 좋은 짐승! 짐승만도 못한 웬수, 죽어 마땅한 비인간!'

그러나 나는, 되돌아서서 금방 장 여사에게로 날린 강렬한 미움을 가라앉히며, 힘없이 대꾸하였다.

"어, 어, 어머니, 벼, 병원에는 뭐 하러요?"

맥 빠지게 입을 연 나는 장 여사가 악마 같아 고개를 좌로 꺾어버렸다. 잠시도 장 여사를 쳐다보는 것조차 무섭고, 싫었던 것이다.

잠시 후, 나는 비틀비틀 집밖을 나섰다. 그곳이 어디든 무작정 떠나야 한다는 생각만 가득 차 있었다. 그런데, 집밖을 나서기 무섭게 내 눈에선 비질비질 눈물이 나왔다. 좀 더 후엔 진한 슬픔이 줄줄 쏟아져 내렸다. 사면 초가인 내 처지를 누가 알까? 답답한 슬픔에, 괴로움에 북받친 나는 쓰러질 것만 같았다. 힘든 내가 선뜻 찾아 가 안길 부모가 있나, 기막힌 내 속을 구구절절 털어 놓아도 끝까지 들어 줄 유전자 닮은 형제가 있나, 뒤뚱뒤뚱 무거운 몸 끌고 가 하루나마 푸근히 기대고 쉴 고향도 없고, 명색이 친정인 삼촌댁마저 가난의 굴레에 갇혀있는 처지임에랴. 나는 목구멍이 터지도록 소리를 치고 싶었다. 아니, 가슴 밑바닥에선 진즉부터 장 여사를 향한 저주를 주저리주저리 퍼붓고 있었다.

'장 여사는 괴물 할망구다, 독살스러운 저 괴물은 하루 빨리 땅속에 묻혀고 남을 괴물이다 아니, 저런 할망구가 묻히면 땅이 오염되겠지, 지구의 오염방지를 위해 저런 할망구를 지구에서 추방해야 돼, 지구 밖으로 추방시켜야 해! 추방! 추방! 추방!'

나는 이빨을 부드득 갈아댔다.

'흉측한 저런 마귀 같은 할망구는 귀여운 손자를 볼 자격이 없고, 손자처럼 큰 선물을 받으면 안 된다, 안 돼! 저런 괴물은 저주 받다 죽어야 돼, 없어져야 돼! 사라져야 돼! 없어져야 돼, 사라져야 돼!'

밖에서 장 여사를 향해 저주만 퍼 붓다 집에 돌아 온 나는 지친 나머지 환자처럼 끙끙 앓아 누웠다. 피가 거꾸로 솟고, 숨 막히게 시달렸던 긴장이 한순간에 풀린 탓이다.

나는 시체처럼 뻗어 누워있었다 그런데, 심장이 쿵쿵 뛰었다. 그러다 갑자기 아랫배가 뻣뻣하게 뭉치는 것이었다. 나는 갑자기 엄마가 미치게 보고 싶었다. 뱃속에 든 나를 지키기 위해 엄마는 얼마나 끙끙대며 애를 태웠을까. 힘들거나 위험하고 아플 때면 엄마는 어떻게 대처하고 이겨냈을까? 나는 자신도 모르게 줄줄 흘러내리는 눈물을 손등으로 훔치고 또 훔쳐냈다. 좀 더 후부터는 내 눈두덩이 퉁퉁 부어 물에 흠씬 불린 상이 되었다.

그날을 계기로 내 몸의 모든 촉수를 총동원하여 장 여사를 알아내기 위해, 나는 고시공부를 하듯 정보 찾기에 나서게 되었다. 어떤 승산이나 이익도 없는 그 일에 나는 푹 빠져 들고 있었다. 장 여사는 여잔데, 아들을 둘씩이나 키운 엄만데, 왜, 무슨 피해가 있어서, 그다지도 딸을 싫어할까? 아니, 나한테 딸아기가 태어날까 봐서 두드러기 생긴 사람처럼 거부감을 드러낼까? 아니, 귀한 새 생명을 낙태시키려 안달을 해댈까? 왜? 왜? 왜?

장 여사로부터 온갖 시달림과 낙태를 강요받던 나는 어쨌든 임신 9개월째 접어들자마자 아기를 낳았다. 장 여사가 딸 태몽이라 우겨댄 것과는 달리 남자아기를 얻었다. 그런데, 아무튼 조산인지 출산인지 몸을 풀었다. 그러고도 다시 일 년인가 시간이 더 흘러가고 있었다.

우연찮게도 나는 장 여사의 칠 형제 중 여섯째 동생 즉, 시이모 되는 이로부터 장 여사의 기구한 인생 스토리를 들었다. 또한, 딸을 극구 싫어하게 된 장 여사의 깊고도 슬픈 내막을 대충 감 잡을 수 있게 되었다.

장 여사의 부모, 그러니까 나의 시외조부모는 아들을 얻고자 딸을 내리 일곱씩 출산을 했다고 한다. 그런데, 시외조부는 본처가 딸만 내리 일곱씩을 출산하자 본처한테서 아들보기를 포기하는 대신, 또 다른 여성인 후처를 집에 들였다. 후처한테서 아들을 얻고자한 욕심 때문인데, 아들에 대한 집념을 끊지 못했던 것이다.

그런데 시외조부가 후처를 집에 들이자마자 집에는 뜻하지 않은 문제가 생긴 것이었다. 아들을 낳아주려 양반집에 들어갔다고 여긴 후처의 식솔들이 좋은 기회를 잡았다 싶었는지, 후처가 낳은 망나니 자식들이 덤으로 입주해왔다. 그들 형제 중 한 사람 개망나니가 말썽을 도매금으로 부렸다. 오래전부터 곳곳에서 사사건건 말썽을 부리며 성장한 개망나니인지라, 자기네가 나서서 이래라 저래라 먼저 기선을 잡겠다며 분위기를 망치고 나섰다. 장 여사의 여자형제들은 후처 얼굴만 봐도 멀미가 생길 판에 개망나니가 설쳐대니 끔찍하면서 몸서리치게 싫었다.

그 중 말솜씨에 조리가 있고, 자기 신념이 강한 셋째 딸인 장 여사가 먼저 사납게 설쳐대는 개망나니를 쫓아내달라고, 부친에게 항의 겸 요구를 하고 나섰다. 부친은 처음엔 잠잠히 장 여사의 요구를 말없이 듣고 있었다. 중간에서 어느 편도 들지 못해 난처한 처지였던 때문이다. 그러다 입지가 민망해진 후처가 식솔들을 데리고 자기네 거처로 돌아가려하자 부친이 태도를 바꾼 것이었다. 쓸데없는 딸년들이 집안 대를 끊으려고 트집을 잡는다며, 오히려 숨소리조차 내지 못하게 야단을 치고 나무랐다. 그러자 후처의 개망나니는 기가 살아서 더욱 설쳐댔다고 한다. 특히 장 여사의 여형제들을 사냥감 몰아대듯 모여라 흩어져라, 시끄럽게 호통을 치고 나서자 집안 질서조차 무너져가고 있었다. 좀 더 시간이 흐르면서부터는 별나빠진 개망나니가 집안을 휘젓고 다니기 시작했다. 그 꼴을 참아내던 어린 장 여사가 개망나니를 다그치며, 조목조목 따졌다는 것이다. 무슨 오빠가 집밖에 나가 돈 벌 생각은 안 하고, 천날 만날 집구석에 콕 처박혀 나쁘고 천박하게 옷이나 벗고 다니느냐고 따지고 나섰다. 그러자 후처의 개망나니는 조목조목 따지는 어린 장 여사 앞에 허연 이빨을 드러내며, 가시내가 뻣뻣하고 드세다느니, 매력이 눈곱만큼도 없다느니, 여자애들이 뭘 믿고 방아공이처럼 못생겼다느니, 온갖 약점을 헐뜯으며 기를 죽이러 설쳐댔다. 그런 개망나니 보는 걸 참기 어렵고 짜증이 난 어린 장 여사가, 부친에게 나서서 개망나니를 쫓아내든지 아니면 일곱 딸들과 어머니를 딴 집으로 분가 시켜 달라고 요구하였다. 그렇지만 부친은 삶은 호박에 이도 들어가지 않았다.

그러던 어느 날, 부친은 계속 질기게 청을 넣고 저항하던 셋째 딸 장 여사를 콕 찍어 탓하기에 이르렀다. 똑부러지게 똑똑한 딸이 유독 처신을 못한다며, 집안 질서를 깔아뭉개려 드느냐고, 야단을 치는 것이었다. 딸자식을 잘못 가르쳤다며, 진즉부터 고삐를 잡지 못해 후회가 막급이라며, 눈물이 쏙 빠지게 혼을 냈다. 그럼에도 어린 장 여사가 반발하며, 계속 분가를 요구하자 어울리고 섞여 살아야 될 피 다른 오라비 하나 긴사하지 못한다고, 힘께 어울려 살기 싫으면 당장 집에서 나가라고, 부친이 모진 소리를 질러댔다. 절이 싫으면 중이 나가야지 절이 중을 떠날 수 없지 않느냐는 것이 부친의 지론이었다. 원래 아비가 다른 인간들이 모여 살면 잡다한 소리가 나는 법이었다.

결국 부친은 어린 장 여사를 쫓아내 버렸다. 분가를 요구한 장 여사 측에서 보면 동냥도 못 얻은 채, 바가지만 깨진 꼴이랄까. 분가를 시켜주기는커녕 딸 된 가슴에 못 박히는 야단만 잔뜩 듣고, 쫓겨난 것이었다.

쫓겨나면서 어린 장 여사는 부모도 형제도, 집안도 고향도 다 싫어졌다고, 눈물을 삼킨 채, 집을 떠났다. 왜냐면, 피도 물도 안 섞인 개망나니가 깡패처럼 설쳐대는 꼴을 도저히 못 볼 처지이니 어디로든 떠날 수밖에 없었기 때문이다.

어린 장 여사는 옷 보따리 하나 달랑 들고 먼 친척집으로 일을 도와주러 갔다. 그런데, 말이 쉬워 일 도우러 간 것이지 식모 일을 봐주는 조건이었다. 거기까지는 지극히 상식적인 순서인 거였다. 왜냐면, 집을 떠난 장 여사의 뒤를 쫓아 후처의 개망나니가 미친 듯이 뒤쫓아오지만 않았다면 말이다.

개망나니가 장 여사의 뒤를 쫓아오자 화가 난 장 여사는 개망나니를 향해 욕사발을 마구 퍼부어댔다. 그때부터 개망나니는 드러내놓고 장 여사를 본격적으로 괴롭히는 것이었다. 자기와 결혼해 달라는 요구는 신사적인 인사치레고, 자기의 애를 낳아달라는 둥, 자기 따라 낯선 곳으로 도망가서 함께 살면 호강을 시켜 주겠는 둥, 허황된 소리만 널어놓았다.

좀 더 후부터 개망나니는 장 여사를 성폭행하기에 이르렀다. 집이 가난하고 못난 행동 때문에 장가를 못 든 까닭이랄까. 그 일로 인해서 운 사납게도 열다섯 장 여사가 임신을 하게 되었다.

장 여사는 누가 알새라 속을 끓이다 그 댁 안주인에게 들켰는데, 사실형편을 죄다 털어놓고 침이 마를 정도로 통사정을 하였다. 요즘처럼 산부인과 병원이 흔한 시대도 아닌 때인지라 그 집 안주인은 장 여사가 임신한 걸 비밀로 지켜주겠다며 품어주었다.

임신한 장 여사는 구석진 식모의 방에서 먹고 자며 숨어 지내다 아기를 낳았는데, 딸이었다. 눈망울이 선한 아기를 보자 안주인은 장 여사의 딸을 자기 호적에 올려 정성껏 키워 줄 테니, 친자를 포기하면 보상도 하겠다고 꼬드겼다. 또 덧붙인 말은 훗날에 가서 좋은 사람 만나 결혼하면 그때 다시 아기를 낳으라며, 돈 몇 푼 쥐어주면서 장 여사를 집에서 쓰레기 치우듯 내보냈다. 어린 미혼모가 딸을 키우려 했지만, 그마저 난관을 만나 아기를 휴지조각처럼 뺏기고 만 것이다.

그 후, 미혼모 장 여사는 빼앗긴 아기 때문에 혼란스러웠다. 먹고 사는 건 더욱 앞이 캄캄하였다. 그러다 아기를 데려와 키우겠다는 욕심에 우선 돈을 벌겠다고 나섰다. 그렇지만 장 여사는 식모일밖에 할 줄 아는 게 없었다. 그때마다 식당일을 봐 주거나 남의 집에서 궂은 일 힘든 일로 시간을 보내며, 타향살이 곳곳을 누벼야만 했다는 것이다. 그러던 중, 노총각인 시아버지를 배필로 만났다는 내용이 장 여사의 개인적인 역사라고 했다.

그 언제인가 나는, 장 여사가 한 번씩 혼자 중얼거리며 누군가를 불러대던 모습을 훔쳐 본 적이 있다. 내가 비록 장 여사의 시집살이 횡포에 피가 마르게 시달리고 뼈를 깎는 고생을 했지만, 장 여사의 그 비밀을 끝내 물어보거나 확인히지는 못했다. 그만큼 비밀스런 내용이기 때문이었다.

✻ 새 생명 잉태

신혼여행을 다녀온 얼마 후부터 내 몸에는 이상한 신호가 나타났다. 그야말로 말머리 아기가 생긴 것이다.

나는 정신을 차릴 수가 없었다. 당연히 겪거나 들어본 적조차 없는 시집살이가 서툴고 어려운데, 임신을 했으니 두렵기까지 하였다. 지극히 서민적인 땟국이 꼬질꼬질하게 밴 낯선 시대의 환경도 암울하게 여겨졌고, 신혼 초부터 엄마가 된다는 생경한 경험 또한 나의 혼을 깡그리 뺏어갔기 때문이다. 그러다 보니 때때로 넋을 놓은 채, 나는 멍을 때리곤 했다.

나는 시집살이가 힘든 나머지 숨을 쉬는 것조차 부담스러웠다. 잠자리에 들 때부터 불안하여 끙끙거렸고, 잠이 든 중에도 비몽사몽 허덕거렸다. 그 중, 나를 트라우마에 빠뜨린 대상은 시어머니란 존재였다. 쉽사리 나의 일상을 쥐고 흔들어댔기 때문이다. 나의 일거수일투족이 호시탐탐 감시당한다는 걸 뼛골 마디마디가 체감했다 할까. 나의 일상은 흡사 살얼음을 딛는 것처럼 아슬아슬한 느낌이었다. 그러니 보통의 필부필부들이 선택하는 결혼생활에도 전문성 그 이상의 무엇이 요구된다는 점을 시시각각 깨달아갔다. 아니, 세상의 모든 게 쉬운 건 하나도 없다는 걸 터득하고 있었다.

신혼여행 중에 나는 신랑에게 의견 한 가지를 냈다. 바로 공부에 관한 문제다. 공부야말로 기회가 생기면 다시 도전해보고 싶다고, 내게 그 기회가 주어지면 평생 동안 왕씨 집안을 위해 최선을 다 하겠다는 속내까지 털어놓았다. 그가 내 속내를 이해해 주길 믿었기 때문이다. 그 후에도 공부하고 싶다는 말을 그에게 살짝 꺼낸 적이 있다. 그러곤 속으로 그런 기회가 오기를 기원하였다.

그러나 내게는 그 기회가 쉽사리 와 주지 않았다. 나는 기회의 벽이 너무 높게만 여겨졌다. 공부하는 일에 뛰어들기엔 시집살이가 정말 벅찼기 때문이다.

결혼 후, 몇 달째 접어들었다. 내 몸의 변화는 이따금 울컥울컥 올라올 것 같이 속이 메슥거렸다. 소화도 안 되고, 체한 듯 답답하였다. 별로 먹은 것도 없이 자꾸만 속의 것이 목으로 되넘어 올 듯 역겨운 신호를 보내왔다. 특히 음식냄새가 코언저리로 퍼져오면 내 속은 왈칵 토악질을 해댔다. 기분이 찝찝할 땐 속이 더욱 느글거렸다.

일상이 상쾌하지 못한 그때, 내게 찾아 온 변화는 상큼하고 입맛 당기는 신맛이다. 때로는 신맛 난 과일이 그리워 입속에 들어오는 착각에 빠지기도 했다. 입맛의 변화는 나를 오래 전 기억의 늪에다 가두었다. 언젠가 먹었던 기름진 막창요리가 먹고 싶고 또, 어렸을 적 엄마가 해 준 잔치국수가 당기는 날은 머릿속에서 진종일 국수에 대한 환영이 맴돌았다. 왕 멸치를 푹 우려낸 진한 국물에 송송 썬 대파며 다진 마늘이며 참기름 떨군 양념장에 말아먹는 잔치국수가 생각할수록 그리워졌다.

나는 축 처져 있다가 구물구물 일어나 멸치육수를 끓이러 나섰다. 그러곤 맛있는 냄새를 풍기는 멸치육수에 국수를 말아서 혼자 걸신들린 듯 먹어댔다. 아니, 숨어서 끓인 국수를 누구에게 들킬 새라 후루룩 마셔버렸다 할까. 못 먹어 축 처져 있다가 눈이 뜨였으니 말이다.

그날도 입덧에 치여 비실거린 나머지, 점심 대용으로 국수를 삶고자 물을 끓이고 있었다. 장 여사가 경로당에 갔다고 마음 놓고 국수다발을 뜯고 있을 때 마침, 장 여사가 집으로 돌아온 것이다. 나는 깜짝 놀라서 왕방울만한 눈으로 장 여사와 마주치고 말았다. 급한 마음에 국수를 쥐고 있던 내 손을 얼른 등 뒤로 감추었다. 국수다발을 장 여사 앞에 들킬까 봐서다. 그런데, 너무 순간적 행동이라 내 손이 국수다발을 놓쳐버렸다. 부엌 바닥엔 부서진 국수동강들이 허옇게 떨어져 어지러운 풍경을 낳았다.

나는 장 여사의 눈치 살피기에 급급하였다. 순식간에 일어난 일이라 엄청 당황했던 것이다. 그런 내 모습을 적나라하게 마주한 장 여사가 먼저 흥, 하며 콧방귀를 뀌었다. 그러더니 두 눈을 게슴츠레 뜨며, 나를 녹여 없앨 듯 노려보았다. 나는 등에 땀이 흥건했다. 그렇지만, 국수의 부스러기들을 손으로 끌어 모아 쓰레받기에 담았다. 그때, 장 여사가 내게 턱짓으로 가리키며 물었다.

"거기 뭐꼬? 국수 아이가?"

나는 당황해서 어물어물 대꾸했다.

"예에? 소, 손이 미끄러워 놓쳤네요!"

어물거리는 나를 향해, 장 여사가 재차 물었다.

"와? 죄졌나, 우물쭈물 카노?"

나는 죽었구나 싶어 기어들어가는 목소리로 둘러댔다.

"예? 아, 벼, 별거 아니고요……."

다시 장 여사가 따지듯 물었다.

"별거 아니다 켔나? 그라모 와, 허둥거리노?"

장 여사는 이미 상황판단을 죄다 꿴 모양이었다. 부서진 국수조각의 잔해를 향해 장 여사가 재차 손가락질을 하였다.

"국순데 와, 쉬쉬 감출라 카노?"

그때, 장 여사가 주방 가운데로 들어와 허리를 굽혔다. 그러곤 쓰레받기에 담겨진 국수 부스러기를 손에 잡는가 싶은 순간, 그걸로 나를 향해 획획 던져댔다. 두 번씩이나 던지는 통에 나는, 국수벼락을 맞고 말았다.

"국수 말아 묵을라 켔제?"

"죄, 죄송해요, 어, 어머니……."

나는 그때부터 가슴이 쿵쾅쿵쾅 뛰었다. 장 여사는 나를 향해 계속 눈을 흘기며, 노려보았다. 나는 죄책감에 눌려 아무 변병도 찾지 못하는데, 장 여사는 몰래 국수를 먹으려는 나를 이해 못한 채, 까칠한 감정을 드러냈다.

"새애기, 와, 속이노?"

"……."

"시에미를 물로 봤제?"

"어, 어머니……."

"그 나이 묵을 때까정, 친정서 뭐를 배웠더노?"

"……."

"느그 집도 차암! 딸 년을 시집 보내믄서 시에미를 속이모 안 된다 카는 거를 갈처서 보내야제! 쯧쯧쯧."

장 여사가 화를 내는 건 그러려니 여겼다. 시어머니의 심통은 부엌바닥에서도 솟는다고 했잖은가. 그런데, 죄 없는 친정집을 들먹여대는 장 여사의 심리를 나는 이해할 수 없었다. 미운 파리를 치면 고운파리도 치인다지만, 잘났든 못났든 며느리 친정이면 장 여사 입장에선 사돈댁이 아닌가. 사돈댁이 만만해서, 함부로 하는 걸까? 그때까지 장 여사 앞에서 임신 사실을 꺼내지 못한 내 불찰이라 여기니, 괜히 억울한 기분도 들었다. 내 눈에는 어느새 눈물이 방울방울 맺혔다.

늦었지만 그때서야 나는 장 여사한테 임신 소식을 털어놓고 싶었다. 아니, 내 임신을 축하받고 싶다는 욕구가 목구멍에서 스멀스멀 치밀었다. 그렇지만, 나는 금방 도리질을 하였다. 부질없다는 생각에서이다. 만약 내가 장 여사 앞에서 임신 사실을 털어놓으면 혹시 또, 무슨 말로 나를 향해 공격을 해 올까, 지레 걱정이 됐던 것이다.

나는 국수 사건 후부터 입맛을 놔버렸다. 물 한 모금도 마시면 금방 웩웩 되올라왔다. 그렇다고 입에 맞는 음식을 내 손으로 만들어 먹는 것도 시집살이 형편상 어려웠다. 그 때문인지 기운을 잃은 나는 비실거렸다. 기진맥진해서 속으로 뇌우쳤다.

'몰랐다! 진정 몰랐다! 여자의 죄가 이렇게 큰 줄을!'

어린 날 엄마에게 철없이 씨부렁거린 말들이 저 가슴 깊은 곳에서 후회가 되어 떠올랐다. 가장 깊게 남은 기억은, 바로 계란 사건이다. 소풍 가는 날, 계란을 삶아주지 않는다고 엄마에게 대들었다.

"엄마는 뭐 하러 날 나았어?"

엄마가 눈동자를 확 키우며, 나를 향해 대꾸하였다.

"뭐어, 그게 뭔 소리고? 너를 왜 낳다니?"

나는 내 목적달성을 위해 엄마에게 해선 안 될 말을 겁 없이 쏘아댔다.

"딸이 소풍 가는데, 계란도 안 삶아 주믄서."

"계란? 어매야, 쪼맨한 가이내가 엄마한테 몬하는 말이 없네?"

그 말이 새록새록 내 기억을 긁어낼 줄 그때는 미처 몰랐다. 그 후, 엄마는 내가 소풍을 갈 때마다 잊지 않고 꼭 삶은 계란을 챙겨 주었다. 교통사고로 참사를 당하여 이 세상을 하직하기 전까지는.

✽ 뒤웅박팔자

시댁은 도심에서 약간 비껴나 있었다. 층층의 계단을 끼고 앉은 비탈진 동네였다. 현기증 일게 가파른 계단을 한 층 한 층 톺아 오르자, 눈앞을 막아 선 청색대문이 나왔다. 대문을 삐걱 밀고 들어서니, 흙 마당을 좁게 품은 낡은 건물이 연륜에 치여 우중충하였다. 세월의 때가 묻은 회색 블록 담장 안 여남은 평의 마당 절반이 국유지라고, 신랑이 시댁에 입성한 날 내게 제공해준 간략한 정보다. 적금을 넣듯 따박따박 국유지 사용료를 낸 것은 나중에 불하 받기 위함이란 말도 덧붙여 주었다. 집 살 때, 부모님이 빌린 장기융자금을 착착 갚았지만, 아직도 조금 남아 있다고, 머리를 긁적이며 머뭇거릴 땐 듣는 이로부터 값싼 동정심을 유발시켰다할까. 거무튀튀하게 빛바랜 수도꼭지며, 도금이 벗어지고 짜부라진 양은대야에도 세월의 때가 켜켜이 묻어 있었다. 한눈으로도 내 밑상황이 읽혀졌다. 이때까지 알게 모르게 나를 담금질해 준, 낯익은 풍경이면서 가슴 깊숙하게 똬리를 튼 동병상련이랄까.

저녁 설거지를 막 끝내려는데, 장 여사가 급한 듯 나를 안방으로 불러 들였다. 물젖은 손을 앞치마에 닦으며, 방으로 발을 들여놓은 순간, 장 여사가 표피 낡은 시퍼런 통장을 내 앞으로 던지듯 내밀었다. 손때가 묻어 반질거린 통장이었다. 난감했던 건, 장 여사의 과잉친절이 병으로 읽혀졌는데, 주책없이 늘어놓은 궁색한 뒷말 탓이다.

"새 애기, 시에미가 첨 건네주는 통장인데, 뭉칫돈이 안 꼽혔다꼬 섭섭하니 생각하모, 안 된대이! 뭐라꼬 케사도 살림이라 카는 거는, 쪼맨한 거라도 착실하니 아끼고, 물건을 살 때도 알뜰살뜰 깎아가며, 싸게 흥정하는 데 재미가 있더라카이!"

나는 장 여사 앞이라 입은 다물고 있었지만, 속으론 영양가 없는 장 여사의 사설이 귀에 거슬렸다.

"예-에!"

"살림을 하는 중에, 푼돈이라도 홀딱 없어지기 전에 미리부터 착착 아끼고 모우는 일이 얼매나 재미난지, 그거를 말로는 다 몬한대이. 인자부터 우리 집 행팬이 흥하고 망하는 거는, 전부 다 새 애기 손에 달렸다 카는 거를 절대로 까묵지 말고, 맹심해야된대이! 알겠제?"

"……."

"새애기는 이 시에미가 한 말, 비가 오나 눈이 오나 잊어 묵지 마래이! 가슴에 깊이 묻어놓고 맹심하고, 지켜야 된대이! 돈도 물건도 함부로 펑펑 써 제끼모, 살림거들 나기 딱 좋다 카는 말인기라!"

나는 장 여사의 긴 잔소리가 결코 재미있지 않았다.

"그라고, 안즉도 우리가 빚이 쪼매 남아있는 거는, 너무 걱정하지 말고, 쉬엄쉬엄 갚아 나가모 될끼다. 지난달에 빚을 졸업 할라 켔는데, 마침 도명이 장가 드는 바람에 미뤄졌다 아이가! 그라고 보니까네, 새애기 손에 빚을 떠넘기는 꼴이 돼 가이고, 내가 염치없게 됐다만서도……."

내 눈치를 힐끗힐끗 살피던 장 여사의 표정이 금새 심드렁해 보이던 그때다. 내가 지적을 당한 것은.

"우짜꼬, 인자사 보니까네, 새애기 손이 분통같이 뽀얗빠졌네? 내 걱정은 살림 맡은 아낙 손이 뽀얗구로 분통 같으모, 절대로 존 일이 아니고, 살림 잘할 손도 아니다카이!"

"……."

"죽으모 썩을 몸띵이 개배룩맨치로 사리지 말고, 손도 한 시 반시 놀리모 안된대이. 진 곳 마른 곳 날쎄구로 뛰 댕기고 성당키 살다보모, 새애기 손 맨치로 분통같을 수가 절대로 없다 그건기라."

속담에 며느리 발뒤꿈치가 고우면 시어머니가 달걀 같다고 나무란다는데, 만약 내 손이 갈고리처럼 거칠었다면, 또 장 여사가 무슨 꼬투리로 흠잡고 늘어졌을 것인가.

나는, 장 여사로부터 건네받은 통장을 본능적으로 쓱 훑어보았다. 잔고에 대한 호기심 보다 날고 든 금액이 궁금해서 살폈던 것이다.

그런데, 나도 모르게 한숨이 푸우 뿜어져 나왔다. 빈 통장이면 차라리 낫지, 마이너스 통장을 떠넘겨 받으니, 나도 모르게 불쾌한 감정이 스멀스멀 솟아올랐다. 게다가, 장 여사가 염치없다 싶은 건 밉상 맞은 끝말 때문이다.

"집안이 흥하고 망하는 거는 새애기 손에 달렸다"고, 강조한 장 여사의 말에선. 값싼 내 자존심마저 뺏긴 기분이었다.

그것만으로도 불쾌한데, 장 여사의 입에서 주저리주저리 계속 허접한 주문이 이어지는 것이었다.

"새애기, 남자는 하늘이대이! 자나 깨나 하늘인기라! 말하자모, 우리 도명이가 하늘인데, 하늘이 팽생(平生)동안 잘 묵고 잘 살라카모, 뭐꼬, 치마 셋을 잘 만나야 된다꼬 겠대이!"

"……."

"엄마와 마누라, 미누리를 잘 만나야 남자가 팽생동안 잘 묵고 잘 입고 잘 산다꼬안카나. 부지런한 엄마, 알뜰한 마누라, 솜씨 좋은 미누리를 얻어야, 남자 팽생 잘 산다꼬카니, 치마꼬랑지서 휘파람 소리가 쌩쌩 들리게끔 새애기 몸이 날쌔야 된다카는 말이대이!"

"……."

"눈치도 번쩍번쩍 빨라야 되고, 솜씨도 비단 맨치로 매끄러버야 남자 팽생이 탄탄타 카니, 우리 도명이 팔자도 새애기 손에 맸는기라. 그라니까네, 새애기는 자나 깨나 내 말 맹심(銘心) 또, 맹심해야 된대이!"

나는 장 여사가 주절주절 늘어놓은 주문을 건성으로 들었지만, 궁금하였다. 욕심만 덕지덕지 묻은 장 여사의 그렇듯 강렬한 주문의 끝은 어디일까 하고.

나는 차츰 깨닫기 시작했다. 무서운 입 아니, 혀 없는 세상과 말 없는 세상이 있다면 얼른 찾아가고 싶었다. 세 치 혀끝이 바늘 침보다 예리하고, 예리한 혀의 공격엔 차돌맹이도 조각조각 부서질 것 같아 소름이 돋았다. 듣는 귀를 콕콕 찔러대고, 주변 사람의 인격마저 멍들게 마구 던져댄, 장 여사의 욕심에 찬 말들이 독을 바른 날 선 칼보다 더 무서웠던 것이다.

나는 그날, 쫄깃한 장 여사의 입보다 더 무서운 건 세상에 없다는 결론을 내리고 있었다. 입술 에너지만 강한 장 여사를 만난 게 내 운명이라면, 그 운명에 순응해야 한다면, 정말이지 나는 기막힌 팔자가 아닌가 싶었다. 그때 나는, 장 여사의 그런 모습이 내 시집살이의 팍팍한 조짐인지 몰랐다.

나는 속으로 중얼거렸다.

"도명이 하늘이라고? 하늘? 하늘뿐이면 뭘 해? 뿌리를 내리는 건, 넓대대한 땅인데."

내 기억은 벌써, 시어머니가 주는 것은 설탕물도 쓰다는 서양속담을 떠올리고 있었다. 또한, 그날 후로 나는 한 번도 목젖이 보이도록 웃어 본 적이 없다. 작은 낭비조차 용납하지 않은 장 여사의 일상에서 몸에 밴 절약정신은 알뜰함으로 포장됐지만, 내 눈높이론 그저 궁상으로만 비쳐졌기 때문이다. 아니, 시댁에 입성한 내가 익숙한 궁핍을 내핍으로 포장하러 온 훈련생 같았다 할까. 나는 내가 뒤웅박 팔자라고 생각하였다.

✳ 시집 살이 2

장 여사는 돈에 관한한 뼛속 깊이 무장이 된 지독한 구두쇠 기질의 소유자이다. 돈 쓸 일이 생기면 무조건 거부하는 지리멸렬함 속에 자신을 빠뜨렸다. 일상에서의 소비행위는 지극히 당연한 이치로 몸속의 혈액순환과 같은데, 당장 주머니의 돈이 빠져나가는 것에만 갈등하고 알레르기 반응을 보이니 말이다. 한번은 곁에서 장 여사를 지켜본 시아버지가 참다못해 충고를 하였다.

"돈이 아깝다고 줌치만 움키잡으모, 쓸라꼬 애탕개탕 돈버는 그 짓을 머 할라꼬 힘들구로 안달복달하겠노? 쯧쯧쯧!"

그때, 장 여사의 눈꼬리가 휘익 치켜져 올라갔다.

"그라모, 당신은 줌치서 빠져 나가는 돈이 아깝잖다 뭐, 그 말인교?"

"그렇다카이! 앓지 말고 죽지, 와 사노? 죽으모 땡전 한 푼 안 들 낀데!"

"뭐요? 날 보고 죽어라꼬 켔능교?"

"남팬 말에 억지 부리지 마래이! 돈이 아깝다꼬 무르팍이 빠개질 거 맨치로 아픈데도 병원에 안 가고, 파스 한 장 몬 산다카모, 죽는 게 났다 그 말이라!"

시아버지 말에 기분 나빠하며, 장 여사가 다시 시비를 걸었다.

"내가 죽으모 참말로 좋겠심더, 당신은!"

"지갑을 몬열모, 아픈데 지갑 열기가 싫다카모, 사람이 우째 사노, 모리겠나?"

"와 몰라? 부자 되겠제!"

"흥, 부자 좋아하네! 돈이 아깝다꼬 지갑을 달아걸모, 짠돌이가 시체로 바뀌는기라!"

그때부터 시아버지의 설득이 싫어진 장 여사가 감정조절이 안 되는 모양이었다.

"뭐라꼬? 당신은 마누라 얼른 죽어라꼬, 고사라도 지낼라 카는가베? 내가 죽으모, 부조 돈 한가마니 생기는 줄 알고?"

"쯧쯧쯧! 어깃장 부리지 말고, 내 말 쪼매 들어보소! 돈이라 카는 거는 개미 맨치로 자꼬만 물어다 쌓고, 꾸역꾸역 모우기만 하모 뭐하노? 쪼매씩 씰 줄도 알아야 된다 카는 말 아니가!"

장 여사는 파스를 구매하는 지출 때문에 갈등에 시달렸다. 시아버지의 충고에도 지갑을 열까 말까 망설이면서 끝내 파스 구매하는 걸 포기해 버렸으니 말이다.

장 여사의 돈 관리는 정말 억척스러웠다. 아니, 내 눈높이론 무척 낯설기만 했다. 집안에 돈이 들어오면 먼저 작달막한 직육면체 함에다 차곡차곡 쌓았다. 당연한 것은 구겨진 돈의 허리를 펼 겸, 평평하니 다림질 하는 일도 필수다.

구김살이 펴진 지폐를 착착 쌓은 함 옆에 동전도 포개어 쟁였다. 비둘기 복통만한 문간방을 세놓고 받는 쥐꼬리 월세도 물론, 포함을 시켰다. 두껍든 얇든 일수를 찍듯이 매일 차곡차곡 모아진 지폐는 지폐끼리, 주화는 주화끼리 뭉쳐서 은행에 입금을 하였다. 그 주기는 대략 3개월 정도 걸렸는데, 돈을 통장에 올릴 땐 나한테 시킨 적도 있다. 그럴 때면 통장에 입금된 기록을 찬찬히 들여다보던 장 여사가 작게 입금 된 돈이지만, 마음이 든든

하다고 했다.

장 여사는 돈이라면 지극정성을 넘어 가히 섬기는 수준이다. 칠 공주 딸부자 집에서 가난을 인내하고, 물자를 아낀 습관이며, 절약정신이 몸 세포 구석구석 깊이 밴 모양이었다. 나중에 알았지만, 장 여사야말로 어릴 때부터 경제교육을 스스로 터득한 모양이었다. 장 여사의 말로는 그랬다. 어려서부터 밥 짓는 것과 곡식 아끼는 정성에 이골이 났다고 했다. 농가에서는 가을 양식이 봄 양식이라고, 추수기 때 가을부터 밥 짓는 쌀을 절약에 들어갔다는 것이다. 절약을 위해 추수기인 가을부터 쌀을 아꼈다는 장 여사의 말은, 누구든 깊이 새겨 들을만한 경제교육의 기본기요, 알짜 팁이랄까.

하루는 장 여사가 시범으로 밥 짓는 법이라며, 친절하게 가르쳐 주었다. 겨울철의 시래기밥 만들기인데, 무청 말린 걸 푹 삶아서 한나절 우려낸 다음, 잘게 다져서 밥솥 밑에 깐다는 내용이다. 시래기 위에다 쌀을 얹으니 건강한 밥맛이 났던 건 당연하였다. 또 시래기밥이 물릴 땐, 무를 다져서 밥솥 밑에 앉혔더니 밥맛이 달착지근하였다. 무밥은 차분하면서 입맛을 끌었는데, 묘하게도 나는 자꾸만 그 밥맛에 빠져들었다. 무밥이나 시래기밥은 소화가 잘되고, 쌀도 아끼니 일석이조의 건강식이랄까.

봄이면 향기가 은은한 쑥밥이 입맛을 사로잡는 것도 장 여사가 가르쳐 준 꿀 정보이다. 봄철에 뜯은 연한 쑥을 밥솥에 얹어 먹는 방법은 어렵지 않았다. 봄에 쑥을 많이 뜯으면 말려놨다가 겨울철에 밥솥 밑에 깔면 아주 별미의 쑥밥이 된다는 것이다. 쑥밥을 풀 때의 요령은 나무주걱으로 척척 이기면 떡 맛이 난다고 했는데, 고소한 콩고물을 묻힌다는 대목에선 떡을 좋아하는 내 입 안 가득히 군침이 다 돌았다. 쑥 말고도 냉이를 총총 썰어 쌀과 섞어 지은 밥에 양념장을 끼얹어 비비면, 그 또한 아주 색다른 별미라는 장 여사의 입담은 구미가 생기도록 흥미롭기도 했다.

장 여사는 그밖에도 밥쌀을 절약하는데 특별한 계절이 없다는 거였다. 여름이면 수박의 붉은 속을 파내 먹은 후, 껍질을 깎아내고 잘게 다져 밥솥 밑에 깔아도 무밥처럼 밥맛이 달콤하고 부드럽다는 경험담도 들려주었다. 감자나 고구마 등속을 밥솥에 얹으면 쌀이 그만큼 절약됐다는 이야기는 밥쌀 절약은 물론, 건강식이니 이중으로 득이 될 것 같았다. 밥 한 술 떠먹고, 처마 끝에 매단 굴비 한 번 쳐다봤다던 자린고비의 이야기보다 장 여사가 절약해 지었다던 밥에 대한 경험담이 훨씬 더 심중에 와 닿는 건, 체험적 가치일 터이다. 치사하게 아끼고 병적으로 절약하는 장 여사가 미련하게 여겨졌지만, 그럼에도 장 여사의 성장기에 습득한 그 내용은 아주 교육적이라 생각했다. 그런데도 장 여사 앞에만 서면 웬일로 왕소금이란 별명이 목구멍에서 절로 터져 나왔다. 사실 왕소금은 식품의 방부제 역할로는 절대적이다. 그렇지만, 그것이 인간관계에 가로 놓이면, 정나미가 뚝뚝 떨어져 나가는 걸 부인할 수 없는 이치이니, 그 갈등의 양면성에 치였다 할까.

얼핏 떠오르는 몇 가지 일만으로도 일상사에 장 여사가 왕소금을 치는 일은 곳곳에서 잦았다. 세탁문제 역시 비켜 갈 장 여사가 아니었다. 빨래하는 날이면 나는 언제나 내 두 귀가 먹보이길 빌었다. 아니, 빨래를 한다는 사실 자체가 싫었다. 절약이 지나쳐 짜게만 구는 장 여사 때문이다. 빨래의 양이 많은 날이면 나는 머리가 다 지끈거렸다. 원인은 빨래하느라 닳아서 줄어든 세탁비누 탓이다.

언젠가 장 여사가 손에 쥔 얇은 세탁비누를 녹일 듯 들여다보며 고개를 갸웃거렸다.

"빨래비누가 풀이파리로 닳아져 뿟네?"

세탁하느라 닳아 얇아진 비누가 장 여사는 엄청 아까운 모양이었다.

"첨에 목침덩이 맨치로 굵직했던 비누를 간식으로 뚝뚝 뜯어 묵었나? 풀이파리가 돼 뿟노?"

우리 집에선 빨래하는 날이면 세탁비누를 장 여사가 꺼내준다. 장 여사가 거처하는 방 벽장에 비누박스가 있기 때문이다.

그날도 이 방 저 방 곳곳에서 빨래 감을 주섬주섬 끌어 모은 나는 장 여사가 꺼내 준 세탁비누를 제공받았다. 그리곤 한나절 내내 땟국 절은 빨래를 비누칠하며, 손바닥이 벗어지도록 빨래도마에 비벼댔다. 한나절이 되고 빨래 감이 바닥을 보이자, 목침덩이 같았던 세탁비누가 닳고 닳아 콩잎처럼 얇아져버렸다. 아니나 따를까, 장 여사가 까칠한 말들을 쏟아낸 것이었다. 내가 세탁비누를 과소비 한 것에 대한 경계요, 불만일 터이다.

"비누가 풀이파리로 되뿟네? 에미는, 무신 놈의 빨래를 하늘에 해배긴 날마다 그렇구로 골탕 나게 빨아 대노? 빨아대기를…….'

식구가 몇인데 빨랫감을 무시하고, 세탁비누 닳은 걸 몰라 준 장 여사가 원망스럽던 나는 볼 가득 불만을 담아 대꾸하였다.

"식구수대로 빨래거리가 어지간히 많아야죠, 어머니?"

평소보다 청력이 예민해진 걸까. 말대답한 나를 노려보던 장 여사 입에서 뜻밖의 대사가 튀어나왔다.

"비누한테 웬수 갚을라 카나? 비누회사 사장 캉 사돈 맺을라 카나?"

장 여사의 기분 나쁜 공격에 놀란 나도 허둥지둥 둘러댔다.

"비, 비누가 아까우니깐 앞으로는 맨손빨래 할까요 어머니? 때가 절은 흔적이 얼룩덜룩 남아도요?"

그때, 장 여사가 나를 힐끗 노려보았다. 나는 장 여사 표정에 당황해서 얼른 뱉은 말을 정정하였다.

"그 말은요, 앞으로 비누를 금덩이처럼 아껴 써야겠다 싶어서요."

"누가, 비누 닳기는 재미로 빨래한다 카더노?"

나는 비누만 아낀다 싶어 장 여사가 떫었다.

'옷에 묻은 때를 지워주는 비누가 좀 닳았기로서니 그 소비가 그렇게나 아까울까?'

나는 짐짓 빨래분량이며 옷가지수를 세어봤다. 시부모 내외, 시동생, 우리 내외와, 빨아서 말려 사용하는 면 기저귀며 하루에도 수없이 옷을 더럽히고 갈아입은, 쉬 계산이 안되는 아기의 옷가지 등속이다. 눈을 감고도 비누가 헤플만한 계산이 나오는데, 장 여사의 잔소리에 볶인 내 두 귀만 먹먹해졌다. 그뿐이면 얼마나 쿨한 시어머니의 잔소리일까. 장 여사는 내가 식구수를 들먹이며, 비누 소비를 합리화 시킨 데 대한 불만을 참을 수 없는지, 허공에다 나팔수처럼 외쳐댔다.

"동네사람들 요! 내 말 쪼매 들어보소! 헤퍼빠진 미누리가 빨래비누 녹이는 데 인물났심더, 인물!"

"……."

"똥 끼저귀 누런 흔적 손바닥으로 싹싹 비비 빨모, 깨끗하니 쏙 빠질낀데, 죽어라꼬 비누칠만 덕지덕지 쳐발라대니, 무신 재주로 비누가 남아나겠노?"

세탁비누 소비량은 빨래 양에 비례할 터이다. 아기를 양육하는 건, 먹고, 자고, 배설하는 일상적인 반복의 결과물이 아닐까. 눈비가 오는 날도 빨래에 파묻힌 엄마는 거룩한 육아에 충실한 표본일 터이다. 보이는 것이 전부가 아님에도 장 여사는 일상의 소비활동마저 무턱대고 낭비로만 여기니 답답하였다. 나는 장 여사의 그런 경계심을 강하게 거부하고 싶었다. 그렇지만, 시시콜콜 털어놓지 못하는 내 속의 억울함이야말로 아모르파티라 할까.

❋ 폭풍 속에서

결혼식을 치루고 열 달을 아슬아슬하게 첫 아들 욱(旭)을 낳았는데, 나로 썬 말머리아이를 출산한 것이다. 출산하자마자 장 여사가 날 향해 의심의 눈초리를 곤두세웠다. 임신 초기부터 딸 태몽을 꿨다고 낙태를 종용하며 에너지 소모를 해댔는데, 이젠 또 말머리아이를 오해하였다. 결혼식을 치른 지 열 달 전에 턱걸이로 출산한 것이 의심되고, 무엇보다 아기의 머리카락이 갈색이란 게 의문을 거둘 수 없다는 거였다. 딸 태몽을 우겨대며, 낙태를 강요하던 때와는 또 다른 복병을 만났다 할까.

산부인과 병원은 산모가 질러대는 출산고통의 단말마가 귀청을 때렸는데, 보통 땐 물밑처럼 조용했다. 그런 산부인과 병원에서 후줄근한 노파가 소란을 피운 그 장본인이 바로 장 여사다.

장 여사가 뜬금없이 산부인과 병원을 휘젓고 다닌 것은 아기의 머리카락
이 노랗다는 게 의혹의 이유였다. 장 여사는 아기가 의심스럽다며, 간호사
들한테 시시콜콜 캐묻고 다녔던 모양이다. 나중엔 아기아빠인 도명의 머리
통을 끌어안고 머리카락 숲을 파헤치며 가마 수를 세려고 든 것이다.

"내 아들은 가마가 한 갠데, 얼라 머리는 가마가 두 개니까네, 수상해가
이고 가마를 세 봤다 아이가."

처음엔 도명이 장 여사의 행동을 못 본 척했다. 그런데, 장 여사가 계속
아기에 대한 의심을 키우려 들자 도명이 불편한 심기를 드러냈다. 장 여사
와 대화 중에 도명이 목소리를 꽥 질렀는데, 그런 일은 흔한 장면이 아니다.

장 여사를 붙잡고 낯을 붉힌 도명은 어머니께서 왜 그러시냐고, 아기의
할머니가 무슨 일로 남들 앞에서 손자를 팔아대느냐고, 어머니 때문에 민
망스러워 죽겠다고, 아기아빠답게 성질을 돋웠다. 그러나 도명이 화를 돋운
다고, 장 여사가 품은 의심을 쉽게 거둘 사람인가. 장 여사는 자기가 알아
서 할 테니 나서지 말고 조용히 내버려 두라고, 오히려 아들에게 충고하고
나섰다. 본인이 피워댄 소란을 수습한다는 것이었다. 도명은 임신 초기에도
태아를 지우라고, 나를 볶아댄 그때를 떠올린 모양이었다.

"어머니도 차암, 처음에 임신했을 때도 애 엄마한테 그렇게 고통을 줬으
면 됐지, 또다시 소란을 피우면 어쩝니까?"

오히려 장 여사를 구경하는 쪽은 주변의 시선들이다.

"애기 할매가 저리도 별날까? 핏덩이한테 종일 눈총을 쏘다가 머리카락
이 노랗다고, 아기를 의심하는가베? 참말로 별나빠진 할마씨라니까!"

도명이 장 여사한테 조곤조곤 따졌다.

"어머니, 갓 낳은 핏덩이한테 오해는 왜 합니까? 임신 중일 때도 별나게 굴다가, 세상 밖을 나오자마자 또 말썽부려요?"

장 여사는 별일 아니라는 듯 도명의 말에 토를 달았다.

"와? 내가 뭐라 켔다꼬, 그레쌓노?"

도명이 그때부터 흥분해서 한 옥타브 높은 소리로 장 여사를 나무랐다.

"손자까지 본 할머니가 상식 없이 행동하면 누가 잘났다고, 상이라도 준답니까? 오히려 욕이나 듣지요, 어머니!"

"……."

"할머니가 손자를 수상쩍게 대하면, 남들한테도 깎이지요, 어머니!"

장 여사는 그때까지 기를 꺾지 않았다.

"아들, 내 말 쪼매 들어 봐라카이! 우리 집은 노랑 터럭지 달고 난 내력이 없는데, 우짜겠노? 걱정한다 아이가!"

도명의 역정도 팽팽했다.

"어머니! 쪼옴!"

"우짜꼬? 아들도 쪼매 과하대이! 나직나직 말해도 늙은 에미가 다 듣는데……."

"세상 사람들이 손가락질해도, 어머니는 아들 편 먹어야지요! 그래야, 아들도 손자도 녹록찮은 세상 살아갈 힘이 생기지 않겠어요? 어머니!"

도명이 지적을 했으나 장 여사는 아기에 대해 계속 의심의 눈초리를 거두지 않았다. 오히려 아기의 말캉거린 손가락과 발가락을 주물러 없앨 듯 계속 만지작거리며, 눈빛 레이저로 아기를 훑어댔다. 그러더니 다시 또, 새 의혹거리를 만들어냈다. 발가락 한 개가 짧다는 거였다. 의혹이 더해지자 장 여사의 목소리도 더욱 날이 섰다. 반면, 도명은 주눅이 들었다 할까. 어머니로부터 핏줄에 대한 의심을 받은 게 힘이 빠진 모양이었다.

사람의 인내심에는 한계가 있는 법이었다. 그 다음 날, 장 여사가 부려댄 억지에 화를 누르던 도명이 숨을 헐떡거리며, 장 여사를 붙들고 훌쩍훌쩍 눈두덩을 훔치는 것이었다.

"어머니, 제발요, 제발, 그만 좀 하세요!"

도명이 숨차게 대들자 장 여사가 흠칫 놀라며, 입을 닫았다.

"어머니는 핏덩이한테 무턱대고 의심을 하고 싶어요?"

정색을 하는 도명 앞에 장 여사가 고개를 모로 꼬며 말했다.

"아덜, 섭섭다카이! 그 따우 일로 늙은 에미한테, 낯빛 붉히고 따져쌓노?"

"예? 그따위 일이요? 어머니가 핏덩이한테 못할 소리만 골라서 하시니 그럴 수밖에요!"

장 여사가 휴– 한숨을 내뿜었다. 과하다 싶었을까. 그때, 도명은 볼에 감을 넣은 듯, 퉁명스럽게 말했다.

"그 말 알고 계세요? 입에 복이 혀의 복이라는 말이요?"

도명 편에서 장 여사를 탓하는 걸 본 적이 없다. 효자인 그는 언제나 인내의 모드였고, 리모컨 같은 아들이었다. 좋은 일은 좋아서 예예, 싫은 일을 시켜도 부모의 명령을 거부할 줄 몰랐다. 그런 도명을 자극한 건, 신생아실을 찾아간 애 아빠에게 아기를 보여주지 말라고, 장 여사가 간호사를 조종한 게 화근이었다.

그날 입에 복이 혀의 복이란 도명의 말에 충격을 받았는지, 장 여사의 태도가 조금 누그러졌다. 게다가 장 여사를 강하게 자극해댄 것은 도명이 딴 살림 나려고 집 구하러 시내를 누빈다는 소문 때문이다.

와중에 또 다른 문제가 생긴 것은 나의 출산후유증이었다. 출산 때, 산통이 길던 나머지 나는 많은 하혈을 하였다. 담당의사는 태아가 4키로가 된 것 때문이라 했다. 출산 후유증 때문에 나는 띵띵 부어 사꾼만 쳐지고 부거웠다. 그러니 장 여사가 제공한 스트레스에 신경을 쓸 겨를이 없었다.

나의 퇴원은 늦어지고 있었다. 그런 중에도 나는, 장 여사 슬하에서 산후조리를 해야 하는 일이 걱정되었다. 아쉽지만 시골 삼촌댁에 신세질까 했으나, 그 또한 내키지 않았다. 가난한 삼촌 볼 낯이 없었지만, 쪼들린 살림을 힘들게 꾸려가는 숙모의 손을 빌어 산후조리를 받는 건 너무 염치없는 일이었다. 이런 저런 등등의 정황상 나로썬 장 여사가 제공하는 산후조리를 받을 수밖에 선택의 여지가 없었다.

✳ 길 찾기 게임

장 여사로부터 낙태수술을 강요받은 지 일주일이 지났을 때다. 나는 파김치가 돼서 지친 기운을 조금씩 되찾고 있었다. 하루는 도명이 출타하고, 시아버지도 외출한 후였다. 물론, 시동생도 집에 없었다. 텅 빈 집 안에 고요함만 그득한 그때다. 장 여사가 나를 불렀다.

"새애기, 내 방으로 쫌 와 봐래이!"

나를 호출한 장 여사가 의아스러웠지만, 나는 장 여사의 거처인 안방으로 들어갔다. 그러곤 한 구석에 엉거주춤 앉으며, 눈길을 바닥에 꽂았다. 입에 침이 마르게 강조해댄 낙태사건을 계기로 나는 장 여사의 눈빛 맞추는 게 싫어서이다. 그러니 장 여사 앞에 불려 왔다는 사실만으로도 나는 불안하였다. 아니, 가슴부터 답답해졌다. 장 여사가 또 무슨 요구를 할까 겁이 났고, 긴장됐던 것이다.

나는 도명의 아내로써 당연히 출산할 자격이 있다. 또한 귀여운 아기를 낳아 고물고물 키우고 싶은 꿈도 있었다. 그런 신분인데도 장 여사가 무슨 일인지, 내 태아를 낙태시키고자 한 걸까? 아들의 핏줄을 잉태한 나더러 왜, 무엇 때문에, 어떤 권한으로 낙태를 못시켜 안달할까?

나는 장 여사가 좁쌀만큼도 이해되지 않았다. 아니, 지존의 장 여사가 밉고도 원망스러웠다. 왕 밑상인 장 여사와 마주 앉자마자 나는 표정부터 굳어져버렸다. 할 말은 태산 같으나 혼자 근심에 빠진 까닭이다. 마음은 장 여사 같은 할머니를 만나게 될 태아에게 미안함으로 가득 차있었다.

나는 잠시 상상에 취해있었다. 찰랑찰랑 담긴 사약 그릇을 장 여사의 손에 쥐어 주는 상상이었다. 그 사약을 단숨에 벌컥벌컥 마시라고, 천지가 무너질 벼락같은 소리로 명령하고 싶었다. 그런 나를, 나는 변호하고 있었다. 그렇게 한다면 내 뱃속 태아를 지우라고 안달복달한 장 여사를 복수할 수 있을 것 같았다. 그래서 선수를 치고 나서고 싶었다.

그때, 갑자기 내 입술에서 실룩실룩 경련이 일었다. 나는 고개를 절레절레 흔들어댔다. 뒤 이어 아주 뜻밖의 단어들이 내 입에서 떠듬떠듬 튀어나왔다.

"어, 어머니, 죄, 죄송해요."

나는 그 말을 꺼내자마자 눈동자 가득 눈물이 그렁그렁 고였다. 고함을 치고 싶었다. 낙태를 강요한 장 여사의 잔인함이 원망스러웠다.

"이, 이제, 어, 어머니……."

장 여사가 놀란 듯 급하게 물었다.

"와, 와그라노?"

"어머니, 으으흑, 흑흑흑!"

"와카노? 와카는데?"

"어머니, 흑흑! 그, 그러지 마세요, 그러지 마세요!"

나는 장 여사를 붙들고 쌓인 걸 분출하기 시작했다. 감정에 치인 분함이 한번 터지자 멈춰지지 않았다. 독하게 이를 악물었지만, 눈물은 멈추지 않고 폭포가 되었다.

"어머니! 흑흑, 어머니이! 엉엉엉!"

장 여사가 흠칫 놀랐다. 나는 진정하려 했으나 계속 눈물이 쏟아졌다. 큰 소리로 통곡을 하면서도 속으로는 나의 계획이 순조롭게 돼 가기를 빌고 있었다. 아니, 눈물을 훔치면서도 기회를 노렸다. 장 여사로부터 받은 무섭고 섭섭한 걸 죄다 털어놓기 위해서다.

"어, 어머니, 죄송한데요……."

장 여사를 향해 쌓인 걸 털어내고 싶었지만, 내 입은 돌덩이를 매단 것처럼 무겁게 닫혀져버렸다. 내 편에서 먼저 주눅이 든 것을 장 여사가 미리 점 쳤을까?

그때다. 궁금증을 참지 못한 장 여사가 말부터 더듬거렸다.

"지끔 뭐, 뭔 말, 할라꼬, 뜸들이노?"

"어머니, 저, 저요……."

나는 침착하려 애를 썼다. 울음을 진정할수록 목이 메었다. 장 여사가 급했는지, 답답한지, 가슴팍을 퍽퍽 치고 있었다.

"답답대이! 와, 그라노? 와?"

"어머니, 저요, 집을 떠나고 싶어요."

장 여사를 향해 그 한 마디를 던지니 내 눈에선 수도꼭지를 잠그듯 눈물이 딱 멎었다. 눈빛이 말똥말똥 해진 나는, 장 여사의 눈길을 피해버렸다.

장 여사가 다시 떠듬거렸다.

"뭐, 뭐라카노? 집, 집을 떠나?"

장 여사가 다그치자 내 입은 다시 닫혀져버렸다. 그때부터 장 여사의 끓는 성미가 말끝마다 진하게 묻어나왔다.

"새애기 와카노? 와카노 앙?"

나는 퉁명스럽게 대꾸하였다.

"갑자기가 아니고요……."

장 여사가 더듬거리며, 더욱 급한 성미를 드러냈다.

"와? 와카노? 아, 아, 아푸나?"

나는 고개를 옆으로 꼬며, 입을 삐죽거린 채로 말했다.

"제가 좀 아파서요! 몸도 마음도."

장 여사는 내가 못마땅한지 답답한 걸 더욱 강하게 드러냈다.

"와, 와카노? 답답하니 말해라카이?"

"혼이, 전부 다 빠져 나가서요!"

장 여사가 다그치듯 다시 물었다.

"호, 혼이 빠져 나갔다꼬 켔나? 와?"

나는 며칠 동안의 악몽을 기억하자, 몸서리치고 싶었다. 장 여사도 훤히 꿰고 있으련만, 딴청을 부렸다.

"와, 와 빠져나갔노? 멀쩡한 혼이……."

그때부터 장 여사의 말이 뻔뻔스러워졌다.

"새애기, 나 때문에, 혼이 빠졌나?"

"낙태 강요한 어머니가 겁나서요……."

내 말끝에 장 여사는 민첩하게 반응했다.

"시에미가 꼴랑 한 마디 했다꼬, 쯧쯧쯧!"

"하, 한 마디요?"

"쯧쯧, 참말로 본바가 읍대이? 참말로!"

"예?"

"꼴랑 한 마디 했다꼬, 시에미 말꼬랑지 잡고! 가정교육 몬 받은 표가 난다카이!"

장 여사가 다시 콧방귀소리를 냈다. 감정이 나빠진 나는 장 여사를 향해 좀 더 강수를 두고 싶었다. 아니, 내 자리가 풍전등화 같이 위태롭고, 한 치 앞이 낭떠러지 같았다. 그 순간 내 입에선 엉뚱한 단어가 툭 튀어나왔다.

"어머니, 부모형제 다 갖춘 부잣집 딸을 며느리 보세요!"

나는 이 집을 떠나고 싶다는 말은 차마 못했다.

"부모형제 다 갖춘 기 뭐꼬? 새애기, 지끔 시에미 이겨 묵을라꼬 카나?"

"이기고 지는 문제가 아니지요, 어머니?"

"아니모? 날 가리칠라꼬 카나?"

나는 자신도 모르게 성질이 발끈하였다.

"누가, 무슨 수로, 어떻게 가르쳐요? 팔뚝 센 어머니를요!"

"뭐어? 시방 내보고 뭐라꼬 켔노?"

"이따 저녁에 도명 씨랑 가족이 다 계신 자리에서 말씀드리려고요. 방금 어머니한테 말씀 드린 내용 전부다요."

순간, 장 여사가 흠칫 놀라는 표정을 지었다.

"아, 안 된대이! 절대로 안 된대이."

"왜요? 왜 안 돼요?"

장 여사의 말을 듣고 있던 나는, 자폭을 해서라도 위기의 태아를 지켜내고 싶었다. 장 여사의 만행을 가족들에게 알리는 것만이 태아를 지켜낼 방법 같았다. 그것이 내 현실의 절박함이었다. 그때, 장 여사가 다급한 목소리로 따따따 뱉어냈다.

"카지마레이! 카지마래이, 절대로, 카지마래이! 아무한테도 카지마래이!"

나는 새침한 목소리로 따지듯 장 여사를 향해 응수하였다.

"왜 안 돼요? 엄청나고, 무서운 일인데요?"

"첨부터 내가 머라 켔노? 내 꿈이 딸 태몽이라 안 카더나?"

나는 장 여사의 말에 어이가 없어 피식 웃었다. 장 여사가 다시 거만스럽게 말했다.

"내 말 안 듣고, 인자사 와카노?"

그때도 장 여사는 자신의 잘못을 사과하기 싫은 모양이었다.

"전에 도명이캉 대강하자꼬 켔다 아이가?"

"그게 제 탓은 아니지요, 어머니?"

장 여사가 잠시 침묵하는 사이 내가 다시 말했다.

"가족들도 알 건 알아야지요!"

"안 된다카이! 내가 말린대이……."

"죄송해요!"

"그까이꺼, 죄송이 다 뭐꼬? 죄송하지 마래이, 내가 졌내이!"

"……."

"내, 손발 다 들었대이! 얼라한테도 미안코! 인자 됐제?"

시비조이든 어떻든 미안하다는 장 여사의 말을 들은 나는 내 귀를 의심했다. 그때, 뱃속의 태아가 크게 꿈틀거렸다. 나는 손바닥으로 배를 쓰다듬으며, 속삭였다.

'아가야, 내가 널 지킬게! 꼭 지켜줄게!'

그날, 나는 숙제 한 가지를 해낸 기분이었다. 길 찾기 게임은 끝이 났으니까.

❋ 심술보

내 두 팔에는 침 바늘이 촘촘하니 꽂혀 있다. 묵직한 통증은 끝까지 나를 괴롭혀 댈 모양이다. 팔에서 뻗쳐 오는 통증에 치인 나는, 며칠 째 한방 병원을 찾고 있다. 침술 치료로 통증을 줄이기 위해서이다. 한의사가 내 두

팔의 통증부위에 침을 꽂는데, 귀에선 환청이듯 자꾸만 장 여사의 말들이
들려왔다.

"여편네 손모가지가 크면, 서방 등골 빼 묵기 딱 좋다카이!"

장 여사의 생일날이다. 나는 시어머니의 생신이라고 음식을 넉넉하게 준
비하였다. 친척들이 모이면 음식 앞에서 두터운 정이 오고간다고 여긴 때문
이다. 그런데 묘하게도 장 여사의 잔소리가 분위기를 타게 된 것은 풍족하
게 차려낸 상차림을 두고, 장 여사의 눈높이로는 낭비라 여겨 거슬렸던 모
양이다.

낡아 우중충한 우리 집 거실엔 친척들이 도착한 순서대로 음식접시를 돌
리는 중이었다. 오랜만에 만나 화제를 나누던 친척들은 본인이나 타인에 관
한 화제며, 정보를 나누느라 한창 무르익고 있었다.

그때 막 장 여사가 제동을 걸기 시작했다. 그 이유는 물론, 음식을 넉넉
하게 장만한 나의 씀씀이가 장 여사의 눈에 거슬렸고, 당연히 내 손이 큰
걸로 몰아붙이고 나섰다.

"우야꼬, 에미는 갈수록 나팔진지가 됐대이! 손모가지가 얼매나 크모, 집
구석 거들 낼라꼬 카는지? 쯧쯧쯧."

내가 못마땅한 장 여사의 험담이 출렁출렁 파도를 타는 중에 거실의 친
척들이 다들 청신경을 모으는 것이었다.

"암만케도 에미는 굶어 죽은 귀신이 씐 거 같다카이. 고기 찌짐은 서너
장만 노릇하니 찌지모, 생일상에 올리고 남을 낀데, 언놈한테 퍼 줄라꼬 카
는지, 원."

나는 친척들이 모인 자리인지라 뭣이든 흠잡는 장 여사를 무마시키고 싶

었지만, 장 여사의 잔소리는 오뉴월 엿가락처럼 길게 늘어졌다.

"가을 양식이 봄 양식이라 카는데, 우짠 일로 도명이 처는 손모가지가 자꼬만 커지는지, 모리겠다카이!"

친척들의 힐끗거린 시선들이 내 표정을 살피다 장 여사 쪽으로 쏠렸다.

"내가, 미누리 귀에 딱지가 앉아라꼬 갈쳤는데, 안즉도 정신 몬 차리고 손모가지만 키우고 낭비한대이."

한번 시동이 걸린 장 여사의 잔소리는 더욱 탄력을 받았다.

"살림하는 여핀네가 돈 무섭고 겁난 줄 알아야제, 흥청망청 퍼 써 제치모, 서방 놈한테 도둑질시키기 딱 좋다 아이가!"

잔소리로 시작한 장 여사의 깐죽거린 시비조에 탄력이 붙은 실마리는, 사업 실패로 빚더미에 눌려 끙끙댄 큰댁 사촌형님이 동석한 때문이었다. 그이는 사업하다가 실패한 시숙님이 진 빚을 갚느라 신혼 때, 시댁에서 받은 집을 팔아버린 처지이다. 그렇지 않아도 남편 사업이 엎어지고 빚에 주눅이 든 사촌형님의 속이 구름 낀 하늘처럼 우중충해있다 할까. 그런데, 장 여사는 큰댁 사업이 엎어진 게 얼음 띄운 음료수 마시듯 시원하고도 고소한 재미에 빠졌는지, 눈치 없이 긁어대기에 바빴다.

"뭐라꼬 케사도, 집안이 흥하고 망하는 거는 여핀네 손에 딸렸다 아이가! 사내가 돈을 암만 가마니, 차떼기로 벌어오모 뭐하노? 여핀네 큰 손모가지가 밑 빠진 독에 물 붓는 거 맨치로 펑펑 써 제끼모, 태산도 무너뜨린다꼬 안카나!"

공격성을 띤 장 여사의 질긴 잔소리 끝에 참다못한 큰댁 형님도 제발에 저려서인지 짜증 탓인지, 장 여사의 말을 받아치고 나섰다.

"숙모님 말씀도 맞긴 한데요, 돈 말씀을 하니깐 그 사건이 생각나네요!"

갖가지 화제로 두런거리던 실내의 소음이 갑자기 물을 끼얹은 것처럼 조용해졌다. 모두들 큰댁 시숙님의 사업실패로 기가 죽어지낸 형님의 입에서 무슨 반응이 나올까 관심을 집중하였다. 형님이 착 가라앉은 목소리로 조곤조곤 말하기 시작했다.

"그이가 사업에 실패한 걸 두고, 살림을 헤프게 산 때문이라고, 저를 매도하는 말은 사업을 몰라도 너무 모른 무식한 사람들의 편견이라 생각하거든요!"

형님은 뒤이어 작심을 한 듯 장 여사를 향해 또렷한 목소리로 이어갔다.

"칠십 년도 중반인가 그때, 작은 어머님께서 동네 저축계를 모으셨지요? 잘 살고 있던 이웃들을 상대로 절반의 집안을 폭싹 망하게 폐를 끼친 저축계 펑크 사건이 기억난 거는 왜죠?"

형님의 말을 듣고 있던 장 여사의 표정이 일그러졌다.

"그때 밀양댁 바깥분이 날품을 팔아 번 돈을 부인이 매달 저축계에 붓다가 계 타기 직전에 펑크가 났다던가요? 그땜에 강물에 뛰어 들어 자살한 밀양댁 사건이요."

그때 갑자기 장 여사가 격한 말로 형님의 말을 가로막고 나섰다.

"고마, 싱겁데이 질부! 지나가뿐 과거 일은 와 떠들고 나서노?"

형님도 장 여사를 조준하는 듯 입바른 소리를 계속 이어갔다.

"작은어머님은 본인이 저지른 잘못은 고양이 똥 묻듯이 쉬쉬 묻어 두길 좋아하세요? 표창 받으시려고요?"

"······."

"사업에 실패한 죄로 속이 쓰라린 조카의 잘못만 가시로 콕콕 찔러대니, 그 심술보 정말 대단하신데요?"

"저, 저 사람이, 머, 머라카노? 심술뽀오?"

"숙모님은 놀부를 쏙 빼닮았어요! 남의 아픈 데를 콕콕 찔러대는 심술보요!"

"자네, 따신 밥 묵고 식은 소리 하나? 당장 나한테 쫓기나고 싶은가베?"

그날, 사촌형님은 장 여사의 가시 돋친 잔소리가 부담스러운 나머지 밥 먹던 수저를 놔버린 채 댁으로 돌아가 버렸다. 양볼 가득 서운함을 물고.

밀양 댁이 강물에 뛰어들어 자살한 그 내막은 장 여사가 바로 사건소용 돌이 한복판의 인물이랄까. 동네 부인네들을 상대하여 장여사가 저축계를 만들었고, 이름 그대로 다달이 얼마씩 돈을 넣어 번호순서대로 계금을 탔다고 한다. 목돈을 만들기 위함인데, 나쁜 맘을 먹은 한 사람이 곗돈을 타먹은 그 다음 날, 훌쩍 야반도주를 해버리는 통에 계가 왕창 깨져버렸다는 것이다. 물론, 그 모든 책임을 계주인 장 여사가 져야 될 처지였다. 그런데, 장 여사가 책임을 회피하는 바람에 계모임이 깨지고 말았다고 한다. 곗돈을 타려고 학수고대한 밀양댁은 깨진 계를 밀양댁의 잘못으로 몰아붙이며 나무라는 남편 볼 면목이 없어 강물에 뛰어들어 자살했다는 것이다. 사촌형님이 갓 시집 온 내게도 들려준 이야기이다. 그러니 사촌형님의 입에서 강물에 자살한 밀양 댁 이야기가 나오는 것만으로도 장 여사로썬 듣기 싫고, 엄청 거북한 흠담이 될 법했다.

그날, 사촌형님이 엄청나게 체해서 며칠 동안 소화제를 먹는 등, 고생깨나 했다는 말을 나중에 들었다. 그래서일까, 사촌형님은 친정 오라버니가 터를 잡고 사는 수도권으로 이사를 가는 날까지 두 번 다시 볼 수 없었다. 물론, 사촌형님이 천만리 밖으로 이사를 가버린 후에도 장 여사의 악담은 식지 않았지만.

"큰질부네 친정오라비가 쪼매 잘 산다꼬 여동생을 불러 올렸다 카지만도, 질부네 친정살림이 질부 살림 되는 일은 절대로 읍실끼대이! 오라비네 돈이 질부네 줌치로 들어오는 일도 읍을끼고, 질부네 올케가 시누이한테 돈 집어 주는 남자를 곱게 봐 주는 일도 읍실테니까네!"

"질부가 친정 근처 곁다리로 살러 간다꼬케서 지일 묵고 자알 살아 질란 가는 모린다만도, 속담에 경상도서 죽 쑤는 년은 전라도 가서도 죽을 쑨다 카더라!"

그 후로도 장 여사는 심심하면 사촌형님 헐뜯기를 즐기는 듯 보였다. 제사나 명절 때면 음식을 만드는 내 앞에서 형님이 살림을 헤프게 낭비해댄 탓에 큰댁 시숙이 사업을 말아 먹었다는 흠담은 기본이었고, 큰댁 형님의 깡마르게 생긴 모습이 딱 사내의 등골을 빼먹기 좋은 여편네 상이라고, 질긴 껌처럼 씹고 또 씹어댔으니 말이다. 그런 장 여사를 보고 있으면 기상천외한 심술보가 하나 더 생긴 사람 같았다.

그 후, 시아버지가 아파서 병원에 입원을 했다. 그런데, 달포가 됐지만 퇴원을 못했다. 그동안, 친척들이 문병을 오지 않자 시아버지를 무시한다고 여긴 나머지, 장 여사가 새벽 3시에 시아버지가 죽었다는 전화를 친척들 집집마다 걸었다. 밤중에 장 여사의 전화를 받은 친척들 중 시삼촌이 제일 먼저 병원으로 달려왔다. 그런데, 장 여사의 거짓말이란 걸 알게 된 시삼촌은 형님이 생존한 건 죽을 만큼 반갑다면서, 장 여사를 향해 불같이 화를 내는 것이었다. 친척들의 무심한 처사가 암만 미워도 그렇지, 두 눈 멀쩡하니 뜨고 살아있는 남편을 죽었다고, 그것도 한밤중 3시에 집집마다 전화를 하는 거는 무슨 심보냐고 따지고 들었다. 그때, 시삼촌이 장 여사를 향해 강한 악담을 던졌는데, 두 번 다시 형수를 보러오면 성을 갈겠다고 화를 끓였다. 그러자 장 여사는 사과는커녕 오히려 삼촌 앞에 쌓인 감정을 쏟아내는 것이었다.

"늙은 형님이 아픈데, 문병을 오모, 누가 잡아묵능교? 문병 한 번도 안 오는 거는 잘하는 짓인교? 그런교?"

시삼촌은 변명하다 역공격하기에 바쁜 장 여사를 향해 기막히다며, 쳐다보았다. 그런데, 장 여사는 계속 화를 풀어대는 것이었다.

"자기 형님 병간호 한다꼬 지쳐빠진 형수한테, 위로 한 마디 없이 잠만 퍼질러 자는 꼴이 미워서 전화 쪼매 걸었는데, 뭐가 그렇기 죽을 죄 겠다꼬, 호들갑을 떠능교? 내 말 틀렸능교?"

장 여사가 퍼부은 말을 멍하니 듣고 있던 삼촌은 허탈한 표정이 되어장 여사한테 비꼬는 인사 한마디를 남기고 떠났다.

"역시! 쯧쯧쯧! 형수는 증말 똑똑하고 잘났심더! 암만 훌륭한 형수라케도 내는 두 번 다시 안 볼 테니까네, 자알 묵고 자알 사이소!"

그 후, 삼촌은 정말 돌아가신 부음으로 우리 집을 찾아왔다.

사람은 누구든 종사하고 아프면서 늙는 게 인생일 터이다. 장 여사로썬 늙은 남편이 아픈데, 친척들 누구도 문병 온 사람이 없으니 멀쩡하게 살아있는 사람을 죽었다고, 전화를 걸어댄 그 속내는 본인만 알 터이다. 그 외에도 장 여사의 거짓말에 속았다 여긴 친척들은 장 여사를 보자마자 녹여 없앨 듯 레이저 눈빛을 발사해댔다. 그러고도 분이 남는다고 했다.

막내 시고모도 새벽바람에 병원을 찾아와서 장 여사의 거짓말인 걸 알았다. 그이 역시 장 여사한테 에누리 없이 욕사발부터 퍼부어댔다.

"올케란 말도 하기 싫다카이! 남편이 멀쩡히 살아 숨 쉬는데, 죽었다꼬 전화하고 싶더나? 와? 빨리 안죽어 배가 아팠나? 배가 아파 죽겠더나?"

"……."

"올케 당신은 놀부맨치로 나쁜 그 심술 때문에 나중에 죽어도 관 뚜껑이 안 닫힐끼다, 두고 봐래이!"

듣다보니 자극적이었다. 그렇지만, 장 여사의 과한 심술에 비하면 소름이 끼칠 일은 아니었다.

✳ 집시의 노래

사칠일. 내가 출산을 한 지 한 달 정도 되었다. 나는 그때까지도 회복이 더뎌 몸이 무거웠다. 그럼에도 나는, 장 여사가 방구석에 차려 둔 삼신상을 물리며 방 안을 치우고 있었다. 더 이상 산후조리를 한다는 건 장 여사의 눈치가 보였고, 무엇보다 도명이 예상외로 빠른 날짜에 군 입대를 하게 됐기 때문이다.

처음에는 도명이 장난을 치는 줄 알았다. 졸업 때까지 군 입대를 연기시켰다고 그가 말했기 때문이다. 또한, 날짜가 흘러도 나의 출산후유증이 회복되지 않은 까닭이다.

나는 아기 아빠가 군 입대를 한다는 사실에 섭섭함이 밀물처럼 밀려왔다. 병역이 국민의 의무인 건 상식이지만, 헤어질 준비가 안 된 나는 심란하여 도명에게 객기를 부렸다. 주변을 의식할 새도 없이 참새처럼 종알종알 떠들어댔던 것이다.

"욱이 아빠! 내가 국방부장관실로 전화 좀 걸어볼까?"

"……."

"와이프가 출산했는데, 신랑의 군 입대를 좀 늦춰주면 안되겠느냐고."

내 말이 끝나기 무섭게 도명이 정색하였다.

"아서라! 뭔 소리야?"

"자기가 입대하면, 난 어떡해? 출산 후유증에 비실대고 또, 허전해서 눈물이 찔끔찔끔 나오려는데……."

그때다, 날카로운 장 여사의 목소리가 방문 저 너머에서 쩌렁쩌렁 들려온 것은.

"자알한다! 암만 철이 없다케도 글치, 서방한테 씰데 없는 소리는 와 하노? 으응?"

나는 순간적으로 깜짝 놀라 도명을 쳐다보았다.

도명이 장 여사의 말에 대답을 하듯 소리쳐 불렀다.

"어머니이?"

그순간, 우리 방문을 왈칵 열어젖힌 장 여사의 입에서 송곳 같은 질문이 화살처럼 휘익 날아왔다.

"새애기 지끔 뭔 소리 하노? 얼라 낳고, 일곱 칠이 안 됐다꼬, 서방을 군대 보내기 싫다꼬 켔나?"

"……."

"아이고, 나라에 얹혀 살믄서 눈치코치가 그만치나 없나?"

"……."

"하늘같은 서방이 나라 지키러 가는데, 잘 댕겨 오라 카는 인사는 몬하고? 쯧쯧쯧."

"……."

"암만 철딱서니가 없다케도 글치, 안사람이 돼 가이고 서방 발목 잡는 소리는 와 하노?"

장 여사의 말대로 우리 부부가 철없는 일에선 한 치도 기울지 않았다. 아니, 모전자전인지 도명이 한술 더 떴다.

"어머니! 방금 들으신 그대론데요! 양숙이가, 남들 다 낳는 애 하나 뽑아 놨다고, 몸이 무겁네, 기운이 빠졌네 하면서……."

"뭐, 뭐라 카노?"

"산모한테 뽀얗게 고은 가물치가 좋다더라면서, 몸보신으로 먹고 싶다고, 나한테 막 긁던데요! 자기는 친정엄마가 없어 가물치탕 한 그릇도 못 먹어 몸이 처진다고, 그 때문에 산후회복이 더디다면서 훌쩍훌쩍 울기까지 하던 걸요!"

"뭐? 뭔 소리 하노, 시방?"

"근데 어머니, 가물치가 좋기는 해요? 산모한테……."

장 여사가 목소리에 날을 세웠다.

"우짜꼬? 우짜모 좋겠노? 듣고 보니까네, 내 복장이 다 터질라 칸대이!"

"……."

"내가, 도명이 장가 들기 전부텀 안 켔나? 여자가 부모 읍는 기 자랑이 안 된다꼬, 아까븐 내 아들 상가 늘이모 안 된다꼬 켔는데……."

"……."

"부모 읍는 인간은 똥개도 얕잡아 보는기라! 부모 읍는 처자한테, 아덜 놈 장가 보내모 안된다꼬, 사람은 부모가 반 팔자라꼬, 그 집에 도명이 장가 보내기 싫다꼬, 내가 얼매나 부득부득 말렸는지, 하늘이 알고, 땅이 안다카 이!"

나는 장 여사가 말하는 게 거슬려 열려져 있던 우리 방문을 왈칵 닫아버 렸다. 내가 할 수 있는 건 신경질적인 그 행동뿐이었다. 그때, 문을 쾅 닫아 버린 내가 밉다고 노염에 불타는 장 여사의 목소리가 벽 너머 저쪽에서 들 려왔다.

"친정도 신통찮은 판에 꼴 난, 가물치탕 따문에 하늘같은 서방을 벅벅 긁 는 거는 무신 경우고?"

도명은 그때서야 장 여사가 뿔난 이유를 깨달은 모양인지, 내 쪽을 향해 혼자 미안한 신호를 보내느라 눈을 찡긋거리더니, 장 여사쪽을 향해 외치듯 말했다.

"어머니, 대, 대강 하시지요!"

나는 전신에 소름이 쫙 끼쳤다. 뜻밖에 도명의 입에서 가물치 이야기가 총알처럼 튀어나온 것에 전율하였다. 나 혼자서 신세타령 겸 푸념하듯 도명 앞에 읊었던 가물치 이야기인데, 그 가슴 아픈 넋두리가 도명의 광주리 같은 입을 통해 장 여사 앞에서 풀풀 새 나오다니, 나는 놀라 자빠질 뻔하였다. 부부랍시고, 무심코 했던 말들이 그것도 시어머니 앞에 홀랑 까발려졌으니, 어안이 벙벙했다 할까.

나는 장 여사 보기가 민망해서 절절맸다. 산후조리문제로 애태운 것 보다, 신랑의 믿음에 배신당한 기분이 다 컸다. 도명이 섭섭한 나는 염치없이 눈물이 핑 돌았다. 부모가 없다는 서러움보다, 장 여사의 날카로운 지적이 가슴 아팠다.

나는 가만가만 눈두덩을 훔쳤다. 그때 내 표정에서 사태의 심각성을 보았는지, 도명이 내 어깨를 끌어 잡고 중얼중얼 말했다.

"미안하게 됐다! 웃으려고 한 농담인데……."

"뭐어? 농담? 자기는 속이 너무 넓어 똥물도 올라오겠다?"

나는 그가 미웠다. 변명이 너무 치졸하다 싶은데, 그가 다시 말했다.

"미안, 미안해! 화, 풀어!"

도명은 훌쩍거리는 내가 안 돼 보였을까. 아님, 장 여사가 심했다 싶었을까.

"앞으론 내 다시 그런 실수 안 할 테니, 이번만 용서해주라! 응?"

그날 이후, 나는 두 번 다시 가물치 얘기를 입에 담지 않았다. 믿음이 깨져버린 도명 앞에선 그 어떤 말이든 함부로 발설하지 않기로 맘먹어 버렸다.

반면, 그 사건을 계기로 내가 얻은 소득도 있다. 도명으로부터 선물을 받은 것이다. 70년대 말, 카세트라디오는 정말이지 좋은 선물이었다. 간혹 형편이 넉넉한 집에서 흑백텔레비전이 컬러텔레비전으로 바뀌는 과도기인 까닭이다.

도명은 내게 사과를 할 겸 군 입대 기념선물이라며, 검정색 카세트라디오를 사다 주었다. 라디오방송을 듣고, 녹음테이프도 들으니 카세트가 친구 같았다. 어쨌든 도명으로부터 카세트를 선물 받은 것은 엎드려 절 받는 꼴이 됐지만 말이다. 장 여사로부터 무작위로 받는 스트레스를 카세드에 기대면 쉽사리 풀릴 것 같다는 내 말을 도명이 들어준 덕분이랄까.

도명은 자기가 군에 가고 없더라도 카세트를 듣고, 일상을 건전하게 살라고 했다. 아니, 충실하라고 당부했을 때, 내 기분은 묘했다. 한편으론 고마웠지만, 뭔가 섭섭하고, 허전하고, 아쉽기도 하였다.

음악 테이프는 한 세트인데, 열 개씩이었다. 우리나라 민요랑 대중가요, 집시의 노래였다. 거기다 돈데보이까지 섞여 있었다. 나는 조심조심 카세트를 틀었다. 멘 처음엔 돈데보이를 틀었다.

−돈데보이~ 돈데보이~ 돈데보이~ 돈데보이~

멕시코 난민 집안 출신인 티시 히노호사란 가수가 돈데보이 하나를 불러 일약 유명해졌다는 노래다. 돈데보이를 듣고 있노라면 짙은 호소력에 슬픔이 밀려왔다. 안개가 흐릿하니 깔린 것처럼 감정을 사르르 풀어낸다 할까.

돈데보이를 틀자마자 내 눈에선 눈물이 줄줄 쏟아져 내렸다. 슬픔이 영혼을 적신 걸까. 그 음악은 청신경뿐만 아니라 몸 세포 구석에 숨겨진 온갖 정서를 가닥가닥 훑어낸 느낌이었다. 삶의 애환, 난민의 어려운 생활, 연인을 그리워한 애틋함이 내 영혼 구석구석을 몽롱해지도록 쓰다듬었다. 그렇지만 나는, 돈데보이를 두 번 들은 후 도로 집어넣었다. 내 굴곡진 감성이 그 노래를 타락시킬 것만 같은 노파심에서이다.

다음엔 우리의 애환을 담은 아리랑을 청취하였다.

─아리라앙 아리라앙 아 라아리이요~ 아리라앙 고오 개에로 넘어 가안
다아~

아리랑 역시 듣다 보니 마음이 가라앉았다. 눈시울도 시큰거렸다 눈물의
순기능은 쌓인 스트레스가 풀어진다는 의미이다. 덕분에 짓눌린 원망의 감
정이 한결 순화되었다. 쉬 끓는 감정도 너그러워졌다. 감정이 그런 건 거칠
게 와 닿는 스트레스를 참아낼 만했고, 순간순간 차오른 화가 가라앉는 여
유를 얻었다는 의미이다.

음악은 분명 마성에 가까웠다. 감정이 상하여 기복이 올 때마다 나는 카
세트 버튼을 꾹 눌렀다. 잠 못 드는 밤에는 아리랑을 틀었다. 테이프가 닳
도록 틀고, 또 틀었다. 아리랑의 선율 속에 푹 빠져 들면 절절한 멜로디가
몸 속 세포 구석구석을 평화의 모드를 바꾸어 준 때문이다.

그 즈음, 나는 집시의 노래에 빠져들고 있었다. 처음엔 집시의 노래를 탐
색하다가 차츰 즐기는 습관에 빠져들었다. 좀 더 후부터는 그 노래의 바다
로 나를 풍덩 빠뜨렸다. 집시의 노래 속에 풍덩 빠지다보니, 나를 짓눌려댄
딱딱한 감정이 봄날 안개처럼 하늘하늘 풀어진 느낌이었다. 아니, 풀어져버
렸다.

집시의 노래에 나를 푹 담그면 아주 다른 나를 만날 수 있었다. 긴 세월
동안 그리웠던 내 부모가 보고 싶었다. 부모의 정이 고팠기 때문이다. 부모
가 그리우면 나는 무조건 집시의 노래를 찾아 틀어댔다. 흐느적흐느적 빠져
들기 위해서다. 악순환인지 선순환인지는 따질 필요가 없었다. 집시의 노래
에 흠뻑 취하다 보면 끓는 그리움이 눈 녹듯이 녹아내렸고, 정에 고팠던 감
정이 사라져버렸다. 여고시절에 굳어진 아픔도, 부모가 없다고 나를 평가절

하 시킨 장 여사가 제공한 시집살이의 서러움도 시나브로 녹아져 버렸다. 정도의 흔적은 남겠지만, 너그러운 기분을 열 섬이나 얻는 기분이었다. 그러니, 집시의 노래 감상은 정신건강을 위한 대박 중에도 왕대박이랄까.

나는, 일손 틈틈이 집시의 노래에 갇혔다. 이기를 목욕시키며, 담배냄새 퀴퀴한 실내를 털어내고 순환시키며, 구겨진 옷을 다림질 할 때도, 집시의 노래 속에 침잠돼 갔다.

다음 날도, 또 다음 날도, 그 속에 나를 맡겼다. 서러울 때, 외롭거나 배가 고파도, 절묘하게 나를 유혹했기 때문이다. 그 노래에 나를 맡기면 혼탁해진 내 정서가 말끔하니 닦여졌다 할까. 군대에 간 도명이 보고 싶어도 나는 그 노래에 기댔다. 칭얼거린 아기를 달랠 때면, 볼륨을 팍 줄여 나지막하니 깔았다.

나는 그 일에 미쳐갔다. 반복적으로, 마성에 홀린 듯이, 그 음악에 취하기 위해 세상에 태어난 것처럼, 원 없이 한 없이, 망설임도 없이.

나는 부엌이나 거실로 옮겨가며 카세트와 동행하였다. 물론, 무를 나박나박 칼질하면서, 북어머리를 방망이로 통통 두드려 펠 때도, 카세트와 하나가 아니, 쌍둥이가 되었다. 하나가 된다는 건 강렬한 믿음이고, 신봉이다. 신봉은 신념에서 생기고, 신념은 자신감을 붙게 하였다. 자신감은 또한 스스로를 아끼는 자존감도 높여주었다.

어느 날, 나를 보는 걸 속상해 하며 참다못한 장 여사가 불만을 터뜨렸다. 진즉 예상을 했다. 그렇지만, 장 여사가 너무도 뻔뻔스럽게, 너무도 당당하게, 나를 흡사 죄인인양 불러다 세웠다. 너무도 밉살맞게, 너무나 고답적으로 나를 겁주고, 꺾기 위함이었다. 그러곤, 내 눈을 찔러댈 듯이 손가락 총으로 겨누며, 삿대질을 해댔다.

"에미가 요새 정신 줄을 놨 뺐제? 보자보자 카니까네, 참말로 너무하다 카이! 살림하는 여핀네가, 똥 기저귀 빨기도 바쁜 얼라 엄마가, 한눈 팔 새가 어딨노?"

나는 어느 곳에서 바람이 불든 그저 침묵만 지켰다. 그걸 못 견디겠는지 장 여사가 강한 지적을 하였다.

"헤롱헤롱 정신줄 놓아뿔면, 얼라는 누가 보고 키우노? 카세튼지 뭔지 귀청 떨어지리꼬, 고래고래 틀어제끼모, 언놈이 잘한다꼬, 상 준다꼬 카더나? 밥 준다꼬 카더나?"

장 여사는 내가 미워 죽겠다고 큰소리 치고 화를 냈지만, 나는 투명 인간이 되어버렸다. 응대를 하지 않기 위한 작전이랄까.

"내 말 쪼매 들어봐라카이! 에미야! 서양숙! 귀가 묵었나? 주구장창 노래에 미쳐갖꼬 해롱거리모, 집안 꼬라지가 우쩨 돌아가는지, 내사 마, 무섭고 겁이 난대이!"

장 여사는 그때부터 버럭버럭 성질을 부려댔다. 미누리가 미쳤다느니, 얼라 엄마가 지랄발광을 떤다느니, 시에미를 물로 본다느니, 호랑이 없는 산골에 토깽이가 대장질 한다느니, 시에비가 물러 터져 미누리 꼴이 개꼴이라느니.

나는, 장 여사가 암만 떠들고 성질을 부려도 못들은 척해버렸다. 아니, 깡그리 무시해 버렸다. 날더러 미쳤다고 떠들건 말건, 지랄발광을 한다고 흉을 잡든 말든, 시아버지가 유약해서 마누라가 개판 됐다고 트집을 부리든 말든, 사사건건 물어뜯고자 으르렁대거나 말거나, 내 자존심은 가출한 채로 일관하였다. 그렇지만, 그렇다고 흉보고 흠잡는 몇 마디로 나에 대한 미움을 상쇄시킬 장 여사 같으면 얼마나 존경스러울까.

"사람은 어떠니 저떠니케도 부모가 자식 팔자를 만드는기라! 조실부모 하고 가정교육 몬 받으모, 부모한데 욕바가지 얻어 백이기 딱 좋다카이!"

나를 충고한 장 여사가 한 발 더 나갔는지, 노골적인 닦달을 넘어 부모문제를 끌고 들었다. 아니, 이미 죽어버린 나의 기를 더 강하게 꺾어버리려 작정하고 나선 모양이었다.

"에미 머리가 돌머리다 싶은데, 내가 언놈 잡고 탓 하겠노?"

내가 미운 장 여사는 모든 걸 활활 태워 없앨 듯 레이저 눈빛을 쏘아대고 있었다.

"요새는 에미가, 증말로 미쳤는가베? 한을 푸는지 신을 푸는지, 통 모겠다카이! 모가지 빠지구로 불러도 몬 듣는지 안 듣는지, 귓구녕을 확 파내보고 싶다카이!"

나는 그때부터 자세를 바꾸었다. 나를 향한 장 여사의 지적에 토를 달기로 한 것이다.

"어머니도 즐겁지요? 음악 선율이 집안 가득 넘치는데, 막힌 귓속까지 싹 닦아 청소해 주는데요! 흥도 나고 신도 나고, 속도 화악 풀어지고요!"

"뭐, 뭐라카노? 즐겁지요? 흥, 흥도 나고 신도 난다꼬 캤나? 요새, 지 혼자 확 변한 거는 모린다 말이가?"

"……."

"몬 묵을 거를 묵었나? 몬 볼 거를 봤나? 라디온지 머시깽인지, 옆구리에 끼고 사는 거, 내사 마 눈꼴시고 꼴 보기 딱 싫어 미치겠대이!"

138

"······."

"에미는 요새 갈수록 꼴갑을 떨어 쌌노? 걸뱅이가 될라꼬 카는지, 카세 뭐에 미쳐 귀청 찢어지구로 카세 그거를 틀어 제끼모, 돈이 생기나? 밥이 생기나? 옷이 생기나?"

나는 그 사이 확실한 카세트의 마니아가 돼버렸다. 아니, 장 여사의 말대로 미쳤는지 몰랐다. 내 활동 무대인 부엌에서 나 혼자 도라지 껍질을 까고, 콩나물을 다듬고 채소를 다듬을 때도, 집시의 노래에 빠져 있었으니 말이다.

나는 때때로 카세트의 볼륨에 신경을 쏟았다. 장 여사가 나를 지적하는 소음을 덮기 위함이었다. 특히, 나를 억압하고 기를 꺾어대는, 장 여사의 간섭해대는 소리를 희석시키려면 그런 방법밖에 없었기 때문이다. 음악소리가 왕왕 시끄러울 수록 기계는 제 기능을 발휘하는 게 입증될 터이다. 또한 성능이 좋은 그것을 이리저리 옮기다보면, 나는 괜스레 위로를 받는 기분에 우쭐거려졌다.

집시의 노래야말로 떨쳐낼 수 없는 마력이 숨어있다 할까. 우선 음률의 첫머리가 흥겨웠는데, 그 흥에 취하다보면 뭔지 모르게 호젓한 슬픔이 밀려온다. 확실한 것은 그 묘한 슬픔에 취하는 사이 잡념이 희석된다는 점이다. 어떤 끌림이랄까, 슬픔과 낭만이 교차된다 할까. 나는 그 가락에 빠져든 나머지, 금속리듬으로 시작된 음률이 허공을 울려 퍼지는 열정의 멜로디에 몰입되었다. 때때로 집시들의 넘친 흥에 괴성을 닮은 함성이, 청신경을 청아하게 닦여주는 느낌도 받았다. 알 수 없는 착각, 아니 격앙된 함성에 정감이 몰입된다 할까. 기타나 바이올린의 선율이 올올 마디마다 개체가 되어 청력의 세포 속에 스며든다 할까.

나는 점점 음악에 겨워 흐느적거렸다. 아니, 중심을 놔버린 것처럼 흠뻑 빠져들었다. 장 여사는 그런 나를 미치광이라 했다. 이어 나를 향해 눈빛레이저를 쏘아대며, 시아버지를 원망해댔다. 며느리를 선택한 시아버지의 눈높이가 아둔한 결과라며, 내 꼴을 보는 게 속 터져 못살겠다며, 궁쾅거린 소음에 정신 사나워 미치겠다며, 끝없이 불만을 토하느라 앙앙거렸다.

나는 그런 장 여사를 본체만체 하였다. 그걸 눈치 챈 장 여사가 나를 길들이고 싶었는지, 눈을 하얗게 뒤집고 휘휘 굴려대며, 입술에 독기를 뿜어댔다.

"우짜꼬? 우짜모 좋노? 에미가, 작정하고 미쳤대이! 시커먼 기계 모가지 끌어 잡고, 자죽자죽 끌고 댕기믄서 고래고래 틀어제끼모, 언놈이 귀청 터져 죽어지라꼬 카나? 내사 마, 눈꼴시고 떫어가이고, 더 늙기 전에 죽고싶다카이!"

장 여사의 질긴 그 푸념 끝에, 나는 딴 여자가 된 것처럼 깐족거린 어조로 대꾸하였다.

"어머니는 노래가 싫으세요? 음악 듣는 걸 시끄럽고 귀청 아프다고요? 지금 튼 저 노래는요, 들을수록 스트레스가 확 풀려서 속까지 시원하니 미치도록 좋다니깐요!"

"스, 스트레, 거기 뭐, 뭐꼬?"

나는 입술을 실룩실룩 으스대며 말했다.

"뭐냐면요, 어머니! 고것, 스트레스가요……"

장 여사가 짜증스러운지 꽥 질러댔다.

"고마해라, 됐대이! 스트렌지 뭔지 푼다꼬, 세상 사람이 다 니맨치로 미쳐 날뛰는 꼴은 없실끼다! 귀신 씨나락 까묵는 그따우 소리는 입에 담지도 마라카이!"

　"……."

　"에미가 정신줄 놔뿔고 시커먼 기계만 미친 거 맨치로 틀어싸니까네, 인자는 무섭증이 생기서 죽고 싶다카이!"

　나는 장 여사가 웃긴다 싶어 빤히 쳐다보았다. 서툰 일상에서, 시집살이 하는 내가 음악을 조금 독실하게 듣기로서니, 시어머니인 장 여사가 왜? 무엇 때문에, 미치다 죽고 싶은지, 이해가 되지 않았다. 귀로는 음악을 들으며 손은 내 몫의 일을 하고 있는 내 앞에서 무섭다거나 죽고 싶다는 건, 정말 일방적 횡포가 아닌가. 나는 장 여사의 반응이 어이없다고 여겼다. 장 여사야 말로 공포감이나 긴장의 포자를 팡팡 퍼뜨리는 장본인인데 말이다. 그렇지만, 나는 한 번도 장 여사의 우월적 지위를 두고 왈가왈부하지 않았다. 그럴 처지도 못 되었다. 그야말로 며느리인 까닭이다.

　나의 청개구리 배짱은 갈수록 중증이 되어갔다. 밥은 한 끼를 굶어도 괜찮았다. 두 눈이 말똥말똥 밤잠을 설쳐도 문제없었다. 그렇지만, 집시의 노래를 굶은 날이면 나는, 종일 헛헛하였다. 어쩜 중독인가 싶지만, 금방 나는 머리를 좌우로 흔들어댔다. 나야말로 집시의 노래에 중독된 덕분에 일상에 생기를 얻고 있으니 말이다. 어쨌든 못 말리는 마니아가 돼버린 나는, 집시의 노래야 말로 정에 허기진 내 생활에 포만감을 준다고 생각했다.

　겨울이 오기 전에 떠나리라

　세상 끝일지라도

　마지막 가을바람을 타고

대지 위를 수 없이 굴러서

심장 한 조각 마음 한 조각

흔적도 없이 가루가 되어

집시의 저녁에 흘러내리는

마지막 스산한 눈물이 될지라도

……

그런데, 어느 날부턴가 나의 절친 카세트라디오가 보이지 않았다. 쥐도 새도 모르게 없어져 버린 것이다. 내 영혼을 위로해 주던 카세트를 잃은 나는 자신을 놔버린 채, 멍하니 근심에 차있었다. 그러다 결국 나는 카세트라디오를 찾느라 미친 듯이 온 집안을 샅샅이 뒤졌다. 그런데, 땅 속으로 꺼졌는지 하늘로 날아갔는지, 나의 애용품인 그 물건은 보이지 않았다. 내 눈동자는 아쉬움의 눈물을 그렁거렸다. 종일 내내 습관적으로 만지던 그 물건이 사라져 버린 사실에 섭섭했고, 내 몫의 스트레스를 어떻게 무슨 방법으로 풀어갈지 막막했던 것이다.

나는 카세트라디오를 찾기 위해 능력껏 머리를 짜내며 찾고 또, 찾아 헤매던 중 과감하게 결론을 내리고 말았다. 내가 미치도록 사랑한 그 카세트라디오는 장 여사의 저주마법에 걸렸다는 것을. 가장 확실한 증거의 당위성을 유추해보면 장 여사가 내게 던져 준 그 한 마디 때문이다.

"원수 같은 그 물건이 없어지니까네, 삼 년 묵은 체증이 확 내려가고, 시원하니 좋아 춤이 덩실덩실 나올라 칸대이!"

✳ 기약된 이별

이른 아침, 아기 기저귀를 빨고 있었다. 집 귀퉁이에 붙어있는 욕실에서
다. 그 사이 신랑 도명이 집을 나선 모양이다. 군 입대 차 떠난 그가, 내게
이별에 대한 한 마디도 없었는데, 나는 정말 야속하였다. 중매로 맺어진 탓
인지, 정신적으로 미숙해서인지, 우린 새내기 부부로써 애틋함이나 살가움
이 없었다. 아니, 사랑의 절실함을 몰랐다. 그런 도명이 나로썬 무척 섭섭했
다. 그리고, 원망스러웠다. 아무리 소가 닭 보듯 민숭민숭한 풋내기부부라
도 그렇지, 우린 살을 맞대고 한 이불을 덮은, 누가 뭐라 해도 신혼부부가
아닌가 말이다.

신랑이 입대를 한 후, 나의 허전함은 해가 긴 사월 저녁때 밀려든 시장기
와 같아 스르르 기운이 빠졌다. 잠시 진정을 한 후, 나는 스스로를 다독이
고 있었다. 도명의 입대는 국가를 위한 의무니깐 그로인하여 빚어진 이별은
위대하다고, 기약된 이별은 시계바늘을 앞질러 아주 빨리 지나갈 거란 생각
에서이다. 그럼에도 운명처럼 재회한 도명과의 맞선장소에서 미래를 함께
맞춰가자고 했던 그의 약속이 부질없게 여겨졌다.

나는 암만 마음을 다잡아도 도명과의 이별로 허전함을 어쩌지 못해 씹고
또, 씹어댔다. 스스로에게 어떤 위로가 필요한 걸 깨달았다. 그래서 스스로
에게 대범해지려 마음을 다잡고 나섰다. 도명의 무뚝뚝한 정이 드므(넓적하게
생긴 큰 독)처럼 깊은 물과 같아 촐랑대지 않는다고, 실팍진 뚝배기는 쉽게 데
워지거나 식지 않는 법이라고, 생각을 품어버렸다. 대기는 만성이라지 않은

가. 그 사이 나는 벌써 도명을 향해 너그러워진 걸 발견하고 있었다. 남남처럼 침묵한 채, 헤어진 도명을 향해 나는 어느새 빈약하나마 아량이 생겼다 할까.

다음 날 아침이다. 뜻밖에 부정하고 싶은 일이 터졌다. 장 여사가 아침상을 받으며, 훌쩍훌쩍 눈물을 찍어낸 것이었다. 그 사이 군에 간 아들 도명이 보고 싶다는 거였다. 감정의 산물인 눈물은 전염성이 강한 바이러스일까. 쉬 동화 되어 장 여사를 따라 시아버지는 물론, 나 역시 눈물 짓는 걸로 아침밥을 대신했다. 그 결과 수유중인 나는 유독 긴, 허기지고 지루한 하루가 힘겨웠다. 아기가 종일토록 칭얼칭얼 보챘으니 말이다. 그러잖아도 잴잴 얕게 고이는 모유가 아기를 더욱 감질나게 한 것은, 아침밥을 공쳤기 때문이다.

아기가 종일 칭얼거리는 모습을 지켜본 장 여사가 가만있을 리 있겠는가. 마치 기회를 잡은 듯 내게 껄끄러운 말들을 풀풀 쏟아냈다.

"하늘같은 서방 나라 지키는 군대로 보내놓고, 에미가 얼라 젖도 못내 먹이모, 참말로 우짜노? 아무 하는 일도 없이 뱃속에 따박따박 밥만 잘도 퍼 넣더니마는!"

장 여사가 지어낸, 뱃속에 따박따박 밥만 퍼 넣었다는 그 말은 새빨간 거짓이었다. 그거야말로 나를 향한 장 여사의 과장된 표현 아니, 심통 많은 시어머니가 며느리를 자극해댄 헛말이다.

"말하자모, 세상에 어중이떠중이들이 다 에미가 될 자격이 없다, 그 말인 기라!"

다음날이다. 아침상을 받기가 무섭게 장 여사가 나더러 친정에 갈 맘이 없느냐고 물었다. 이상한 것은 장 여사의 시선이 내 눈길을 피하는 눈치였다. 나 역시 장 여사의 말을 담담하니 듣기만 했다. 왜냐면, 묻는 말로 시작되는 장 여사의 행동 이면엔 곧잘 어떤 문제나 비밀이 숨겨져 있음을 알기 때문이다. 아니나 다를까, 내가 친정에 가면 밥 짓는 쌀이 그만큼 줄어든다는 점을 노렸다는 것을 나중에야 알았다. 장 여사의 노련한 속셈이었다.

내가 아기를 들쳐 업은 건, 아침 설거지를 끝낸 직후다. 나를 친정에 보내려 한, 불문율 같은 장 여사의 뜻에 따라야 했던 것이다. 아기의 기저귀며 옷가지를 챙긴 보따리가 묵직한데, 장 여사가 내 앞에다 큰 유리병 한 개를 내밀었다. 각선미를 뽐내듯 미끈하게 빠진 유리병 속 내용물은 소주였다. 나는 뜻밖이라 무심코 장 여사의 얼굴을 빤히 쳐다보았다. 그때, 장 여사가 입가에 웃음을 베어 물며, 바깥사돈에게 보내는 선물차반이라는 거였다. 난처한 건 아기를 업고, 그 술병을 들고 가야 하는 어려움인데, 그 점이 나를 망설이게 하였다.

나는 그 술을 시아버지께 드리라고 장 여사를 쳐다보며, 간결하게 사양했다. 그러곤 술병을 옆으로 밀어 놓고, 기저귀 보따리만 챙겨 다녀오겠다는 인사를 드렸다.

그런데 뒤통수가 따갑게 느껴졌던 건, 막 현관문을 나서려 할 때다. 인사차 뒤 돌아본 즉, 장 여사의 따가운 눈총이 내 뒤통수를 사정없이 찔러대고 있었다.

"에미야, 시방 뭐하는 짓이고? 맨손으로 사돈양반 보러 가겠다카나? 친정 가면서 술 한 병 옆구리에 끼고 가는 게 뭐가 그렇기 어렵다꼬, 시에미 정성을 한가윗날 보리개떡 맨치로 팽개치노?"

나는 무슨 말이든 변명이 필요했지만, 입안에서만 맴돌다 그 한 마디가 튀어나왔다.

"어머니, 다, 다른 뜻은 없어요. 시골 매점에도 술이나 과자가 있는데, 아기를 데리고 무거운 짐을 믿을 처지가 아니냐 싶어서요."

장 여사는 내 말은 들으려고도 하지 않았다. 아니, 듣고 싶지가 않은 모양이었다.

"뭐라케쌓노? 처지가 어떻꼬 저떻꼬, 뭔 말을 그래하노? 젊은 손아구 힘에 꼴난 술병 하나 들고 가는 일이 뭐가 어렵다꼬 그카노?"

나는 치솟는 반발심을 억누르고 있었다.

"힘이 쪼매 든다꼬 케도, 어른이 시키모, 들어 묵어야제?"

"……."

"아니다, 미누리가 시에미한테 따박따박 말 대거리 하는 거는 어데서 배웠더노? 꼴나게 잘난 친정서 배웠더나?"

순간, 불만을 꿀꺽 삼킨 내 입이 풍선처럼 띵띵해졌고, 원망이 서린 내 눈동자는 장 여사를 원망하며, 훑어 내렸다. 장 여사 역시 나를 향해 눈빛 레이저를 마구 뿜어댔다. 우린 서로 눈싸움을 걸어댄 거랄까. 장 여사의 두툼하니 생긴 입술엔 게거품이 복작거렸다. 내가 거부의사를 피력한 것 때문에 장 여사 본인의 성질에 치였다는 의미이다. 물론, 그 목소리에도 불쾌감이 덕지덕지 묻어났다.

"오매야! 참말로 같잖고 할 말이 칵 막힌대이! 어제 같이 서방 군대 보내 놓고, 허파에 무슨 바람이 그렇기 잔뜩 들었는지? 원, 쯧쯧쯧."

나는 자세를 낮추었다.

"어머니가, 사정 좀 봐 주시면 고맙겠어요……."

"에미 고집도 참, 엔간히 억세빠졌네? 시에미 말을 강 건너 개 짖는 소리로 듣는 미누리는 세상에 니 밖에 읍실끼다!"

나는 이미 장 여사의 일방통행 고집 앞에서 진지해졌다.

"죄송해요, 어머니! 제 사정 이해해 주시면 안 돼요? 아기만 업고가도 힘들 것 같아서요."

"나는, 이해라 카는 그 말부터 딱 거슬리고 싫다, 우짜노?"

"어머니이?"

"에미는, 부모 없이 자란 티를 꼭 그렇기 내고 싶더나? 쯧쯧쯧."

"어, 어머니이?"

"가만 보니까네, 에미가 뭐를 몰라도 한참 모린다카이. 그 잘나빠진 친정에 보내 주는 것만도 어디라꼬, 말꼬리 붙잡노? 칠칠한 시에미한테 절을 천만번도 더 해야 될 판에……."

장 여사는 자기 명령을 거절하는 내가 못마땅해서 얼음판에 나뒹군 황소의 눈처럼 허옇게 까뒤집었다. 내가 술병을 거부한 것 때문에 끓는 불쾌함을 주체하지 못하는 모양이었다.

장 여사의 고집에 거부감이 생긴 나도 감정이 복잡했다. 아기를 업고 가는 일만 해도 육아에 서툰 풋내기인 나로썬 힘에 겨웠다. 그렇지만, 장 여사가 내 뜻대로 움직여 줄 시어머니인가. 그 와중에 나는, 장 여사를 빨리 벗어나고자 묘책 하나가 섬광처럼 뇌리를 스치는 것이었다.

나는 얼른 돌아섰다. 그러곤 민첩하게 장 여사의 등 뒤로 다가서며, 구부정한 장 여사의 허리를 와락 끌어안아버렸다. 졸지에 백허그를 한 셈이다.

장 여사의 명령을 복종하겠다는 말 대신의 몸짓인데, 나를 포용할 장 여사의 마음이 있고 없고는 다음 문제다.

"와카노? 징그럽구로 남 허리를 끌어안노?"

"어머니! 우리가 남인가요?"

나를 낮춰 뜻만 관철하려든 내 꼼수는 물거품이 되었고, 내 손에는 무거운 술병이 기어코 들려지고 말았다. 고부간 파워게임 중 내가 진 셈이다. 아기를 업고, 기저귀 보따리를 들고, 술병은 덤으로 짐이 된 악조건이 되고만 것이다.

터미널에는 오가는 군상들로 붐볐다. 삼촌댁으로 가는 차편은 하루에 네댓 번 운행되는 짚신 같은 완행버스다. 승객들 틈에 섞여 불안했던 건, 동반한 술병 탓이다. 나는 전전긍긍하였다. 언제, 어디서, 무엇에 부딪혀 술병이 깨질지 불안했기 때문이다. 하필 타이밍이 적중했던 건, 닷새 만의 장날이었다.

예상의 확률이 절반이면 비극은 들어맞는다는 통계가 있다. 얼마의 시간이 지났을까, 시한폭탄 같은 그 술병이 기어코 덜컹댄 차 바닥에 나동그라지더니 깨져버렸다. 오일장에서 구매한 승객들의 무쇠농기구와 강하게 부딪친 탓이다. 불안하던 술병이 깨지고만 순간, 나는 화가 나서 부드득 이를 갈아댔다. 고집을 부려댄 장 여사를 향한 미움이 용암처럼 부글부글 끓어올랐던 것이다. 나는 장 여사가 밉고도 야속했다. 깨진 술병을 망연히 내려다보는 중에도 화가 치밀었다. 머리끝으로 뻗쳐오른 나의 화를 덮으려는 듯 버스 안이 술 냄새로 차올랐다. 장 여사가 이 사실을 알면 어떤 공격을 해댈까?

나는 전신이 땀으로 흥건해졌다. 눈에선 염치없는 눈물이 그렁그렁 고였다. 내 기분을 아는지, 등에 업힌 아기도 칭얼칭얼 보채고 있었다. 나는 목구멍에 차오르는 분노를 꿀꺽꿀꺽 삼키고, 또 삼켰다. 우리들 고부간에 기찻길 같은 평행선이 가로 놓인 것 같았다.

버스 안 승객들이 나를 쳐다보며, 혀를 끌끌 찼다. 나는 볼을 타고 흐르는 눈물을 손등으로 밀어내며, 맘속에선 장 여사를 향해 저주를 흠씬 퍼부어댔다. 장 여사 당신은 길가다 죽거나, 아주 지독한 교통사고를 당해 찍소리 없이 죽어 준다면 고마운 일이고, 아니면 길가다 급살이나 맞으면 더욱 쾌감을 주는 축복이네요.

내 마음은 흡사 악마의 혼이 덮인 것처럼 모진 생각으로 꽉 차있었다. 그렇지만 장 여사가 내게 제공한 분노만큼의 해소법은 되지 못했다. 그런데, 갑자기 나의 뇌리에 속담 하나가 떠올랐다.

-강바닥 탓하면 뭣하나? 땅버들로 태어난 내 팔자가 유죄(有罪)지!

✳ 모르면 약이다

"서양숙 님! 물리치료실로 들어오세요!"

간호사가 안내를 해 주었다. 물리치료실은 가로 세로 침대가 줄지어 있고,

빙 둘러 하얀 커튼이 쳐져 있다. 겉옷을 벗고, 침대에 엎드린 내 두 팔 상단
부에 핫백을 얹던 간호사가 어제처럼 물었다.

"통증은 조금 나아졌나요?"

폐암 말기 환자의 팔을 강타하는 통증은 증상의 하나라고, 폐암 말기에
서 나타나는 증상의 특징이라고, 그 통증을 안고 가야 된다고, 권박사가 말
해준 적이 있다. 그래서 통증을 줄이고자 효험을 기대하며, 선택한 침술이
다. 그런데, 내게는 별 도움이 없고, 통증만 강해지고 있었다. 그럼에도 통
증이 줄어들기를 바라며, 매일 한방병원을 찾는 것이다.

"희망사항이지요, 통증 줄어드는 게."

간호사는 침대의 모서리를 빙 돌아가며, 커튼을 주르르 쳐주고 나가버렸
다. 핫백에 둘둘 싸인 내 팔뚝은 열감으로 후끈거렸다.

권박사의 판독기에 나의 폐 사진이 걸렸다. 정밀 촬영한 결과물인 그 사
진을 찬찬히 들여다본 권박사는 몇 번씩 고개를 갸웃거린 다음, 내게 물
었다.

"혹시, 남편 분이 밖에 와 계신가요?"

그의 표정을 살피던 나는 불안한 예감이 뇌리를 스쳤다.

"남편 분도 검진결과를 들었으면 해서요."

긴장감에 차있던 나는 마른 입술에 침을 바르며, 말했다.

"저한테 말씀하셔도 돼요, 박사님!"

권박사가 떠듬떠듬 말했다.

"음, 예상한대로, 악, 악성이군요."

불길함에 시달리던 내가, 풀죽은 목소리로 물었다.

"악성, 이요?"

나는 갑자기 눈앞이 깜깜했다. 권박사가 다시 말했다.

"안타깝네요! 말기(末期)로 진행이 돼버려서, 쯧쯧쯧……."

"말기, 요?"

"예상은 했지만……."

권박사의 말은 자기의 진단이 정확하다는 건가? 말기 암을 잘 맞혀 기쁘다는 뜻인가? 나는, 말기라고 내뱉은 그의 말에서 무섭고 잔인한 느낌을 받았다. 그런데 나 역시 잔인해진 걸까, 다짜고짜 권박사를 향해 건방진 질문을 하였다.

"말기면, 얼마나 사, 살 수 있나요?"

내 물음에 길게 뜸을 들이는 권박사를 답답하게 여긴 나는, 시비조로 말했다.

"박사님, 그 정도는 잘 아시겠네요?"

내가 안 돼 보였는지, 그의 목소리가 힘없이 들렸다.

"아마, 육 개월 정도……."

권박사가 고개를 갸웃대며, 오른손으로 자기의 입을 훔치는 것이었다. 그러다 좌우로 고개를 흔들며, 몇 번씩 쯧쯧 혀를 찼다. 나는 머릿속이 먹먹하다가 몽롱해졌다. 심장이 쿵쾅쿵쾅 뛰고, 불안함에 입술이 달싹거려졌다. 종교가 없는 내 입에선 하느님을 찾고 있었다.

"하느, 니임!"

간절한 맘에 부처님도 불렀다.

"억울해요, 부처니임!"

가슴속에서는 자꾸만 억울함이 치밀어 올라왔다. 나는 태어나서 오늘까지 한 번도 남에게 몹쓸 짓을 한 적이 없다. 그런데, 왜 암이 걸렸는지 알 수 없었다. 게다가 타인을 겨냥해 말 한마디 독하게 뱉어낸 적도 없고, 남을 속이거나, 사기를 친 일은 더더욱 없다. 남의 가슴에 못을 박는 일도 없으니, 양심을 걸어도 좋다고 여기며 살아왔다. 나는 폐암이란 병명과 육 개월이 생존기간이란 권박사의 말을 듣자 눈에서 눈물이 주르르 흘러내렸다. 얼굴이 후끈 달아올랐다. 나는 고래고래 고함이라도 치고 싶었지만, 입속을 맴돌았다. 한참을 울다보니 가슴이 먹먹해서, 일어서다 털썩 주저앉았다. 그는 내가 딱한지, 위로의 말을 건넸다.

"안타깝고, 상심이 크지요?"

나는 손등으로 물기 젖은 눈두덩을 훔쳤다.

"참 안됐지만, 절대 포기하지 마세요! 요즘은 암세포를 선택적으로 치료하는 기술이며, 약도 좋거든요!"

내 귀에선 폐암 말기와 육 개월이란 그 말이 환청으로 윙윙 거렸다. 나는 갑자기 그의 진단이 오진일지 모른다고 여겼다.

"박사님, 암 검진 오, 오진일 수도 있지요?"

결과를 부정하는 내가 딱한지, 그가 긴 한숨을 뱉어내며 말했다.

"검진결과는 부정하면 안돼요! 안타까운 건, 너무 늦은 발견이지만 또, 아주 늦은 것도 아니지요!"

"……."

"군대 속담에 늦었다고 할 때가 가장 빠르다는 말이 있어요. 치료 열심히 받고요, 으음, 낙심은 금물입니다!"

권박사는 암을 고친다는 말은 한 마디도 하지 않았다. 풍선에서 바람이 빠지듯 내 몸에선 스멀스멀 기운이 빠져나갔고, 입도 한 일 자로 닫혀져 버렸다.

내가 아는 폐암의 상식은 지극히 초라하다. 아니, 전무하다는 표현이 더 옳다. 흡연이나, 매연 공해나 미세한 먼지로 인해 생기는 게 폐암이란 것 정도랄까.

나는 흡연을 한 적이 없다. 내가 사는 도시를 휘덮은 공해 탓이라면, 다른 시민들도 폐암환자가 될 것이었다. 그렇지만, 다들 건강하게 잘들 살아가고 있잖은가. 그런데, 하필 나만 폐암에 걸린 것은 불특정 다수의 그들보다 내 몸이 약한 탓일까? 아니면 조실부모를 했기 때문일까? 삼촌 슬하에서 존재감 없이 시시각각 마음 졸이며, 성장한 탓일까? 철없는 갓 스물에 살쾡이처럼 무섭고, 오뉴월 청보리밭 보리까끄라기처럼 깐깐한 시어머니 장 여사를 만난 죄일까? 장 여사가 무작위로 제공한 지긋지긋한 스트레스 때문일까? 아니면, 여자 된 유죄에 타고난 숙명일까?

나는 악성이란 권박사의 진단을 부정하였다. 그가 다시 주문처럼 말했다.

"사실 폐암 말기면, 충격 그 자체죠! 그렇지만, 냉정해야 돼요!"

나는 스스로 기분이 나빠져서 까칠한 소리로 응수했다.

"박사님, 냉정만 하면 지랄 맞은 폐암이 고쳐져요?"

권박사가 긴 호흡을 가다듬었다.

"음, 암 치료는 도전이고, 도전은 승리를 위해서죠!"

"도전이니 승리니, 다 뭔 소용이죠? 말기면, 끝이 아닌가요?"

"암과 싸워 이겨야죠! 환자가 약해지면 암세포가 더 기세등등하니까요."

내 눈에선 불꽃이 번쩍 일었다. 혼란스런 나와 대결하듯 조곤조곤 말하는 권박사가 거슬려 나는 다시 삐딱하게 말했다.

"박사님은, 신바람 나시지요? 폐암을 잘 찾아내서요."

나는 일 자로 다문 입을 혼자 삐죽거린 나머지 엉뚱한 말이 튀어 나왔다.

"후회가 돼요! 암 검진 괜히 받았나 해서요!"

"그거는……."

"억울, 해서요……."

나는 일어서다 눈을 감아버렸다. 아찔했던 것이다. 그때, 휘청대는 나를 주저앉힌 건, 권박사의 절도 있는 말투였다.

"잠깐만요, 환자분! 그건 완전 오햅니다!"

나는 공허하고, 허탈했다. 살아있음도, 숨을 쉰다는 것도, 폐암이 나를 침범한 것도, 다 부질없었다. 그렇지만, 아직 내게 달라진 건 아무것도 없지 않은가. 내가 진료실에 올 때처럼 천장엔 조명이 환하고, 벽에는 디지털시계 숫자판이 깜박깜박 미래를 까먹고 있잖은가.

다시, 권박사의 목소리가 혼란에 찬 내 귀를 두드렸다.

"환자 분! 생로병사에 과민하지 마세요! 우리 모두는 암 인자와 함께 살아가고 있거든요!"

"……."

"그러니 검진 결과를 수긍하고, 정성들여 치료받으세요!"

나는 갑자기 도명의 얼굴이 스쳐갔다. 시도 때도 없이 담배연기를 뻑뻑 뿜어댄 모습도 안개처럼 떠올랐다. 결혼 첫날, 신혼여행지에서부터 오늘까지 줄기차게 피워 댄 그의 담배연기에 나의 폐가 얼마나 무방비로 노출됐던 가. 옹기 굴뚝처럼 담배연기를 자욱하게 뿜어댄 그는 물론, 온 집안이 매캐하게 찌들게 한, 골초 시아버지가 흡연한 그 스모그가 나의 폐를 덮쳤을 것이었다. 또한, 공업 도시에서 도시를 에워싼 뿌연 매연에 나의 폐가 혹사당했을 법했다. 그럼에도 나는 무지했다. 좁쌀만큼의 대처조차 못한 바보요, 천치였다. 아니, 폐암에 걸려서야 뒤늦게 혼란스러워 하는 빙충이이다.

한숨을 길게 내뿜던 나는, 흠흠 잔기침을 뱉어냈다. 그저 억울했고, 화에 치받혀 숨이 멎을 것만 같았다. 동시에 허공을 퍼지는 담배연기처럼 권박사의 이야기 속으로 몽롱하게 빨려 들었다.

"환자들이 처음에는 암 검진 결과에 충격을 받죠. 거부도 하고요!"

"……."

"이미 주사위가 던져졌다면 그렇지만, 항암치료 열심히 받으세요!"

내 눈빛은 초점을 잃었다. 권박사의 입에선 누구를 위한 것인지 모를 말들이 주절주절 흘러나오고 있었다.

"우선 삶을 긍정적으로 살고요! 또 너무 기름진 음식만 빼고, 영양 섭취도 필수란 말씀을 드립니다!"

"……."

"우리 주변에 활기차게 살아가는 암 환자들이 얼마나 많아요? 무병장수도 좋지만, 골골 백년이란 말도 있지요."

나는 그저 멍하니 두 눈만 껌벅거렸다.

"암을, 내 몸의 일부로 받아들일 용기가 필요해요! 세상을 긍정적으로 대하는 것도 좋은 자세고요……."

나는 표정에 우울과 원망을 담은 채, 미친 듯이 그 자리를 뛰쳐나오고 말았다. 나를 위해 들려주는 권박사의 말들이 귀에 거슬렸고, 암세포, 악성, 말기, 도전, 좋아진 약, 꾸준한 치료, 골골백년, 세상을 향해 긍정적인 사고, 활기찬 삶, 등등의 단어들이 혼란스러웠던 것이나.

가로등이 골목을 하나둘 밝혀가고 있었다. 나는 그때까지 거리를 휘청휘청 헤매고 다녔다. 가슴이 뻥 뚫린 것처럼 허무했다. 숨 쉬는 게 부질없고, 왈가왈부 일희일비로 일상을 소비하는 인생이 그랬다. 살아서 꼼지락거린 인간의 생명체가 시시하였다. 찰나의 고리가 영원할 줄 알고, 아등바등 착각에 젖어 살던 내 삶이 미워졌다.

나는 자학하였다. 자신을 사랑한 적도 없지만, 온 세상을 저주하고 있었다. 무늬만 성인으로 결혼을 했고, 결혼생활 요령도 모른 채, 시어머니란 존재의 벽에 갇혀버렸다. 그런 생활에 길들기 전에 엄마가 되었다. 그 때문에 저항하고, 후회 속에 갇혀 지냈다.

나는 하얗게 나를 지우고 싶었다. 또한, 어둠을 뚫고 도명이 기거하는 집으로 찾아가야 하는 내가 싫어졌다. 특히, 나의 폐를 혹사시킨 장본인, 도명의 흡연이 내 폐를 혹사시켰다 싶으니, 그와 마주할 용기가 없었다.

나는 의문을 품기 시작했다. 나야말로 덜떨어진 바보처럼 왜, 무엇 때문에, 누굴 위하여 건강검진을 받았는지, 후회가 되었다. 돈과 시간을 들여가며 뒤늦게 깨달았고, 긁어 부스럼을 만든 건, 오직 내 탓일 뿐이다. 모르면 약인데, 알아서 독이 된 그 지식이 내 가슴팍을 무겁게 짓눌러댔다. 내 가슴에는 후회란 단어가 신앙의 표적처럼 강렬한 깃발로 나부꼈다. 그것은 암에 걸린 나를 동정하는 만용을 부리고 싶지 않은 오기라 할까.

✳ 충격의 벽

은하의 별들마저 잠이 든 자정 무렵이다. 병원을 뛰쳐나온 나는 정신없이 거리를 떠돌다 귀가하였다. 그러곤 집안 곳곳을 헤집고 다니며, 조명등을 하나하나 대낮처럼 밝혔다. 이어 눈알을 사천왕상처럼 부릅뜬 채, 이 방 저 방을 샅샅이 훑고 다녔다. 그동안 도명이 담배를 피울 때마다 옆구리에 끼고 살던, 재떨이를 찾아내기 위해서다.

나는 큰아들 욱이 수학여행지에서 아빠 선물로 사온 유리재떨이와 시아버지의 유품인 놋재떨이를 손에 움켜쥔 다음, 그것들을 쓰레기통 속에 쿵쿵 처박아버렸다. 그런 내 행동이 쌓인 분노를 푸는 것처럼 보였을까. 도명의 눈이 놀란 토끼 상으로 변했다. 실성한 여자처럼 설쳐댄, 평생 처음 대하는 낯선 내 모습에서 그는 절망을 느꼈을까. 도명이 자리에서 벌떡 일어서더니 나를 향해 손가락 총을 겨누며, 삿대질을 해댔다.

"당신, 미쳤어? 왜, 왜 그래?"

다급한 그의 질문에도 나는 씩씩대고 있었다. 그는 화난 얼굴로 허리춤에 두 손을 걸 친 채, 내 앞을 턱 가로 막고 섰다. 나는 두 눈에 불을 켠 채, 손으론 그의 입에 물려진 담배꽁초를 송골매처럼 휘익 낚아챘다. 이어 쓰레기통 속에 던져버렸다.

도명의 눈에 노기의 불길이 이글이글 타올랐다. 그는 내 행동이 황당한지, 물밑같이 조용한 심야를 우렁찬 고함소리로 발기발기 찢어놓았다.

"갑자기 왜 그래? 야심한 밤에, 무슨 일이냐고 묻잖아?"

그를 뒤질세라 나도 고래고래 맞고함을 질러댔다.

"몰라! 몰라! 모올라아!"

"병원에 가서, 뭐하다 이렇게 늦었어?"

나는 날 향해 삿대질을 해댄 도명을 바람에 후 날려버리고 싶었다. 그래서 그의 목소리보다 더 세게 목이 찢어질 듯 질러댔다.

"모올라아! 나도, 모올라아!"

그 역시 나와 경쟁하듯 억세게 대거리하였다.

"뭐하다 왜, 늦었는지 말해! 말하라니까!"

고래고래 질러대던 도명이 갑자기 한 옥타브 낮게 말했다.

"밤늦도록 당신을 얼마나 목 빠지게 기다린 줄 알아?"

우리 둘 사이엔 짧은 침묵이 흘렀다. 그가 다시 담배 한 개비를 입에 물며, 불을 붙였다. 담배를 뻑뻑 깊게 빨아들인 그가 잠시 침묵하면서 연기를 내뱉었다. 이어, 값싼 농담인지 익살인지 모를 소리로 말하는 것이었다.

"나는 당신이 혹시, 길바닥에 쓰러졌나 싶어, 걱정했어! 피곤하다는 말을 입에 달고 살던 사람이 병원을 다녀오다 혹시 잘못돼서 영안실로 갔나 하고, 병원에 전화까지 해봤다니까!"

그의 입에서 영안실이란 말이 튀어나오자, 나는 갑자기 머리가 휙 돌아가는 느낌이었다. 그야말로 영혼이 가출했다 할까? 나는 흡사 미치광이처럼 씩씩거리며, 도명을 향해 따발총처럼 쏴댔다.

"뭐어? 여, 영안시일? 방금 영안실이라고 했어? 다, 당신은 퍽도 시, 신나고, 좋겠다! 영안실에 갈 마누라가 있어서!"

나는 영안실이란 단어를 되받아치다가 목이 메었다. 눈물이 왈칵 솟구쳤다. 울먹거린 나는, 그를 향해 분풀이를 해댔다.

"당신은 마누라가 죽어지면, 좋아 죽을 것 같지? 좋아 미치겠지? 그렇지? 너무 좋아서 춤이라도 덩실덩실 추고 싶지?"

"여, 여, 여보! 왜 그래?"

"그렇지? 좋아 죽겠으면, 두 손 번쩍 들고, 만세라도 불러라! 큰소리로 만세 부르면, 남들이 부러워서 손뼉 짝짝 쳐 주겠네! 왕도명 마누라 죽었다고, 아니지, 영안실에 갔다고, 추, 축하 해, 주겠다! 흑, 흑, 엉엉, 어엉 엉!"

나는 세게 악다구니를 해대다 엉엉 소리 내 울었다. 아니, 통곡을 하면서 그의 가슴팍을 퍽퍽 치며, 대들었다. 도명은 그런 내게 화가 나는지 눈빛을 이글이글 불태우다가 입에 문 담배를 재떨이로 휘익 던져버렸다.

나는 그때, 도명을 쳐다보다 흠칫 놀라 뒤로 물러 서버렸다. 그의 얼굴에서 장 여사가 보였던 것이다. 눈두덩이 띵띵해서 부은 건지 눈을 내려 뜬 건지 애매한 얼굴은 콧구멍만 벌렁거렸다. 거기다 마음에 품은 정을 싹둑 잘라 버릴 것 같이 차가운 눈빛이며, 송곳니가 툭 불거진 인상이 그랬다. 순간, 내 눈에선 갑자기 노기가 쫙 뻗쳐올랐다. 그때까지 짓눌린 채 살아온 한풀이를 도명에게 마구마구 뿜어대고 싶었다. 걸핏하면 권위적으로 군림하고, 시시콜콜 따지고, 깐족깐족 내 약점을 가시처럼 콕콕 찔러댄 존재, 바늘 같은 장 여사를 향한 화풀이랄까.

가장 잊지 못한 사건은 바로 그거다. 태몽을 빙자하여 내 뱃속에서 팔딱이는 태아를 지우라고 질기게 종용한 일, 내가 먹는 밥이 아까워 가난한 친정으로 쫓아 보내버린 치사함, 삑 하면 부모가 없다고 나를 무시하고 기를 죽여 댄 심술궂고 밉살스런 장 여사의 주문을 줄기차게 들어온 나는, 내 귀가 벙어리이길 빌 뿐이었다. 장 여사가 내게 거만한 허세만 부리지 않았으면, 좁쌀만치라도 인자함의 표정을 지어줬으면, 보통의 시어머니가 며느리 대하듯 해 줬으면, 오늘의 내가 말기 암에 걸리지는 않았을지 모른다.

시집살이는 내 젊음을 혼란에 빠뜨렸다. 아니, 지독한 외로움에 가두었다. 외로움에 갇힌 나는 한 번도 목젖이 보이도록 웃어본 기억이 없었다.

장 여사는 걸핏하면 나를 약점 잡았다. 본 바 없다고, 부모 없는 친정에 가난까지 하다고, 가난은 천박스럽다고, 천박함은 저절로 묻어난다고, 조실부모한 인간이라 깔보던 화살을 내게로 겨누었다. 그때 장 여사가 내게로 던져댄 언어폭력을 나는 죽어도 잊지 못할 것이었다. 그런데, 참으로 알 수 없는 건, 장 여사가 날 향해 콕콕 아픔을 안겨 준 그 와중에도 나를 지탱하게 만든 게 있었다. 그것은, 도명에게 나를 중매선 명자아주머니가 들려 준 의미심장한 한 마디 때문이다.

"범이 암만 무섭고 사납다 해도, 지 새끼는 절대로 잡아먹지 않는다!"

말기 암 환자라는 내 말에 도명은 별로 놀라지 않았다. 아니, 한술 더 뜨는 것이었다.

"아니지, 누가 그래? 당신 몸에 폐암덩이가 생겼다고?"

"재검진 결과도 저번처럼 똑같으니 그렇지!"

"웃기셔! 신도 아니고, 남의 몸속을 들여다 본 것도 아닌데, 폐암인지 뭔 재주로 알아? 쳇, 나는 인정 못해, 절대로!"

도명이 재차로 받은 나의 암 검진 결과를 부정하느라 머리를 절레절레 흔들어 댔다. 우울한 감정에 받쳐 있던 나는 삐딱하니 시비를 걸며, 도명에게 따지고 들었다.

"당신은, 아는 것이 많아서 먹고 싶은 것도 많겠수?"

"……."

"이참에, 당신 명의로 병원 간판 한번 달아볼래요?"

"……."

"힘들게 습득한 남의 전문지식을 괜히 깐죽깐죽 깔아뭉개지 말고!"

"그거는……."

"당신도 차암! 의과공부 하는 이들이 곰팡내 나는 뼛조각 마디를 달달 외우느라, 곰팡내에 질리고 비위가 상해서, 음식 먹기도 어려워 구역질을 한다던데?"

"……."

"자기는 헛구역질을 해가면서 힘들게 공부한 남의 알토란같은 전문지식을 물로 본다 그거지?"

"내가 언제 남의 귀한 전문지식을 물로 본다고 했나? 암 검진은 그만큼 까다로우니 틀릴 수도 있다 뭐, 그런 뜻이지!"

"그러니까, 당신이 병원 간판 한 번 달아보라니까!"

우리의 두서없는 언쟁은 새벽닭이 청량하게 울도록 식을 줄을 몰랐다. 도명은 내가 까칠하게 뱉어낸 독설에 밀린다 싶었던지, 두 해 전에 있었던 먼 친척의 이야기를 다시 꺼냈다.

"자나 깨나 골골하던 양지마을 볼매할매 있잖아? 그 할매가 용하다고 소문난 닥터한테서 무슨 암 진단을 받은 적이 있는데, 암 초기라고 수술 권유를 받고, 수술실에 들어갔더래."

"……."

"그런데, 막상 볼매할매의 뱃속을 보자기 펼치듯이 활짝 열어놓고 보니 글쎄, 폐암은커녕 아주 깨끗하더래! 그때, 닥터가 수술하려 개복한 볼매할매의 복부를 진땀나게 얼른 덮었다더라! 유명한 닥터도 몸 속 암을 진단하기가 그만큼 어렵다는 뜻이 아니겠어?"

그의 이야기를 듣다 보니, 나는 장 여사로부터 시집살이 하던 그때처럼 가슴이 답답해졌다.

장 여사는 신혼 초부터 내게 곧잘 갑질을 하였다. 돈 문제는 왕소금처럼 지독히 짰고, 선택할 수 없는 부모문제를 내 탓인 양 흠결로 잡고, 쉽사리 떠들어댔다. 삼촌댁에서 자란 나를 두고, 빈대 붙어 산 죄인처럼 격하시켰다. 그럼에도 나로썬 감히 누구 어느 안전이라고 한 마디 토를 달거나 저항을 하지 못했다. 아니, 그럴 처지가 못 되었다. 왜냐면, 사흘에 모과 한 덩이를 못 세어도 장 여사는 시어머니란 지존의 신분이기 때문이다.

나는 장 여사로부터 받은 시집살이 중에, 한 마디 대꾸나 저항하지 못했다. 이따금 답답한 시집살이를 훨훨 벗어나고도 싶었지만, 족쇄와 같은 나의 결혼을 미련 없이 접을 용기가 부족했던 것이다. 결혼생활을 끝내는 건 내 청춘을 접는 일이고, 그것은 바로 도명과의 헤어짐을 뜻했기 때문이다. 내 경험상 이별은 살을 도려내는 아픔이었다. 대책이 없는 이별은 뼈에 사무치도록 상처만 남는 슬픔이었다. 이별은 능동적 용기라는 걸 진즉 알았기에, 나는 나를 포기해도 남을 버릴 만큼 모질도록 능동적이지 못했다. 그것이 나만의 약점이요, 구차한 본색이었다. 만약, 도명이 쪽에서 먼저 이별을 청했다면, 나는 그의 뜻에 응했을 것이었다. 내가 먼저 만드는 능동적 이별을 결코 선택할 줄 몰랐다. 어느 쪽이든 이별이 너무 싫었던 까닭이다.

이유는 그거다. 어릴 때, 내 선택과는 상관없이 부모와 헤어졌다. 물론, 부모와 사별한 것이었지만, 함께 공유하며 살던, 정든 집과도 헤어졌다. 떠나보냄도 이별이요, 쫓김을 당하는 것 또한 이별이다. 죽어 천국을 가는 것은 아주 긴 이별이고, 깨진 그릇처럼 둘로 조각난 게 이별이다. 조각나버린 그릇엔 아무 것도 담을 수 없는 이치가 이별이다. 이별은 사랑도 인정도, 미움이나 그리움을 담아낼 수 없다. 이혼으로 만든 이별은 파경인데, 깨진 거울 조각처럼 위험한 죄악이다. 미운 정 고운 정이 찢어지는 당위성을 만들 뿐, 분리 돼 흩어지는 게 이별이다.

이별은 서럽다. 날카롭게 찔러대는 바늘처럼 아픈 경험을 만들 용기가 내게는 없었다. 또한, 이별을 만들 재간도 없었다. 필연적인 죽음이 이쪽저쪽으로 갈라놓기 전에는.

누구든, 어떤 경우든, 이별은 굳은살처럼 상처의 딱지로 남는 법이다. 나는 부모를 잃고 가슴에 대못이 박힌 채, 성장하였다. 이별의 허전함이 가슴을 후벼 판다는 것도 경험하였다. 바둑판 게임에서의 설익은 훈수처럼 장여사가 나의 아픔을 건드릴 때마다 갈등한 나는 이별보다는 참는 쪽을 선택하였다. 초라하지만 나의 결혼에서 파경을 피하고 싶었던 것이다.

나는 어떤 자극이 나를 찔러대든 무뎌지려 애를 썼다. 용기가 없었다고는 말하기 싫다. 환경지배를 받는 인간의 조건에 맡겨버렸다는 변명도 하고 싶지 않다. 확실한 건, 풋풋한 스무 살의 내 선택이 짧게 끝나는 오류만은 피하고 싶었기 때문이다. 힘든 관계가 내 앞을 가로막아도, 강한 주먹이 협박을 해도, 나는 질긴 인내로 열매의 단 맛을 추구한 본능을 쫓았던 까닭이다. 나의 외고집 같은 그 한가운데는 한 남자가 있었던 게 주된 이유랄까. 내가 선택한 최초의 남자 왕도명인데 나는 그가 마지막 남자이길 희망했을 뿐이다.

도명은 은근히 끈질긴 남자다. 궁금증에 치이면 더욱 못 참는 성미인데, 나의 폐암을 진단한 권박사의 검진결과를 오진이라 우겨댄 것도 같은 맥락이랄까.

그는 내게 다시 검진을 받으라고, 입만 열면 졸라댔다. 나는 싫다고 버텼다. 이미 진단으로 밝혀진 암을 두고, 병원을 순회하면 불신만 키운다는 생각에서이다.

도명이 보건소에서 암 특강을 듣고 온 날도 그랬다. 그는 나더러 암 검진을 재차 받으라고 채근하다가 나중엔 뼈있는 화두를 던지는 것이었다.

"죽은 사람 소원도 들어준다는데, 살아있는 남편 소원 한 번만 들어주면 안 되나?"

그의 주문은 끈질겼다.

"남편의 소원 한 번 들어주는데 누가 세금을 받나? 하늘에서 벼락을 치느냔 말야?"

그의 등살에 밀려 결국 나는 또 다시 재검을 받았다. 물론, 가슴에 박힌 바람도 있었다. 재검을 받다 운 좋게 다른 결과가 나오길 기대했다 할까.

그러나 세상만사 내 욕심대로 움직여 주지 않았다. 유감스럽게도 재차 받은 암 검진 역시 같은 결과로 나왔다. 나는 그때서야 나의 폐에 말기 암이 존재한 사실을 수긍하였다. 물론, 달라진 건 암 환자로써의 식습관을 바꾼 정도인데, 짠 음식이나 달고 기름진 음식도 멀리하였다. 그리하여 내 폐를 점령한 암세포를 받아들인 계기가 되었다.

그 사이, 날 향한 도명의 관심도 바글바글 끓는 죽처럼 뜨거웠다.

"당신 왜 그래? 먹은 것도 없이 자꾸 웩웩 토악질 하면 사람이 어떻게 견
뎌?"

결혼 후, 처음으로 진하게 받아 본 남편의 관심인데, 그게 낯설던 나는 어
리둥절하니 불편했다. 그래서인지 나는 쉽사리 독설을 쏟아내고는 했다. 그
럼에도 그는 나의 투정을 죄다 받아주었고, 성벽처럼 높게 쌓였던 우리 둘
의 거리감이 적잖게 허물어졌다 할까.

그러나 고슴도치 같은 나의 심리는 하루에도 몇 번씩 변죽의 꼬리를 흔들
어댔다. 맑은 날씨가 금방 먹구름으로 흐렸다가, 때로는 폭풍우가 쏟아질
듯 험악하였다. 내 감정은 작은 일에도 시시때때로 화를 끓였는데, 달포가
지나도 평정을 찾지 못했다. 아니, 답답하여 원망을 쏟아내며, 저항의 늪에
서 흐느적거렸다. 모든 것에는 때가 있는 법이었다. 이성과의 사랑도, 믿음
직한 결혼도, 새 생명 출산도, 돈을 버는 에너지는 물론, 병을 치료하는 것
마저도 타이밍이 중요함에랴. 나를 향한 도명의 뒤늦은 관심 역시 그와 같
은 이치랄까.

나는 두 팔의 통증에 치일 때면 더욱 더 짜증을 부려댔다. 그런 행동은
내가 먼저 상처를 받았다. 혼자 흥분하고, 스스로 저주하였다. 아니, 삶의
포기를 넘어 체념하고 싶었다. 역설적으로 내가 떠난 뒤, 남겨진 가족에게
정 한 올도 남지 않기를 바라는 마음에서다. 특히, 남편 도명한테는 간절한
만큼 까칠하게 굴었다. 나는 남편의 빚쟁이라고, 합리화시켰다. 때늦게 쏟
아진 그의 관심을 두고 나 자신에게 강한 태클을 걸어대는지 몰랐다.

"우리는 이제, 아무 상관없는 사람들이야!"

"왜 그래, 또?"

도명이 던진 짧은 염려의 물음보다 긴 대답이 내 입에서 심술을 담고 톡톡 뱉어져 나왔다.

"나는 이제 먼 길 떠나려 날 잡아 논 사람이거든! 숨쉬기 운동만 끝나면 천국으로 훨훨 직행할 텐데, 아직 몰라? 당신은?"

내가 고추처럼 매운 시집살이를 할 때, 도명은 강 건너 불구경 하듯 무심하였다. 시집살이가 메운 데 치인 내 눈에서 눈물이 펑펑 쏟아질 때도 그는 나를 소 닭 보듯 했다. 서러워 우는지, 상처받고 아픈지, 자나 깨나 돈만 밝히는 장 여사가 얼마나 짜게 왕소금을 뿌려대는지, 남편으로써 관심조차 없었다면 너무 깎아내린 걸까. 그게 도명의 타고난 성격이라면 할 말은 없다. 고부간에 끼어들지 않은 도명의 중립성일지언정 믿어지지 않았다. 장 여사의 슬하를 살아가는 내게 도명이 중간에서 교통정리만 해주었던들, 내 몸에 암 세포가 생긴 일은 없을지 모를 일이 아닌가. 부부끼리 모르면 서로 가르쳐 주고, 부족한 면에 보완을 했다면, 오늘 날 내 건강은 탄탄할 수도 있잖은가. 아무리 내 편이 아니라 남편이라지만.

✳ 시한부

내게는 이제 많은 시간이 남아있지 않다. 아쉽지만 메주콩을 끓이는 일도 금년이 내 생애 마지막 작업인 셈이다. 예년보다 좀 더 많은 양의 콩으로 끓이는 금년도 메주는 내가 죽은 뒤에 남편이 먹을 간장과 된장으로 담글 재료이다.

특별한 일이 없는 한 우리 집에선 보통 음력 시월이면 메주를 쑤곤 했다. 내 고장에서 생산된 양질의 콩을 끓여 삶아지면, 그걸 대나무 소쿠리에 건진다. 콩물이 많으면 메주가 질척거리기 때문이다. 소쿠리에 건져 콩물이 빠지면 절구에 넣고, 절구 공이로 퍽퍽 찧는데, 그걸 도톰하게 개체를 만들면 덩이메주가 된다. 그때, 간장으로 담글 메주는 콩을 질척하게 찧어 뭉치고, 되직한 메주를 주먹 정도로 잘게 뭉쳐 만들면 된장용이다.

덩이로 만들어진 메주는 지붕 처마 끝에 주렁주렁 매단다. 물론, 메주덩이를 처마 끝에 매달 땐 미른 짚으로 층층이 매달아 엮어주는데, 메주의 개수를 짝 맞춘다. 그건 균형 맞게 매달기 위함이고, 짚으로 엮는 것은 고초균을 메주에 붙게 띄우는 역할인 것이다. 쌍쌍으로 매달아 바짝 말린 메주덩이를 동지 무렵이면 온돌방으로 거두어들인다. 겨우내 온돌방에서 메주를 띄우기 위해서다. 그런 과정에서 메주는 희거나 노란 곰팡이가 피는데, 곰팡이에 따라 장맛이 달라진다.

겨우내 곰팡이 꽃을 피우며 퀴퀴하게 띄워진 메주는 음력 정월이면 겉 먼지를 물로 깨끗하게 닦는다. 그런 다음, 햇볕에 말린 후, 장을 담그는 과정에 들어간다.

천일염을 녹여 계란이 동동 뜨도록 염도를 맞춘 소금물은 부유물질을 가라앉힌다. 메주를 항아리에 착착 담고, 메주가 잠기도록 소금물을 채워 붓는다. 그런 과정을 통틀어 장을 담근다고 한다. 간장은 소금물을 찰랑하니 붓고, 된장용은 말린 메주를 절구에 넣고 자잘하게 찧어준다. 그때, 된장용 메주가 너무 딱딱해서 자갈돌만큼의 덩이로 찧어져도 된장을 담는 데는 별 문제가 없다. 아무리 단단한 메주도 소금물에 담가져 두어 달 정도의 시간을 먹으면, 흐물흐물 풀어지기 때문이다. 그렇게 담근 간장이나 된장독을 양지쪽에 앉혀놓고, 따뜻한 햇볕을 쪼여 준다. 메주의 맛있는 성분을 물에 우려내기 위한 첫 숙성과정인 셈이다.

그 다음은 양지 녘에서 두어 달 정도 해바라기한 시간동안 진하게 우러난 간장을 뜨는 과정을 밟는다. 간장을 뜬다고 하는 것은 소금물에 우려낸 간장과 된장건더기를 분리 작업하는 걸 말함이다. 그렇게 생산된 간장을 약간 졸아 들게 뭉근히 끓인다. 끓인 간장은 가정에서 일 년 내내 사용을 해도 변함이 없는 아미노산 맛을 내주는 집 간장이다.

간장을 뜬 후, 건더기는 치대고 주물러 옹기항아리에 착착 담고, 다독다독 눌러 담는다. 그런 다음, 말린 다시마로 된장 위를 덮는다. 그때부터 다시 반년정도 2차 숙성을 시키면 구수하고 감칠맛 나는 황금 빛깔의 된장이 탄생된다.

그 된장으로 국을 끓이면 추어탕이든 시래깃국이든, 생선찌개든, 국물에서 구수한 맛을 얻는다. 어떤 이들은 된장용 메주를 자잘하게 뭉쳐 띄운 다음, 소금물을 빡빡하게 붓고 담그기도 한다. 그렇게 간장을 뽑지 않고 담근 된장을 경상도에선 막장이라 부르는데, 간장을 **빼내지** 않은 만큼 진한 맛을 내 준다.

막장은 채소를 먹을 때, 갖은 양념을 다져 넣으면 쌈용으로 입맛이 짝짝 붙는다. 막장의 흠이라면, 진한 나머지 장의 빛깔이 검다는 점이다. 그런 흠결이 있다손 쳐도 **빡빡하게** 담근 막장은 쌈 위에 얹거나, 나물 무침 용도로 쓰면 아주 진한 맛이 난다.

우리 집에선 간장을 뜨면 우선 그 간장이 팍 졸아들도록 불 위에서 뭉근히 달인다. 졸이듯 끓인 간장을 몇 달간 더 숙성시킨다. 그 간장으로 맑은 쇠고기 국이나 미역국을 끓이면 정말 입에 짝짝 달라붙을 만큼 감칠맛을 얻는다. 설탕처럼 감미로운 단 맛이 아니라 은은하게 깊은 맛이 난다는 뜻이다.

식탁에서 입맛에 착착 감겨드는 된장찌개도 참으로 그 종류가 많다. 그렇다고 된장찌개가 특별할 건 없다. 된장을 푼 냄비에 우거지를 넣고 푹 끓이면 우거지찌개가 되고, 해물을 넣고 끓이면 해물찌개, 콩비지를 넣고 끓이면 콩비지찌개가 되는 것이다. 애호박된장찌개는 야들야들한 애호박 맛이 입맛을 끌고, 늙은 호박을 숭덩숭덩 썰어 넣고 푹 끓인 된장찌개 또한, 늙은 호박의 단맛 때문에 그 맛이 깊어진다. 돼지고기콩비지탕, 꽃게를 토막내서 끓인 꽃게탕, 달래된장찌개를 끓일 때도 당연히 그 본바탕의 맛은 구수한 된장에서 나온다. 단지 멸치육수나 조개며, 육고기, 또는 해물을 넣고 끓이는 과정에서 식재료에 따라 그 맛이 약간씩 달라질 뿐이다.

우리집표 된장찌개 역시 아주 평범하게 끓인다. 황금빛 된장을 뚝배기에 두어 숟갈 퍼 담고, 소고기를 한 줌 썰어 넣는다. 그러곤 토막지게 썬 무와 애호박이랑 두부와 청양고추며, 양파와 대파도 송송 썰어 넣고, 버섯도 가닥으로 찢어 넣어 보글보글 끓이면, 감칠맛의 된장찌개가 되는 것이다.

남편 도명은 된장찌개만 있으면 밥 한 그릇을 뚝딱 비워낸다. 다른 반찬이 많아도 된장찌개를 제일로 치는 마니아다운 그의 토속적인 식성 탓이다. 이제, 시한부 삶을 살아가는 내가 떠난 후에도 그는 아마 손수 된장찌개를 끓여먹으며, 토종 입맛을 지켜갈 것이다.

✳ 오류의 맥가이버

삼촌을 아버지로 불렀던 나는, 자의 반 타의 반 스무 살의 신부가 되었다. 삼촌의 훈수에 따라서이다. 스무 살짜리 풋내기는 결혼이 뭔지, 부부생활이 뭔지, 제대로 알지도 못한 채, 시댁에 첫발을 들여놓았다. 철이 없는 건 자랑일 수 없다. 뭐 하나 제대로 알거나 익숙하게 해내지 못한 내가 용감무상한 거였다.

내가 빠른 결혼을 선택한 건, 그 알량한 효심(孝心) 때문이랄까. 삼촌댁에서 더부살이하던 중 삼촌댁 형편이 바닥인걸 알면서 모른 척 할 수가 없었기 때문이다. 가난한 삼촌댁에 수저 한 개라도 덜어드려야 할 처지였으니 말이다. 어쨌든 철없이 덜렁 결혼을 한 것은 엄청나게 큰 오류임에 분명했다. 오류는 더 큰 오류가 되어 덤으로 다가왔는데, 결혼이 곧 엄마의 길로 접어든 최초의 시발점인 것도 모를 정도의 멍청이였으니 오죽했을까.

갓 스물에 등 떼밀려 결혼한 그 부작용은 곳곳에서 드러났다.

—시댁의 풍습에 치인 여자들이 시금치도 안 먹는다는 시집살이라지만, 꼭 힘들기만 하겠느냐?

—시집살이가 오금 저리게 힘들고, 살얼음판을 걷듯 조심스러워도 시부모도 부모인데, 호랑이가 제 새끼를 잡아먹겠느냐?

—시부모란 존재는 섬기기 나름이다, 정성을 다 하여라.

삼촌의 설득에 내가 말려 든 거라고 변명을 하기엔 이미 너무 멀리 와버린 낯선 길이었다.

—세상의 이치는 예나 지금이나, 동서남북 어디서든 통한다. 중매로 만난 신랑도 엄벙덤벙 함께하다 보면 이심전심 통하게 돼있다!

철부지로 빠른 내 결혼은 엄마처럼 등을 토닥여가며 진득하게 설득해 준 숙모의 지대한 공덕도 한몫을 했다. 이래저래 내 인생을 앞질러 쫓아온 착각의 오류는 진즉부터 예견됐던 셈이다.

스무 살 새댁의 현실은 한 마디로 미숙하게 다루는 맥가이버 칼 사용과 같았다 할까. 일상생활에서 다양하게 쓰이는 맥가이버 만능 칼, 새내기부부 우린 시시때때로 불협화음과 온갖 시행착오를 겪은, 도토리 키 재기요, 오류의 맥가이버다.

신랑은 동갑내기인 내게 말 한마디라도 따뜻하게 할 줄 몰랐다. 철부지 부부 전선의 화평을 따지면, 낙제 신랑감으로 격하 될 만했다. 신랑, 남편이란 존재가 누구인가. 내 편의 반쪽이요, 울타리 같은 배경의 존재이다. 배우자가 타인의 공격을 당하거나 부당한 대우를 받을 때면, 시간 불문, 장소 불문, 든든한 울타리가 되어 주고, 보호자가 되어 주어야 할 신분이 아닌

가. 그러나 도명은 철없고, 멋도 없었다. 신혼생활에 좁쌀만큼의 도움도 줄 줄 모른 그저 숙맥이었다.

나는 장 여사로부터 시시때때로 야단을 맞았다. 물론, 가르침이란 탈을 쓴, 독박성 훈육차원의 탈을 썼다. 나 혼자 겁을 먹고, 나 혼자 아파하면서, 나 혼자 절절맸다. 미숙한 젊음을 사용할 줄 몰랐던 탓이다. 그런 시집살이에 서툰 내 손을 도명이 살짝만 잡아줬어도, 돈만 쫓는 왕소금 장 여사가 제공한 시집살이로 멀미를 앓던 내게 인내심을 키우자며, 한 번만 토닥거렸다면 어땠을까. 빈말로나마 나를 위로해줬던들, 내 폐 속에 암이 침범하는 일은 없을 거였다. 사랑이 얇더라도, 달콤하지 않아도, 괜찮았다. 봄이 와서 꽃이 피지만, 꽃이 피니깐 봄이 온 그런 기분이면, 우린 깊은 화음에 취했을 법했다. 시댁이란 영역이 낯설고 물이 선 내게, 참아내자는 한 마디, 함께 견디자는 위로의 한 마디면 지상 최고는 못돼도 견딜 만 했을 것이다. 그러지 못한 우리 부부는 분명 오류의 맥가이버라 할까.

✽ 슬픈 계절

병마가 괴로운 건 통증 때문이다. 내가 지레 지치는 것도 무시로 밀려드는 통증 탓이다. 밤이면 괴로운 통증에 시달리면서도 나는 남편의 잠 든 얼굴을 측은히 들여다보는데, 그의 눈가에 골진 주름이 무리를 이루었다. 서른아홉 해의 시간이 남긴 흔적일 터이다. 결코 짧지 않는 서른아홉 해가 훑고 간 흔적은 남편의 이마에도 민둥산으로 점령해버렸다. 성글게 남은 머리카락도 희끗희끗 서리가 내렸다. 그런 남편을 쳐다보면 측은지심에 자지러진다.

자지러질 일은 또 더 있다. 시한부 내 인생 역시 뼛골 빠지게 안타깝다. 내게 쥐꼬리만큼 짧게 남은 시간, 아끼면 아낄수록 더욱 감칠나게 짧아진 걸 절감하고 있다. 내 가슴에 하루하루 쓸쓸한 미련만 쌓이는 것은 나를 앞질러 사라져가는 시간 때문이다. 먼지처럼 태어났다 뜬구름처럼 흘러가는 유한의 생명체여서 더욱 아쉽고 쓸쓸한 것이다.

나는 성장기 그 한가운데서부터 혼자였다. 학업을 중도하차할 때, 갓 스물에 결혼 선택의 문제에서도 철저히 혼자에 갇혀있었다. 세상엔 혼술, 혼밥이란 말이 흔하지만, 혼자인 대상은 하품 나도록 심심했다. 그 심심함에 익숙해지는 것도 내 몫이었다. 내 몫인 혼자를 스스로 참아내는 건, 쓸쓸함에 갇힌 존재감이다. 쓸쓸함에 갇힌 존재감의 세포 곳곳엔 마지막 내 삶에도 꽉 차있다.

시한부 내 인생이 안타까워 죽을 맛이다. 아니 미쳐버릴 지경이다. 시한부 내 인생이 끝나면, 혼자 남게 될 반쪽 도명의 인생도 쓸쓸 하겠다 싶으니 가슴 아리고 측은해진다. 그래서 큰아들내외한테 내가 떠나면 아버지의 여생과 함께 어울리라고, 숙제를 안겨 주었다. 신혼여행에서 돌아와 때도 묻기 전에 분가시킨 큰 아들이니, 아버지의 노년을 살가운 손길로 도와줄지 모르겠지만. 늙고 혼자된 아버지를 외면하면 죄가 된다고, 속도위반으로 형보다 먼저 가정을 꾸린 둘째 아들한테도 아버지를 살펴드리라 당부하고, 다

짐까지 받아두었다.

　나는 오늘도 개미가 성을 쌓듯 정 쌓는 연습을 하고 있다. 혼자 남겨질 남편을 위한 정, 나눌수록 더욱 애잔해지는 정을 순간순간 저축한다 할까. 그런데, 유감인 것은 이다음 아버지가 혼자 됐을 때, 아버지의 등을 긁어 줄 여성과 짝을 지워 주라는 부탁은 아들형제에게 감히 주문하지 못했다. 그 이유가 부디 질투만이 아니길 나는 빌고 있을 뿐이다.

*

재차로 암 검진을 다녀왔다. 그때부터 도명의 태도가 확 달라지고 있었다. 사람은 바뀌는 법이 없다지만, 나는 뒤늦은 그의 적극성에 때늦은 보상을 받는가 싶었다. 외출했다 돌아올 때면 그의 손에는 뭐든 올망졸망 들려져 있었다. 얄팍해도 그가 나를 위하는 습관이 생긴 거랄까. 무엇이든 잘 먹어야 암을 이긴다는 그의 위로가, 가족이 환자를 도와야 한다는 때늦은 적극성이, 능동적이 된 그의 정성이 낯설지만 말이다. 그러나 그는 아직 눈치를 채지 못한다. 뒤늦게 달라진 그가 오히려 나로썬 불편하다는 사실을.

며칠 전에는 외출했다 돌아온 그의 손에 작은 봉지가 들려져 있었다.

"소의 지라가 암 환자에게는 보약이라네. 당신처럼 암 치료받다 못 먹는 사람에겐 정말 좋다더라! 오늘 지라 두 개를 샀으니 잘 챙겨먹고, 기운 좀 차려 봐요! 손해 볼 거 없잖아? 밑져야 본전인데!"

어디서, 누가, 무슨 정보를 그에게 들려줬을까. 소의 지라가 영양이 많아서, 식사를 못하는 암 환자에게 좋다는 말은 천만번을 들어도 고마운 소리였다. 아무리 진부한 소리라 해도.

"나는 그런 거 못 먹어요! 비위가 약해 말만 들어도 누린내가 확 풍기고, 속이 느글거려 먹기 싫어!"

"음식이 아닌 약으로 먹어 봐!"

"자기나 먹어요! 지글지글 볶아 줄 테니."

"그걸 왜 내가 먹나? 당신 입맛에 맞게 땡초 좀 썰어 넣고, 지글지글 볶아 봐! 그거라도 먹고, 기운 차려 봐요, 제발!"

나는 그가 던진 위로의 말에서 주책없이 눈시울이 축축해졌다. 남편이 뒤늦게 철이 든 것 같아 아쉽고 어색했지만, 나는 몇 번씩 눈두덩을 훔쳤다. 눈앞의 고량진미도 입맛 없어 못 먹는 내가 슬펐기 때문이다. 마침, 뱃속에선 쪼르륵 소리가 들렸다. 염치없이 허기가 온 것이었다.

나는 갑자기 살고 싶은 의욕이 밀물처럼 꾸역꾸역 밀려왔다. 그래서 소의 지라를 숭덩숭덩 썰어 청량고추와 몇 가지의 양념을 넣고 지글지글 볶아, 접시에 담아냈다. 날 위해 구해온 그의 정성을 봐서 안주삼아 술상을 차려낸 것이다.

우린 마주 앉았다. 그가 냉장고에서 소주 한 병을 꺼내왔다. 내가 볶은 지라 한 점을 입에 넣고 질근질근 씹었는데, 혀끝에서 톡톡 터지는 세포조각들이 누린내를 확 뿜어냈다. 나는 지라 먹은 걸 후회하였다. 속이 느끼하니 메스꺼렸고, 울컥울컥 구역질이 치받혔다. 좀 전에 생긴 식욕은 바람처럼 휘익 날아 가버렸다.

입맛을 싹 끊게 만든 지라접시를 나는 야박스레 밀쳐냈다. 그러곤 그날로부터 항암 치료마저 중단을 하고 싶었다. 그 방법만이 짧게 남은 내 여생이나마 덜 지칠 것 같아서이다.

－걱정이다! 암과 싸우려면 잘 먹어야 될 텐데.

－미안해! 옆에서 내가 아무런 도움을 주지 못해서.

도명은 식욕을 놔버린 채, 비실거린 내 몰골이 딱했던 모양이다. 나는 그 시간 후로 항암치료를 중단해버렸다. 몇 차례 받은 항암치료의 부작용이 너무 컸고, 힘들었기 때문이다.

항암 치료를 중단한 지 며칠이 지나서다. 뜬금없이 권박사가 전화를 걸어왔다. 시고모님 댁의 시돈벌인 권박사가 연락을 해 온 건 뜻밖이었다. 동정심이 생긴 걸까. 그는 주치의가 환자에게 전화 걸게 된 걸 이해해 주면 좋겠다고 했다. 목적은 항암치료를 거부한 나를 설득하려 나선 것이었다.

ㅡ항암치료야말로 꾸준해야 될 필요가 있지요!

ㅡ프로그램대로 항암치료를 계속해야 합니다!

권박사는 환자의 심리를 연구라도 했을까.

ㅡ항암치료 받다가 중단해버리면, 암과 싸워보지도 않고 두 손을 드는 꼴이 되는 거 아니겠어요?

ㅡ주제 넘는 일 같아서 한 마디만 더 하고 끊지요. 부디 포기하지 말고, 치료 받으세요!

ㅡ내일 당장 지구에 종말이 온다 해도 오늘, 사과나무를 심는 스피노자의 정신이 필요한 그 뜻을 전하고 싶습니다!

나는 스피노자의 정신이 터무니없다고 생각했다. 사과나무를 심는다는 그 말에 믿음을 걸 필요도 없다고 여겼다. 만약 스피노자의 말을 신봉했다가 암 치료는커녕, 항암치료 부작용 때문에 식욕마저 싹 끊기면 아니, 지레 환자가 되면, 누가 책임을 져 줄까? 못 말리는 의구심이 자꾸만 나를 가두어버렸다.

권박사의 전화를 받고, 나는 갈등하였다. 간사한 게 사람의 심리라 살고 싶다는 욕구가 강렬하게 꿈틀댔던 것이다. 그런데, 항암치료를 받기가 무섭게 다시 부작용이 나타났다. 음식 냄새가 비위에 거슬리고, 입안이 따갑게 헐어 물 마시기도 어려웠다. 그 모든 게 항암제의 부작용 탓이니 음식을 입맛대로 찾아 먹으라고 권박사가 말했다. 우선 입맛을 찾으려면, 섭생이 중요하다는 거였다.

　나는 항암치료의 부작용 때문에 내리 굶었고, 시체처럼 늘어져버렸다. 억지로 먹으면 목구멍을 넘기도 전에 웩웩 올라오고, 구역질이 났는데, 손끝도 움직일 기력이 없었다. 흐느적흐느적 기운을 잃으니 삶의 기로에 선 게 실감이 났다. 또한, 손으로 머리카락을 쓰윽 훑으면 한 줌씩 뭉텅이로 **빠졌**는데, 사실 탈모는 나를 실실 미치게 만들었다. 손톱, 발톱도 남아있지 않았다. 내 몸의 일부가 소실 돼 간다는 건 정말이지 엄청난 공포였다. 아니, 세상의 끝을 향해 무너지는 통탄이요, 절벽으로 밀리는 아찔함이었다. 특히 머리를 감을 때마다 거울에 비쳐진 내 모습은 흡사 꽁지 빠진 닭처럼 너무도 초라해져 버렸다.

　내 몸에 물을 묻히는 일조차 공포였다. 나는 머릴 감고도 빗질마저 생략하였다. 푹푹 찌는 무더운 계절인데도 내 머리 위에는 뜨개질한 털모자가 푹 눌러 씌워졌다.

　나는 그 새 거울을 본 적이 없다. 여자가 거울을 외면하는 건 모든 걸 포기하는 이치인데, 그것이 서러운 내 현주소랄까.

　나는 새삼스럽게 갈등에 시달렸다. 항암치료를 더 받을까 말까, 갈등하다가 항암이란 말만 들어도 내 몸에선 거부감이 먼저 생겼다. 삶의 질이 그만큼 추락해진 탓이다. 갈등을 이기면 자신을 승리하고, 자신을 승리하면 암을 이긴다는 권박사의 말이 나를 무자비하게 흔들어댔다.

　'하루를 살아도 사람답게 살자!'

　나는 항암 치료를 중단하고 말았다. 부작용에 항복하고 만 셈이다. 항암치료야말로 내 몸을 앞질러 학대한다는 생각이 들었던 까닭이다. 항암치료 받다가 생으로 지레 죽느니, 차라리 암 치료를 중단 하는 게 내게 남은 삶의 질을 높인다고 생각했다. 나는 음식을 섭생하는 게 곧, 암을 이기는 방법이란 말을 가족들 앞에 공표해버렸다. 항암치료를 중단하니 우선 식사를 할 수 있었다. 식사를 하고보니, 심리적으로 안정감이 느껴졌다. 아니, 암이 주는 고통은 아직 더 미래에 받게 될 것이므로, 차라리 불안한 안정감이랄까.

*

말기 암의 고통에 나는 점점 더 처져가고 있다. 양팔에 전해지는 통증이 훨씬 강도가 세졌기 때문이다. 수시로 찾아오는 통증 때문에 진통제 맞는 횟수가 늘어났다. 갈수록 힘이 드는 것은 말기 암의 통증뿐만이 아니다. 무척 신경이 쓰이는 게 돈 문제다. 병은 한 가지인데 약은 천 가지란 말처럼, 돈쓰임 또한 힘겨웠다. 매약이든 조약이든 지출이 늘다보니 암과 싸우는 형벌은 역시 만만찮았다. 그런데, 알 수 없는 건 그때마다 장 여사가 보여 준 돈에 관한 기억의 편린들이 무섭게 되살아나는 것이었다.

―돈이 뭔지, 나는 잘 모린대이. 글치만, 돈이라 카는 거는 참말로 간사한 요물인기라. 돈한테는 반하고 또 반해도, 자꼬자꼬 반할만 하다카이!

―누가 돈을 싫다 카노? 누가 돈을 밉다카노? 깜빡 죽어서 저승 문턱에 갔던 사람도 돈이 살려내고, 천지 원수도 찾아와서 고개 숙이고, 무릎 꿇게 맹그는 기 돈아이가.

─돈이, 사람 몸땡이에 날개를 훨훨 달아주고, 여북하모 입은 거지는 언어 묵어도, 벗은 거지는 굶는다 카는 속담이 다 생깄겠노?

장 여사의 돈에 대한 펄펄 끓는 논리는 식을 줄 몰랐다. 장 여사의 입을 통해 돈 이야기를 듣다보면 때로는 오싹하니 무섬증까지 생겼다.

─손에, 한 푼 쥔 것 없어 봐래이! 어디 가도 절대로 대접 못 받는대이.

─한 푼이 하찮다꼬 깔보고 우습게 알모, 언젠가 그 한 푼 따문에 무릎 꿇고, 고통 받다가 통곡할 일이 꼭 생기고만다 카이.

돈 이야기라면 언제 어디서든 목소리가 착착 감겨들고, 공처럼 통통 튀는 장 여사였다.

"오죽하모, 사람들이 그런 말을 다 했겠노? 오늘 잘사는 사람은 맻 십 년 살아온 그 사람 세월의 결과라꼬 카는데, 돈 앞에서는 절대로 건방떨지 말고, 공손해야 된다 카는 그 말이제!"

"……."

"저 아래 육거리 동네에 사는 동산댁은 중매로 미누리를 봤는데, 맨 몸뚱이에 뻴 죽 갈대밭 한 뙤기 혼수로 갖고 왔다카데! 첨에는 풀 한포기도 못 꽂는 뻴 죽 땅 뙤기라꼬, 신랑이 날만 새면 각씨한테 머리빡을 쿡쿡 쥐어 박으믄서, 구박을 했다꼬 카더라. 신랑을 속이묵고 시집 왔다꼬……."

"……."

"처가집서 사위를 속여 묵었다꼬, 신랑이 생각했겠제. 각씨는 신랑이 개차반질 하거나 말거나, 쥐어 박으모 쥐어 박혔다 카는데, 신랑구박이 자꼬만 심해졌다 카더마는……."

"……."

"어느 날은, 각씨가 아무도 몰래 한밤중에 친정으로 도망을 가삐더란다. 뭔 소린고카모, 자나 깨나 돈타령만 줄 창 해대는 신랑 꼴이 별나고, 한심하고, 앤꼽고, 더러우니, 살아봤자 매만 맞는다꼬 생각했는지, 나중에는 신랑이 무서버 몬살겠다꼬, 친정으로 도망쳐 갔다카더라."

"……."

"각씨가 친정으로 도망가자마자 신랑이 얼른 딴 처자를 구해가이고, 퍼떡 새장가를 들었다카는데."

"……."

"그런데, 새장가 들어 데리고 온 각씨가 얼라를 해갈이로 둘이나 쑥쑥 뽑아 났는데, 그 담에 어찌 됐노 카모……."

"……."

"참말로 궁금하제? 도망간 전처가 혼수로 갖고 왔던 그 뻘죽 갈대밭이 신도시가 된다꼬, 소문이 쫘악 퍼졌는데, 신문에도 났다 카더라! 기막힌 거는 그 소문이 진짜로 맞더란대이. 개차반 신랑한테 구박만 진탕 받다가 친정으로 도망 가삔 각씨는 그 통에 기절하구로 부자가 됐다꼬 카던데, 말하자모, 지복은 채로 쳐도 안 나간다 카는 그 말이대이!"

장 여사의 입담에 더욱 탄력이 붙었다.

"우리 도명이도 총각 때, 그 비스무리한 일이 있었다카이. 중매 들어온 경주 최씨네 집서 비탈진 대나무 밭 집터 한 뙤기가 있는데, 그거를 혼수로 준다꼬 케서 도명이를 그 집에 장가보내고 싶었자르. 그란데, 처자가 맹품인지 뭔지, 존 물건만 사다 날러쌓고, 최고로 고급만 눈 까뒤집고 밝히다가 빚까정 졌다꼬 카는데, 그 따문에 우리 집에서 그쪽하고 혼사는 없던 일로 치자꼬, 고마 딱 접었는기라!"

"……."

"콧대 높아빠진 처자 데리고 오모, 우리 도명이 등골 빼묵겠다 싶어서, 왈칵 겁이 났단 말이제."

"……."

"글치만도, 사실 안즉도 내 맘 구석에는 아쉬븐 맘이 찐득하기 남아았는데 우짜노?"

장 여사의 이야기를 듣고 있던 내가, 슬그머니 맞장구를 쳤다.

"아쉽게 됐네요 어머니! 운이 없었나 봐요?"

그때, 장 여사가 갑자기 표정을 확 바꾸었다. 내 앞에서 그런 얘길 한데 대해 조금은 미안해하는가 싶었지만, 그건 어디까지나 백치 같은 나의 착각이요, 오해에 불과했다.

"암만 머라꼬 케사도, 사람은 복이나 운도 타고나야 된다 카는 말이라! 복이 있으모 운이 절로 열리고, 운이 열리모 돈이 줌치로 속속 들어오게 돼 있다 안카나."

"……."

"남의 줌치에 담긴 돈을 내 줌치로 건너오구로 맹글라카모, 더럽고 엔꼽아도 참아내야 된다 그거제. 그라니까네, 돈도 얼라맨치로 손 내밀어 살살 달래야 된다카는 그 말인기라."

우는 아기는 몰라도 돈을 달랜다고 표현하는 장 여사의 말이 재미있어 나는 속으로 웃었다. 돈을 달랜다는 표현이 뭔가 의미심장하다 싶어 궁금한 나머지 장 여사한테 물어봤다.

"돈을, 어떻게 달래요? 어머니."

"말하자모, 돈은 얼라캉 똑같다 그 말이제."

"아기랑 돈이 같다고요? 모르긴해도 훨씬 더 비쌀걸요? 아기가."

"얼라는 나긋하니 곰 살 맞게 붙이는 사람을 따른다 그 말인데, 돈도 얼라 맨치로 살살 섬기는 사람한테 따라 오고, 착 달라붙는다 카는 말이제! 새애기도 꼭 맹심(銘心)해래이! 이쪽 귀로 듣고, 저쪽 귀로 흘리지 말고."

돈도 아기도 섬기는 사람을 따라 붙는다는 장 여사의 지론은 은근히 재미있었다. 또한 관심 있게도 들렸다. 돈에 관한한 장 여사의 논조는 늘 뜨거웠는데, 돈에 관한 논리를 강하게 전달하는 의도 역시 그랬다.

"배가 불러 뻣뻣한 사람에게 돈이 따라오겠나? 얇고 코 묻은 돈도 아끼고 눈여겨보다가 손 내밀고, 정성을 다하면, 그 사람한테 따라 붙는다 그 말이제."

돈이 임자를 알아본다는 게, 장 여사의 똑떨어진 논리이고, 철학이었다. 나 역시 돈이 좋아 그 매력에 흠뻑 빠져들고 싶었고, 당연히 돈에 대한 욕심도 가슴 가득히 차 있었다. 그렇지만, 나는 돈의 신봉자가 되고 싶지는 않았다. 인간생활에 편리함을 주는 경제약속의 증표가 돈인데, 사람들이 장난을 친다 할까. 나는 뇌리에서 문득 명심보감 한 구절이 무지개처럼 떠올랐다.

'돈에 빠지면 인간이 추해지고, 권세의 지위를 남용하면 가문에 화가 미친다.'

또한, 마아빈 토케이어가 쓴 탈무드의 돈에 관한 구절도 기억이 났다.

'돈'

―사람의 마음에 상처를 주는 것 세 가지가 있다. 고민과, 불화와, 빈 지갑이다. 그 중에서 사람에게 가장 많은 상처를 남기는 것은 곧 빈 지갑이다.

―육체의 모든 부분은 마음에 의존하고, 마음은 지갑에 의지한다.

―돈이란 장사를 하는 데 써야지, 술을 마시기 위해 써서는 안 된다.

―돈이란 악이 아니며, 저주도 아니다. 돈은 사람을 축복해 준다.

―돈은 신으로부터의 선물을 살 기회를 준다.

―돈은 요새이며, 빈곤은 폐허이다.

―돈이나 물건은 그냥 주는 것보다는 빌려 주는 것이 좋다. 그냥 주면 받는 사람이 밑에 있어야 하지만, 빌려 주게 되면 어디까지나 대등한 입장이 되기 때문이다.

장 여사는 내게 친절하게도 돈의 생리를 가르치고자, 돈의 힘과 위력을 곧잘 설파하였다. 돈에 대한 본질을 끈질기게 주입시키려 했던 것이다. 진 즉부터 기구한 팔자 덕분에 나야말로 돈 냄새를 맡으려 콧날이 무디게 킁 킁거렸고, 돈이란 인연과 손 잡고 싶어 손아귀가 뻐근하도록 애를 썼다. 그렇지만, 돈은 모두에게 물처럼 수평이 되게 공평할 수 없는 것 또한 본연의 생리임을 알았을 뿐이다.

✳ 아버지

우리 집 가난은 아버지가 불러들인 저주받을 공로 탓이다. 병이라면 병일까, 아버지는 누구에게든 친절했다. 그런 내 아버지를 두고 사람들은 칭찬인지 인사인지 모를 말을 곧잘 건넸다.

"서병무 씨는 법이 없어도 살 사람이다."

좀 더 심한 칭송인지 저주인지 모를 말을 들려준 이도 있다.

"서병무 씨가 지은 그 복으로 나중에 자식이 아주 잘 될 거야! 아버지가 거름을 해두었으니……."

아버지가 법 없이 살 사람인데, 그래서 알거지가 될지도 모르는데, 왜 자식이 잘된다고 했을까? 반면, 어떤 이는 내 아버지야 말로 너무 무책임하다고 지적을 했는데, 영양가 없이, 대책도 없이, 좋기로만 소문난 사람과 상종하면 나중에 피곤해진다며, 모욕내지 악담을 해 준 이도 있다. 사람 좋은 아버지를 두고 왜, 그들은 서로 상반 되게 말할까? 물음표를 가져 보았다. 내 아버지야 말로 법이 없이도 살아갈 사람인 건 확실했다. 그것은 무책임한 병, 주변에서 어려운 형편을 털어 놓으면 물불 가리지 않고 도와주려 나서는 오지랖 넓은 병, 즉 용태백이주의자이기 때문이다. 심하게 말해서 주제파악을 못하는 팔랑귀의 소유자랄까. 그게 바로 내 아버지의 얄팍한 장점이고, 능력을 오버하는 단점이다. 좀 더 정확하게는 휴머니티가 철철 넘친나머지 가정을 파탄으로 이끈, 사고뭉치 가장인 셈이다.

그런 아버지라서 황당한 남자란 소리를 듣는 게 더 정확한지 모른다. 아버지가 사건을 만드는 게 당연한 것처럼, 친구에게 빚보증을 서주었으니 그렇다. 속담에 빚보증을 서는 가족은 남보다 못하다고 한다. 한 마디로 먹고 싶은 것 못 먹고, 좋은 옷도 못 입고, 벌벌 떨며 푼돈조차 못 써 본 사람들이 일순간에 망한다는 빚보증. 정 넘친 내 아버지가 우정 써 준 그 빚보증이, 우리 집을 거덜내버린 원흉이 될 줄 그 누가 짐작이나 했을까. 저주받을 빚보증이 간당간당 살던 우리집 경제를 난도질 해댄 파산의 칼날이 될 줄 상상이나 했을까.

엄마는 친구에게 빚보증을 써 준 아버지를 향해 원망의 말들을 쏟아냈다. 칸살 없는 사람이 일냈다는 표현에서부터, 집안을 말아먹은 원흉이란 말로 닦아세웠다. 더욱 열이 받치면 개념 없는 악마란 독설로 거친 소리를 질러댔다. 그래도 불쾌함이 남았다 싶을 땐, 짐승보다 못한 악마라 욕했다. 벌레란 악담을 입에 담을 땐, 입가에 게거품이 복작거렸다. 아버지한테 저주를 퍼붓던 엄마가 뱉어낸 말 중에 빚보증 써달라는 걸레 같은 친구도 친구냐는 원망은 듣기에 따라 달랐다. 통쾌한 말로 들렸지만, 한편 민망했으니 말이다.

처음엔 빚보증 선 아버지를 들들 볶아댔는데, 앙살을 부린 엄마 앞에서 그냥 아버지는 벙어리가 되었다. 아니, 철없는 소년 같았다. 엄마가 쏘아댄 레이저 눈빛을 피하며, 한 마디씩 응수하는 모습이 흡사 자기가 저지른 잘못을 까먹은 것 같았다.

"암탉이 울면 집구석 망한대이!"

아버지의 말이 가소롭다 여긴 엄마가 꾹 참고 있으면, 그때부터 아버지는 횡설수설하였다. 친구한테 빚보증 서준 일이 자랑이라도 되는 것처럼.

"친구 발등에 불이 떨어졌다 카는데, 우째 모른 척 하노? 친구가 숨넘어 갈 듯이 죽겠다 카는데⋯⋯."

아버지의 말에 참던 화가 더욱 뻗쳐오른 엄마는, 가슴 밑바닥에 응축시킨 한 마디로 독을 풀었다.

"뭐? 누가 죽어? 당신 마누라캉 아새끼가 먼저 죽겠다! 밥통 같은 웬수야!"

"친구가 어렵다 카는데, 두 귀 막고 벙어리가 되모, 그기 사람이가, 짐승이제?"

아버지가 말할수록 열 받는 쪽은 엄마였다.

"밥통 맨치로, 입 찢어진 대로 잘도 씨부렁거린다!"

엄마의 속내를 모른 아버지가 다시 군자라도 되는지, 앙심을 들먹였다.

"나는, 외면 몬하지르! 친구가 죽겠다 카는데."

그때, 엄마는 한 번도 듣지 못한 낯선 말을 뱉어냈다.

"친구 좋오치! 귀신도 무섭다고 벌벌 떨고 돌아선다는 무한대 재정보증을 써 준 사람이 당신인데, 최고로 은인이지 뭐꼬?"

나는 어려서 잘 몰랐다. 그저 무한대의 재정보증은 아주 무섭고 나쁠 거란 짐작만 했었다. 그렇지만 엄마의 날 세운 말 폭탄이 빚보증 사건을 무마시키긴 못했다. 휴머니티 아버지의 뜻에 반해 우리 집이 모래성처럼 허물어져 가고 있었으니 말이다.

아버지의 빚보증 사건이 터지고부터 내 부모는 사사건건 충돌하기에만 바빴다. 사건수습은 뒷전이고, 엄마는 아버지를 향해 녹음테이프처럼 독설을 읊어댔다. 그럴 때마다 아버지는 무능한 변명을 하느라 입에 침이 말랐다 할까. 나중엔 엄마가 가슴팍을 퍽퍽 치며, 통곡을 하였다.

"나는 몬 산다! 집구석 풍비박산 낸 사내하고는 더 몬 산다!"

아버지는 그때까지도 무감각한 모드로 일관하였다.

"몬 살모, 우짤낀데? 밥 묵으모 살제, 와, 와 몬 사노?"

"똥오줌 구분 몬하는 밥통 같은 당신하고 더 몬 산다꼬!"

"와 몬 사노? 밥 묵고 살모 된다 아이가."

엄마는 아버지가 열 받게 던진 그 말 때문에 목이 터져라 고함을 질러댔다.

"바압? 무신 밥? 밥 좋아하네? 꼴 난 것도 재산이라꼬, 몽땅 퍼 날리고, 거지 된 지가 언젠데?"

모든 일의 진행은 찰나적이다. 주인의 손을 벗어난 재물은 새장 밖으로 날아가 버린 새와 같아 되돌아올 리 없었다. 빚보증의 실체가 그랬다. 보증을 부탁해온 측의 가해 의도는 없다 해도, 보증을 제공한 측이 당하는 피해는 그 위력이 모든 걸 휩쓸어버리는 쓰나미였다. 아니, 폐허 그 자체다. 정 때문에 베푼 동정이 저주의 씨앗을 뿌린 꼴이랄까.

엄마가 집안을 거들 낸 아버지와는 더 못산다고 외쳐 댄 이틀 후였다. 엄마는 아버지를 잡아끌다시피 법원을 향해 강제로 데리고 갔다. 이혼으로 갈라서고자 한 거였다. 정말이지 인간의 운명 즉, 사람은 뒤웅박 팔자인지 모른다. 우리 집의 비극은 그날을 계기로 또 다른 국면으로 접어들고 있었다.

나는 내 부모를 그 후로 두 번 다시 만나질 못했다. 그것은, 이혼하러 집을 나선 부모님들이 교통사고로 비명횡사한 때문이다. 참으로 아이러니 한 것은아버지가 빚보증을 써 준 그 집에서 돈 대신 가져 온, 낡아 덜컹거린 소형 고물 트럭이 사고의 주범이다. 팽팽하게 싸우던 부모님들이 고물 트럭을 몰고 법원을 향해 출발할 때까진 별 문제가 없었다.

그런데, 내 부모들이 몰고 간 고물 트럭을 향해 역주행 해온 덤프트럭과 충돌하게 된 사고란 걸, 사망한 부모들이 누워있던 병원 응급실 로비에서 경찰이 사건 경위를 설명해 주었다. 그날로 먼 길 떠난 내 부모님은 다시 볼 수 없었고, 민들레 홀씨처럼 달랑 나 혼자 남겨지게 되었다. 그 일은 내게 세상이 뒤집힌 것 같은 재난이었다.

내가 삼촌의 가족이 된 상황을 깨닫기엔 아직 어렸다. 울다 놀다했지만, 나는 기가 죽어 있었다. 깊은 슬픔이 나를 에워쌌기 때문이다. 아홉 살 먹은 내가 그 사건을 계기로 삼촌 슬하에서 빈대 붙게 된 계기였다 할까.

그로부터 십 년 후, 여고를 중퇴할 때도 내 인생의 굴곡진 면이 생겼다. 당시 기억에는 슬픔의 무게가 엄청 컸는데, 지금도 시한부 내 인생에서 중병처럼 도지는 아픔으로 되새김 되고 있다. 뼛속 깊이 각인 된, 애써 지우고 싶은.

❋ 책이 불타던 날

훈풍이 벨벳처럼 부드러운 사월이다. 한낮의 화사한 햇살이 어둠 속으로 침몰하는 중이다. 저녁 설거지를 끝내기 무섭게, 말린 **빨래**를 개키고 있었다. 신랑이 손톱을 깎으며, 지나가는 말처럼 나한테 던졌다.

"자기야, 접때 공부 하고 싶어 했지?"

뜬금없는 그의 화두에 나는 떠듬거렸다.

"어, 응? 그, 그랬든가."

"한번, 시작해 보든가……."

그때서야 나는, 정신이 번쩍 들었다. 신랑 앞에서 두어 번 공부 얘기를 한 기억이 났다. 그걸 신랑이 다시 꺼내주니 나는 긴장 반 기대 반, 기분이 상기되었다.

"시작, 했다가……."

짧은 나의 말문이 막혔다. 자기 손톱을 깎느라 들여다보던 그가 건성으로 말했기 때문이다.

"그까이꺼, 후우 우! 한번 시도해 보든가."

"그랬다가…… 초치면……."

그는 손톱을 쓸다가 나를 힐끗 쳐다보았다.

"초를 쳐? 누가?"

나는 조심스러운 마음에 시어머니 장 여사를 떠올렸다.

"어머니가 봐 주실까? 살림은 뒷전이고, 허튼짓 한다고."

그가 농담처럼 말했다.

"차암, 아무리 어머니가 신맛 나는 초를 치겠어? 공부를 한다는데……."

나는 피식 웃었지만, 속으로는 감탄과 의문이 동시에 교차되었다. 벌써 그가 던진 말에서 나의 미래가 희망적으로 열라는 것 같았다. 그러나 나는 도리질을 하였다. 공부하고픈 의욕은 절실하지만, 장 여사의 감시망을 감당할 자신이 없었다. 그럼에도 내 입에선 공부에 대한 욕심이 폴폴 뿜어져 나왔다.

"자기가 도와준다면, 그렇다면……."

나는 하던 말을 멈추었다. 속으론 기대감이 뭉게뭉게 피어올랐으나 한편, 착각은 독이라는 생각이 들어서이다.

*

여고를 중퇴한 그날부터 나는 휘청휘청 자폐에 빠졌다. 세상과 동 떨어진 외딴 섬에 내팽개쳐진 기분에 눌린 것이었다. 자학에 빠져, 정신 줄을 놓고 지낸 어느 날이다. 나는 삼촌으로부터 한 가지 제안을 권유받았다. 현실에 중심을 놔버린 내게 아주 새로운 화두 하나를 던져준 것이다.

'결혼'

나는 너무 놀랍고 뜻밖인 삼촌의 제안에 어리둥절하니 충격을 먹었다. 솔직히 결혼이란 단어 자체가 무서웠던 것이다. 혼란에 취해버린 내 청춘을 바르게 잡아주려 애쓰는 삼촌의 뜻은 그러려니 했지만, 결혼이란 화두는 한 마디로 내게 혼란을 주기에 충분했다. 아니, 아주 거북한 숙제 같았다. 나야말로 철부지이고, 흔들린 청춘의 한복판에서 진로를 찾지 못한 까닭이다. 낯설 뿐인 결혼이 뭔지, 결혼이 모든 문제의 해결책인지, 결혼이 인생 최대의 정답인지, 결혼이란 바다 속에 나를 풍덩 던져도 침몰되지 않을 것인지, 나로썬 좁쌀만큼도 확신이 서지 않았다. 내 머릿속은 종일 내내 혼란에 시달렸다. 삼촌이 권한 결혼의 참뜻을 알지 못해서이다.

―누구든 결혼만 하면, 잘 살아질까?

―준비 없는 결혼도, 부작용이 없을까?

―결혼이란 제도가 인생 최대치 목표일까?

―만약, 결혼에 실패해도 되돌려 질까?

―내 부모도 결혼을 했다. 그러나 비극뿐이다.

―그런 결혼을 왜 삼촌은 내게 권할까?

―내 청춘의 혼란을 결혼에서 돌파구를 찾게 하려고?

―돌파구? 돌파구! 돌, 파, 구…….

나는 부정적인 생각에 빠져들었다. 결혼은 결혼일 뿐, 그 제도가 모든 걸 정립해 줄 것 같지 않았다. 그런데, 문득 파격적인 생각 한 올이 나의 뇌리를 섬광처럼 훑고 지나갔다. 적어도 내 처지에선 결혼이, 집안 형편이 빡빡한 삼촌에게 깃털만큼이나마 도움이 되리란 생각이 번쩍 든 것이다. 미래가 불안한 것만으로 나로썬 삼촌의 제안을 딱 잘라 거절할 명분도 없었다. 왜냐면, 삼촌이야 말로 아버지를 대리한 분이어서다.

내 맘속에선 어떤 이변이 생기기를 희망하였다. 로또면 좋고, 기상천외한 행운이 찾아오면 더욱 좋을 것 같은, 기대심리랄까, 자포자기라 할까. 그렇지만, 행운의 신이 날 찾아올 리 없었다. 내가 용기내서 삼촌이 권유한 결혼의 문제 속으로 부나비처럼 훌쩍 뛰어들 수밖에는.

나는 며칠 동안 고민한 끝에 삼촌이 제안한 결혼을 수락하기로 하였다. 초라한 내 인생에서 선택한 결혼이 어떤 전환점이 돼 주리란 빈약한 기대심리 때문이다. 그런 게 없었다면, 스무 살의 철부지가 아니었다면, 아마도 나는 결혼이란 문을 두드리는 어리석음을 범하지 않았을 것이었다.

＊

　홍역처럼 청춘을 앓던 내가 동갑내기 청년과 결혼식을 치렀다. 시월 한복
판에서다. 신혼여행은 신라천년의 대사찰인 불국사로 정했다. 내 욕심은 결
혼 첫날부터 기발한 신혼여행을 만들고 싶었고, 가위바위보 게임으로 시댁
가족들의 성함을 익히면 재미까지 있겠다 싶어 머리를 짜냈다.

　그래서인지 신혼여행은 내게 색다른 추억이며 체험 같았다. 그런데, 결혼
전후를 통틀어 최초로 당황했던 건, 신혼여행을 다녀온 얼마 후부터이다.
내 몸에 임신의 징후가 나타났기 때문이다. 나로썬 임신이란 변화가 아주
낯선 경험인데, 말머리 아기가 우리들 결혼선물로 와준 것이다.

　나는 정신을 차릴 수가 없었다. 시댁이란 낯선 환경도 적응되지 않고, 스
무 살 내가 엄마가 된다는 게 걱정되었다. 내안에 차있던 학업에 대한 욕심
은 미련의 창고에 가둬두었다. 시집살이만도 박찬데, 첫 임신에다 초보엄마
가 돼야 하니 정신을 차릴 수가 없었다. 사방이 지뢰밭이요, 시시각각 압박
감을 느꼈으니 말이다. 시집살이의 피해의식에 젖어 있던 탓일까. 장 여사
는 모든 일에서 나를 위축시켰다. 하기는 중도하차한 학업에 내가 미련을
떠는 것도 따져보면 장 여사 측에선 미운 짓일 터이다. 내가 공부에 재도전
을 꿈꾸는 것만으로도 염치없고, 건방진 욕심쟁이 짓일 것이었다.

　결혼을 하자마자 태기가 찾아왔고, 그 때문에 겨울 한복판의 노란 귤이
내 시선을 유혹했다. 속은 메슥거렸고 먹은 것들이 소화되지 않은 채, 웩웩
되넘어 왔다. 특히, 음식 냄새가 코언저리로 퍼져오면 나는 왈칵 토악질을
해댔다. 기분도 찝찝하였다. 그때, 유일하게 내가 먹을 수 있는 건 귤이었다.

그즈음이다. 나는 이따금 생소한 기억의 늪에 빠져들었다. 언젠가 먹은 기름진 막창요리가 그리웠고, 어렸을 적 엄마가 해 주던 잔치국수도 엄청 당기는 것이었다. 멸치를 우려낸 국물에 송송 썬 파와 다진 마늘과 참기름 몇 방울을 띄우고, 배추김치를 송송 썰어 얹어 말아먹던 잔치국수가 입속으로 들어오는 착각에 빠지기도 하였다. 하루는 장 여사의 눈을 피해 멸치 육수를 만들어 국수를 말아 먹었다. 어릴 때, 엄마가 해준 그 맛은 나지 않았지만, 못 먹어 가물거린 눈빛에 힘이 들어가니 살 것만 같았다.

며칠 후, 나는 점심으로 잔치국수를 삶으려 물을 끓이고 있었다. 장 여사가 경로당에 갔기 때문에 일인분의 국수다발을 뜯는데, 마침 외출했던 장 여사가 불쑥 들이닥쳤다. 갑작스런 장 여사의 출현에 나는 소스라치도록 깜짝 놀랐다. 그런 나머지 장 여사 앞에서 얼른 국수를 등 뒤로 감추었다. 그런데, 국수다발을 묶은 종이 띠가 순간적으로 터져버렸다. 내 손을 벗어나 바닥에 처박힌 국수가 허옇게 부서졌다. 바닥엔 국수동강들의 파편이 어지럽게 나뒹굴었는데, 나는 미친 듯이 얼른 부서진 국수의 잔해를 손바닥으로 쓱 훑어댔다. 아니, 국수의 잔해를 쓰레받기에 쓸어 담고 있었다. 그 장면을 본 장 여사의 불편한 심기가 곧바로 드러났다.

"허연 거기, 뭐꼬?"

나는 더욱 화들짝 놀랐다. 순간적으로 당황해서 쓰레받기에 담은 국수부스러기를 바닥에 다시 놓쳐버렸다.

"예, 예? 어, 어머니……."

내가 짜증나는지, 장 여사가 다시 날카롭게 질러댔다.

"거기 뭐꼬? 묻는다 아이가?"

나는 겁에 질려 기어든 목소리로 서툴게 변명하였다.

"예? 어머니, 소, 손을 놓쳐서요."

그때부터 장 여사의 목소리가 평정을 잃어가기 시작했다. 장 여사는 내가 치우는 국수 부스러기를 지적하면서, 뭉툭한 집게손가락으론 나를 향해 조준하였다.

"저기, 뭐냐꼬 물었대이?"

"죄송해요, 어머니……."

"혼자 국수 말아 묵을라 켔나?"

"죄송해요……."

"비싼 국수는 머할라꼬 묵노? 밥이 없나? 반찬이 없나?"

"……."

"와? 뭐 한다꼬, 혼자 국수 묵노?"

장 여사의 강한 지적에 나는 가슴이 쿵쾅쿵쾅 뛰었다. 머리부터 발끝까지 진땀도 흘러내렸다. 나는 콕찍어 지적한 장 여사의 말에 아무런 대답도 못했다. 가족들을 속이고 국수를 삶아먹는 일이 죄스러웠던 것이다. 가족들 눈을 피해 국수를 먹는 내가 미운 장 여사는 다시, 잔소리를 시작했다.

"니는, 시집을 물로 보제? 시에미를 속이 묵꼬?"

겁에 질린 나는, 작은 소리로 말했다.

"입맛이 없어서요, 어머니!"

장 여사가 다시 따졌다.

"입맛이 없다 켔나? 와?"

"속이 메슥거리고, 헛구역질 나서요."

장 여사는 헛구역질이란 내 말을 무시한 채, 더욱 센소리로 콕콕 찔러 댔다.

"니는, 친정에서 뭐 배웠더노?"

"……."

"너그 집도 차암! 딸을 교육 시키모, 거짓말 하모 안 된다 카는 것도 몬 아리키고, 쯧쯧쯧!"

임신 5개월째로 접어들었다. 그 사이 입덧도 조금씩 가라앉고 있었다. 다시 돌아 와 준 입맛 덕분에 식사량도 조금씩 늘어났다. 나는 겨우 눈뜰 기운이 생기고 있었다. 축 처진 기운도 조금씩 회복이 되고, 일상에 약간의 활력이 생겨났다.

나는 그 사이, 엄마가 된다는 설렘 보다 까마득히 잊고 있던 그 옛날 엄마가 그리워지는 것이었다.

─세상에서 가장 만만하고 좋은 엄마, 넘어져도 엄마, 자빠져도 엄마, 기쁠 때도 엄마, 슬플 때도 엄마, 언제 어디서든 내 편이 돼 준 엄마, 내 말을 조건 없이 들어준 엄마! 어떤 잘못을 저질러도 나를 이해 해준 엄마, 오직 내 편인 엄마! 자나 깨나 나를 우선해 준 엄마, 보고 싶은 엄마! 울 엄마!

나는 그 순간, 문득 의문부호 한 개를 떠올렸다. 엄마가 없는 나는 인간도 아니고 뭣도 아닌, 허접한 존잰가?

나는 아침나절 잽싼 걸음으로 집을 나섰다. 얇은 운동화를 신은 것은 학원에 등록을 하기 위함이고, 임신한 몸이 무거워지기 전에, 공부를 시작하고 싶었기 때문이다.

학원 가는 길에 서점을 먼저 찾아갔다. 서점과 문구점은 나란히 이웃해 있었다. 입구 쪽엔 문구들로, 북쪽 출입문 길로 뻗은 공간에는 책들로 가득 채워져 있었다.

서점은 조용한 절간 분위기였다. 책을 펼쳐 읽는 이와, 골라 온 책들을 계산대로 올리는 사람들의 행위가 일사분란하였다. 신학기의 흔한 풍경인지라 나는 참으로 오랜만에 그 분위기에 몰입돼 갔다. 그런데, 책들이 쌓인 풍경에 무한히 빠져들 자유가 부족하다는 점이 애로였다. 자유가 모자란 시집살이 중인 며느리란 신분 탓이다. 그런 내가 다시 공부를 욕심내다니, 강아지가 들어도 웃을지 모를 일이었다.

나는 쫓기듯 번역물 시집 한 권을 골랐다. 그리곤 학용품이 진열 된 쪽으로 총총히 걸어갔다. 문구들이 쌓인 풍경만 봐도 공부에 대한 의욕이 꿈틀거렸고, 내 시선이 전후좌우로 핑핑 돌아가고 있었다. 참으로 오랜만에 취해 본 성취감의 시작이랄까. 어느 날 갑자기, 달리는 학업 열차에서 하차한 나는, 낯선 길이지만 가정이란 울타리 안으로 나를 던져 넣은 결혼을 선택하였다. 그런 내가 운 좋게 필기구를 손에 잡다니, 시간이며 환경에 쫓기면서도 나는 자신도 모르게 학업에 도전하는 욕망을 부려댄 것이었다.

문제는 내게 숨겨진 학업에 대한 욕망이 큰 짐이 되고 있었다. 철부지로 결혼한 내가 학업에 재도전한 것은 딱히 판사나 검사가 되고자 해서는 아니었다. 근사한 전문직을 탐내고자 도전한 것은 더욱 아니다. 나는 스스로에게 다시 공부를 욕심낸 건 허영이 아니라고, 무수히 변명하고 있었다. 공부를 욕심냈지만, 나는 스스로에게 관대해졌다. 돈이나 옷 욕심이 아닌, 학업에 대한 당위성 앞에, 나야말로 장님이 돼 버린 걸까. 간이 띵띵 부은 걸까. 욕심에 취한 걸까, 순간적으로 미쳤을까, 깨닫지 못했다. 학원에 등록하고, 그 길을 매일 반복해 다니며, 익숙해질 때까지의 나흘 동안 내내.

공부를 새로 시작한 어느 한 낮이다. 학원에서 강의를 끝내자마자 귀가하면서, 막 대문을 들어섰다. 순간, 날벼락 같은 장 여사의 고함소리에 나는 소스라치게 놀랐다. 내가 없는 사이 장 여사가 집을 비운 나를 기다렸던 모양이다. 분노지수가 최고조로 높아진 장 여사의 눈빛이 살쾡이의 그것을 닮아 있었다. 대문 앞에서 내 앞을 탁 막아 선 장 여사 앞에, 나는 겁에 질려 후들후들 떨고 있었다.

"어, 어, 어머니!"

"새애기는 한나절 내내 밖에서 뭐하고 왔노?"

"예? 어, 어머니……."

"뭔 일, 했더노?"

나는 떠듬거리며 털어놓았다.

"하, 학원에요."

"학원? 무신 학원?"

첫마디를 뱉어낸 내 입에선 생각 외로 자연스럽게 술술 이어져 나왔다. 속으로는 기가 죽을 일이 아니라고, 벌벌 떨 일이 아니라고, 용서를 구걸할 일이 아니라고, 스스로를 위로하고 있었다.

"공부 좀, 해보려고요."

내 말이 끝나기 무섭게 장 여사가 다시 깐족인 어조로 물었다.

"학원갔다 켔나? 뭐 할라꼬, 와?"

나는 꿀 먹은 벙어리처럼 입을 닫고 말았다. 그렇지만 속으론 장 여사의 잔소리가 얼른 끝나기를 빌었다. 아니, 알 수 없는 불길한 먹구름이 스멀스멀 머릿속을 휘덮고 있었다. 나를 뚫어져라 훑어대던 장 여사는 뭔가 말을 할듯하더니 뒤돌아서 안으로 총총 들어 가버렸다. 그러더니 점심상 앞에서 내게 주의를 주는 것이었다.

"아침 먹고 집 나가서 한나절 보내모, 살림은 누가 하노?"

"……"

"오늘은 첨이라 봐 주지만도, 한 번만 더 밖으로 나돈다카모, 절대로 안 봐 준대이!"

장 여사가 지적한 그 소리에 나는 안도의 숨을 휴- 뱉어냈다.

학원 강의시간이 오후까지 짜여 있었지만, 나는 오전 강의만 듣고 귀가한 것이다. 공부 이전에 시집을 살아가는 며느리인 까닭이다. 오후 강의를 빼먹는 대신 저녁에 혼자 자습할 요령도 작정해 두었다. 그나마 그날은 행운이랄까. 보통 때와 달리 장 여사의 잔소리가 더 이상 길지 않아서 무척 고맙고, 다행이라 여겼다.

학원생활도 아슬아슬하니 리듬을 타고 있었다. 그런데, 하루는 장 여사가 경로당에서 돌아오기 전에 내가 먼저 귀가하려고 얼른 집을 향했다. 당연히 종종 걸음으로 대문 안을 들어서는데, 장 여사가 내 목덜미를 탁 낚아 채는 것이었다. 몰래 학원에 다니다 걸리고만 것이다. 아침부터 그 조짐은 싹을 틔운 걸까. 그날따라 밥맛이 없다는 장 여사 앞에 삶은 밥과 간장종지를 올려 아침상으로 대신했는데, 장 여사가 한낮이 되기 전에 시장기를 느낀 나머지 경로당에서 일찍 귀가한 모양이었다. 아무것도 몰랐던 나는, 한 시가 넘어 책 보따리를 끼고 덜렁덜렁 집으로 들어갔다. 그때, 짜증이 난 장 여사가 빽 고함을 친 것이었다.

"지끔이 몇 신데, 인자 오노?"

나는 장 여사한테 찍혔다는 그 사실에 놀라 말부터 더듬거렸다.

"어, 어머니, 시, 시장하시지요?"

"오늘, 또 학원 갔제?"

나는 지레 겁이 나서 웅크린 채, 장 여사의 표정만 살폈다. 장 여사는 그런 내가 짜증나는지 깐깐하게 따졌다.

"내가 뭐라 켔노? 학원가지 마라 안카더나?"

"죄, 죄송해요, 어머니."

장 여사가 속으로 불쾌감을 다스린 걸까, 목소리가 약간 낮아졌다.

"자꼬만 죄송타카모 우짜노? 집 비우지 마라꼬, 얼매나 카더노?"

"어머니, 도명 씨가 허락해도 안돼요?"

장 여사의 목소리가 다시 짜증스럽게 들렸다.

"새애기! 쥐뿔도 없는 서방이 오냐오냐 켔다꼬, 그 말 다 듣나?"

나는 신랑까지 끌어들이고 보니 민망스럽고 불편해졌다. 장 여사가 가래를 떨쳐내듯 몇 번인가 흠흠 거린 후, 쐐기를 박듯이 말했다.

"딱, 오늘까정만 봐 주니까네, 내 말 까묵지 마라!"

나는 얼른 부엌으로 들어갔다. 내 앞에서 끈기 있게 참아준다 싶은 장 여사 앞에 점심상을 대령하기 위해서다.

6월을 등에 업고, 7월로 접어들었다. 장마기의 습한 기후가 후덥지근하니 넘쳐흘렀다. 학원에서 돌아오는 길에 식품가게에서 두부 한 모를 사들고 집으로 막 들어섰다. 그때, 장 여사가 기다렸던 듯 내 앞을 가로 막아섰다.

"또, 학원 갔더나?"

나는 장 여사의 서슬이 이전과는 다르다는 걸 육감적으로 느꼈다. 나를 노려보는 눈빛부터가 예사롭지 않다고 여긴 나는, 갑자기 딸꾹질이 나왔다. 진정을 하면 할수록 계속 딸꾹질 소리가 나왔는데, 가슴도 콩닥콩닥 방망이질을 해댔다. 무슨 말이든 변명을 해야만 했다. 그러나, 입에선 아무 말도 나오지 않았다.

그때, 장 여사의 갈라진 목소리가 귀청을 때렸다.

"그 보따리 얼른 내 놔라! 당장!"

나는 으름장을 놓는 장 여사 앞에 보따리를 건네주지 않을 재간이없었다. 책이랑 도톰한 대학노트가 든 보따리를 장 여사의 손으로 건네주는데, 겁에 질린 손이 달달 떨렸다. 장 여사 손에 건너간 내 물건들이 행여 벼락을 맞는가 싶었기 때문이다. 내 눈에는 스멀스멀 물기가 돌았다. 다시, 장 여사가 벼락같이 호통을 치는 것이었다.

"방에 가서 성냥갑 가져 온나! 얼른!"

나는 대답 대신 장 여사의 명령을 좇아 안방으로 달려갔다. 안방에서 시아버지가 담배 불 붙일 때 쓰는 납작한 성냥갑을 집어왔다. 그리곤 멈칫거리며, 장 여사의 손으로 건넸다. 성냥갑을 가져오라고 무섭게 명령한 장 여사지만, 설마 책 싼 보따리를 불태울까 싶은 마음도 있었다. 그러나 내 짐작과 달리 장 여사는, 내 손의 성냥갑을 낚아채듯 뺏어 들었다. 그리곤 대문 옆 구석으로 성큼성큼 걸어갔다. 그러더니 내가 건넨 책 보따리를 거꾸로 훌훌 쏟아내는 것이었다. 뒤이어 일촉즉발 성냥불을 찌익 그어 댔다. 그 모습이 너무 놀랍고 다급해진 나는, 얼른 장 여사 곁으로 다가섰다. 책 보따리 끝에 불이 붙었나 싶은 순간, 내 손이 잽싸게 장 여사의 행동을 저지하면서 미친 듯이 다급한 비명을 질러댔다.

"어머니, 그러지 마세요! 어머니, 그러지 마세요!"

내 행동은 본능적으로 급히 장 여사가 불태우는 책을 와락 뺏어 들었다. 뺏어 든 책을 가슴팍에 끌어안으며, 나는 꺼이꺼이 울었다. 내게 와준 책한테 미안하고, 안타까워 미칠 것 같았다. 게다가 책을 불태우던 장 여사가 야속하여 눈물이 더 세게 솟았다. 나는 서러움에 눈물을 훔치고 또, 훔쳤다. 그날, 눈물을 훔친 그 후로는 더 이상 책 보리를 싸 본 적이 없다. 물론, 학원도 다니지 못했다.

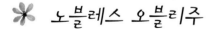 노블레스 오블리주

엄동설한도 물러갔다. 만물이 생동하는 초봄, 삼촌은 집을 팔겠다고 나

섰다. 삼촌이 팔려고 한 그 집은 결혼과 동시에 처가댁에서 마련해 준 결혼 선물이다. 처가댁에서 받은 그 집을 오래 지녔으면 얼마나 좋았을까. 그러나 세상만사 뜻대로 마음대로 돼 주는 법은 없었다. 암만 작은 규모라지만 사업체의 운영자금이 부족하였고, 그러다 보니 삼촌이 처가에서 선물로 받은 그 집을 돈과 맞바꾸려 나섰다. 삼촌 편에서 보면 처가댁 선물의 의미는 어쩜 그 시점까지가 전부였던 셈이다.

숙모는 처음부터 집을 팔겠다는 삼촌을 극구 말렸다. 처부모가 마련해 준 집을 팔아먹으면 염치없는 일이라고, 그것이 자존심이고 마지막 보루인 걸 모르느냐고, 가능하면 처가댁 재산에는 기댈 마음도 먹지 말라고, 설득하였다. 그래도 삼촌의 뜻을 꺾지 못한 숙모는, 강하게 한 마디를 날렸다.

"꼴랑, 그것도 사업이랍시고 집을 팔아야 돼? 쯧쯧쯧! 하던 일 아니, 사업은 그만 손 털고 정리하는 게 어때요? 월급쟁이로 나서면 골치 앓지 않고 좋잖아! 그렇게 해서 집 하나라도 지키면 그게 남는 장사 아니겠어?"

삼촌은 숙모의 말에 토를 달았다.

"밤낮 골치 앓는 사업에 미련 떨 필요가 있느냐고? 적게 벌고 적게 쓰다 가느다란 똥 싸면 된다, 그거지?"

그럼에도 취득과정이야 어쨌든 집을 팔아야 할 처지인 삼촌의 당위성은 구구절절하였다.

"집을 파는 게 나 혼자 잘 먹고 잘 살려고 하는 짓 같아? 혈기 남은 사내새끼가 체념한 채, 일손을 휙 던져버리는 일이 어디 생각처럼 그렇게 간단하고 쉬워?"

"총각시절 학원일 할 때, 당신은 아주 명강사로 잘 나갔잖아?"

"그때, 잘 나가 보였어? 보는 눈이 수준 이하네!"

"지금이라도 당신이 월급쟁이로 나서면, 맘도 편하고 두루두루 좋다 그 말이지."

"그땐, 팔팔한 젊은 꿈이 있을 때이고."

"학원 강사가, 무슨 꿈?"

"공부를 잘하는 학생이든, 성적이 바닥인 학생이든 차별 없이 성의껏 가르쳐 보고 싶었단 말이지."

궁금증이 숙모의 눈빛 가득히 넘쳐났다.

"그런데, 지금은?"

"모올라! 팔팔한 총각 때랑 잔소리 대장 마누라 끼고 살 때랑 꿈이 같을 순 없잖아?"

그때부턴 삼촌의 본심이 드러나기 시작했다.

"각설하고, 월급쟁이로 가면 나야 편하다 쳐도, 내가 던져놓은 무거운 짐에 눌린 거래처는 상처 입고, 죽어나지 않겠어? 내 사업이 빚어낸 짐을 내가 감당해야지, 누구에게 짐을 지워? 자기가 한 발 뒤로 물러서 주면 안 돼?"

결국 삼촌은 처가 재물로 받은 집을 팔았는데, 그때 삼촌이 들려준 건 '노블레스 오블리주(noblesse oblige)'라는 단어이다. 그 내용은 상위 5%로 가는 수학교실 2에 나오는 내용이면서 힌트이다.

원래 왕자나 공주도 나름대로 고달픈 법이다. 왕족이나 귀족들은 평상시에는 호화로운 생활을 즐길 수 있었지만, 나라가 위기에 처하면 제일 먼저 희생되어야 했다. 테세우스의 이야기 외에도 에티오피아 왕국의 안드로메다 공주는 괴물 고래에게 제물로 바쳐졌고, 트로이 전쟁에 나서던 그리스군은 총대장 아가멤논의 딸을 희생시키고 나서야 출정이 가능했다. 이러한 행동을 고상하게 '노블레스 오블리주'라고 하는데, 귀족들은 태어나면서부터 신분에 따른 각종 혜택을 받는 만큼, 윤리적 의무도 다해야 한다는 뜻의 프랑스어이다. 테세우스는 왕자로서의 특혜를 받지 않고, 일반 시민들과 똑같이 죽음의 길로 나섰기 때문에 노블레스 오블리주 정신을 그대로 보여줬다고 할 수 있다.

염라대왕 하데스의 부인 페르세포네를 빼앗으러 죽음의 세계인 지하에까지 쳐들어갈 정도로 물불을 가리지 않던 테세우스는 뜻밖에도 전혀 영웅답지 않은 죽음을 맞이한다. 다른 사람에게 떠밀려 벼랑에서 떨어져 죽었다. 미로라면 자신 있던 테세우스지만 발밑도 더듬어 가야 한다는 간단한 사실을 몰랐던 모양이다. 벽 따라가기는 단순한 평면 미로에서 뿐만 아니라, 아래위로 갈라지는 통로가 있는 3차원 미로에서도 똑같이 적용되는데 이를 몰랐다니 애석하달까.

귀촌

삼촌의 결심은 자기 뜻대로 진행이 되었다. 노블레스 오블리주라는 예까지 들은 숙모는 이글거리는 불만의 눈빛으로 삼촌을 노려보며, 왕짜증을 내고 있었다.

"당신 참, 딱하다! 한 마디로 주제도 모르고 설치는 점인데, 주제를 모르니까 처부모가 선물해 준 집 한 칸마저 악착을 떨며 팔아 드시겠지만……."

삼촌은 숙모가 주제를 모르는 사람으로 강등을 시켰지만, 끝내 자기의 뜻을 굽히는 일은 없었다. 오히려 서둔감이 있었다할까. 사업장 회전자금에 쫓기던 삼촌은 사업에 종사하는 주변까지 배려하면서 정리하고 싶었던 모양이다. 그 기회를 계기로 새로운 출발의 의미를 기대하며, 귀촌의 짐을 꾸린 것이었다. 등짝에 집이 얹힌 달팽이가 쉽게 이사를 가듯, 집을 팔고 빚진 걸 갚고 남은, 얄팍한 돈 수치에 맞춰 시골 마을로 거주를 옮기게 되었다.

초라한 이삿짐의 부피만큼, 우리가 옮겨 간 곳은 읍내 변두리 외딴 동네였다. 구차하나마 보너스다 싶은 건 공기가 엄청 맑고 달콤한 것에 위안을 삼을만했다. 창공에서 종달새가 노래를 읊어대고, 산을 끼고 비스듬히 퍼져 앉은 마을은 물밑처럼 조용해서 신비로움을 더했다. 목덜미를 스치는 바람마저 긴가민가하니 평화의 기운이 흘러넘치고 있었다.

그러나 우리는 청정한 환경을 즐길 처지가 못 되었다. 자연을 즐기기 보다는 돼지처럼 빵빵하게 가정의 재정을 키워보려 양돈 사업에 뛰어든 목적이 따로 있었기 때문이다.

집을 팔고, 사업마저 정리한 삼촌은 누누이 읊어댔다. 비록 서툰 귀촌이지만, 인생의 디딤돌 같은 재기의 발판이 돼 줄 거라고, 조금만 참으면 꼭 좋은 날이 올 거라고, 가족들 앞에서 약장사처럼 홍보를 하였다.

삼촌이 계획한 귀촌과 동시에 시작된 양돈 사업은 첨부터 순탄하지 못했다. 아니, 혼란스럽고 당황의 연속이었다. 삼촌은 처음 양돈사업 이야기를 꺼낼 때부터 기대감을 홍보하고 싶었는지, 양돈 사업에 대한 야망과 기대에 빵빵하니 차 있었다. 그리고 자신감이 철철 넘쳐 났다. 그러나 삼촌의 포부는 시골로 들어간 것까지만 순조로웠다.

그런데, 삼촌이 양돈업을 너무 얕잡아 본 걸까. 돼지를 키워 집안 경제를 윤택하게 만들겠다고, 가슴 가득 품었던 삼촌의 희망은 뜬구름잡기 수준이었다. 그 사업 역시 자본이 있어야지 순탄하다는 걸 모른 채, 발을 들여놨으니 말이다. 그저 물과 사료와 비를 피할 외양간만 갖추면 양돈은 쉬울 거라고, 앙증맞은 아기 돼지들을 들여놓을 때만 해도 꿀꿀대며 발발거린 아기돼지가 마냥 귀엽다고, 설익은 감상에 취한 삼촌은 결국 한계를 넘지 못했다 할까. 아니, 꿈이 클수록 현실은 엇박자를 만드는 청개구리랄까. 하물며, 꿀꿀 마구 먹어대는 돼지를 키우는 일임에랴. 쉬운 말로 음식물 찌꺼기로 돼지를 키우는 게 양돈 사업은 아닌 거였다. 사료에, 예방접종에, 환경을 청결하게 가꾸는 필수사업이니, 당연히 흰떡에도 고물이 필요한 법이었다.

화수분일 리 없는 삼촌의 재정은 시나브로 물이 말라가는 저수지처럼 바닥을 드러냈다. 따라서 삼촌댁 경제가 영양실조에 걸려 비틀거리고 있었다. 지나간 유행어에 돈 떨어지면, 애인마저 떨어진다는 말이 있다. 때마침 돼지한테 돌림병이 무섭게 돌았다. 그러니, 왕초보 삼촌의 돼지우리에는 바닥 가득히 돼지들의 시체가 즐비하였다. 삼촌의 시행착오가 빚어낸 처참한 그 꼴은 두 번 다시 보고 싶지 않은 살벌한 풍경이었다. 그야말로 눈물로도 상쇄되지 않는, 슬픔이고 아픔이요, 가슴 칠 통탄이요, 후회만 남을 일이었다.

더욱 답답한 건, 시체로 나뒹군 돼지들만큼 비참해져버린 삼촌댁 살림살이 형편이다. 가장의 실패는 곧 가정의 실패와 상통하고 있었다. 식솔들의 일상마저 굴곡을 만들어냈으니 말이다. 그러나 누구든 굴곡진 인생이라고 하루아침에 쉬 사표를 낼 용기인들 나겠는가. 상황이 그렇다보니 산골에서의 우리 생활도 내핍의 고통에 길들여지지 않을 수 없었다. 즉, 새로운 가난의 또 다른 시작이 삼촌댁의 역사를 만들고 있었다. 삼촌은 동네 농가를 상대로 손에 익지 못한 날품팔이 일을 선택할 수밖에 없었다. 선택의 자유는 아픔을 안겨줬지만, 불행 중 다행인 것도 있다할까. 돼지 키우러 산골에 입성한 그 출발이 가족들에겐 그나마 삶을 공부하게 만들었다는 점이다. 세상에 쉬운 것은 하늘 아래에 없고, 땀 없이 얻는 소득은 더더욱 없다는 것을 확인하게 된, 삼촌댁의 쓰라린 역사이다.

✳ 보따리장사

도명이 군에 입대한 사흘 째날 아침이다. 장 여사가 뜻밖의 인심을 쓰는 것인지, 날더러 친정에 가도 좋다는 거였다. 나는 너무 갑작스럽고 뜻밖이라 얼떨떨하였다. 왜냐면, 생뚱맞게 나를 친정에 보내려 한 장 여사의 속셈이 따로 있을 줄 짐작했기 때문이다. 아니나 다를까, 내 예측이 맞아떨어진 건, 내게 베풀고자 한 장 여사의 호의가 문제의 핵심이었다. 장 여사의 즉

흥적이지만 치밀하게 계산 된 그 호의를 선뜻 받아들이기엔 나로썬 뭔가 망설여졌다. 그것은 친정의 재정형편이 간당간당한 걸, 너무도 잘 알고 있어서이다. 삼촌댁 재정을 알 리 없는 장 여사가 나를 친정에 보내려고 밀어 붙인 것은 나중에 안 일이지만, 내가 먹게 될 쌀이라도 아끼려한 구두쇠 작전인 거였다.

나는 갑자기 고민에 빠져들었다. 산후의 내 몸을 생각하면 무조건 휴식이 필요했다. 그렇지만, 나는 부모가 아닌 삼촌댁인지라 가볍게 찾아갈 마음이 생기지 않았다. 손해 보고는 못사는 장 여사의 속내가 뻔한데, 가난이 철철 넘치는 삼촌댁을 출입하는 게 너무도 불편한 진실인데, 그 누가 산후회복기인 나의 행차를 환영하겠는가. 나로썬 뾰족한 방법이 떠오르지 않았다. 따라서 급히 베푸는 장 여사의 호의를 납득하지 못하지만 그래도 나를 우선순위에 올렸다. 출산한 후의 내 몸부터 휴식이 필요했기 때문이다. 형편상 내가 삼촌댁을 휴식하러 찾는 건 염치없고 사치한 처지였다. 그렇지만, 힘든 선택이기에 나는 빌고 있었다. 넘어진 김에 쉬어 갈 나의 친정행이 부디 티끌만큼도 삼촌댁에 폐가 없게 해 달라고, 바랄 뿐이었다.

나로썬 친정이란 곳이 참으로 묘한 영역이랄까. 휴식과 불편함이 공존하는, 피안과 아쉬움이 넘치는, 일어서기도 그렇다고 눌러앉기도 염치없는 영역이었다.

삼촌댁 마당에 발길이 닿는 순간, 그래도 뭔가 모를 안정감이 나를 에워쌌다. 불편한 점은, 출산 후의 내 몸을 추스르기 위해 잘 왔다던 삼촌의 일방적 환영인사였다. 또한, 삼촌의 처진 어깨를 봐야 하는 일이나, 밀랍인형같이 표정이 굳은 숙모를 대하는 일도 마음이 무거웠다. 이유야 어떻든, 산후의 푸석해진 내가 삼촌 가슴을 무겁게 한 건 확실하니 말이다. 무엇보다, 어머니뻘 숙모지만 팍팍해진 살림에 산후조리차 찾아 온 질녀를 어찌하지 못했을 것이었다. 내핍(耐乏; 물자가 없는 것을 참고 견딤)을 암만 속으로 감춘다 한들 사랑과 기침은 쉬 드러나게 마련이므로.

막힘없이 흐르던 계절은 어느새 가을로 접어들었다. 삼촌댁 가을은 설렁한 기운만 집 안 가득 철철 넘쳐나고 있었다. 작은 위안은 평화스러운 들판 가득히 넘쳐난 황금물결 풍경이었다. 눈빛에 머물던 황금빛 들녘냄새가 호흡할 때면 벼들의 구수함에 빠져들 수 있었던 그 기분은 보너스였다. 달빛 으스름한 밤이면 뒷산에선 이따금 올빼미가 오오 울어댔고, 깊은 밤 불 꺼진 창 너머로 아득히 들려오는 구성진 부엉이 소리가 산골의 밤을 풍요롭게 해 주었다. 그 환경 덕분인지, 거칠고 어둡던 내 정서가 조금은 순화되는 느낌이었다. 가난의 멍에만 아니면 산골생활도 지낼 만한 여유로움으로 채워지고 있었다.

나는 아기를 재워둔 자투리 시간이면 산자락 아래로 뻗은 오솔길 산책을 나서곤 했다. 한 발 한 발 내딛다보면 이따금 희미한 회억들이 나를 취하게 만들었다. 하늘나라의 부모들이 가슴 저 밑바닥에서 그리움을 헤집어대고, 때때로 뜬금없는 그리움을 생겨나게 하였다. 또, 순간순간 나를 가난한 친정에 보내고도 무탈하게 살고 있을 장 여사의 속내가 돈 때문이란 걸 깨달을 때면, 어이없이 미움을 키웠다. 그런 중에도 친정에서 사라져가는 내 몫의 시간은 못생긴 부스럭 떡처럼 술술 헤펐다. 감질나게 아끼다 녹아버린 아이스크림처럼 어영부영 적잖은 시간들이 나를 훑으며, 시나브로 지나가고 있었다. 하루하루 해 저문 노을이 내 눈에 들어오면, 나는 습관처럼 장 여사의 용심이 뇌리를 헤집어댔다.

　─새애기는 옆집 미누리맨치로 돈 벌러 나가는 직장도 없는데, 친정에 가 모 좋겠구마는…….

　친정이란 곳이 필요할 때만 찾는 화장실도 아니고, 나는 속에서 묵지근한 원망이 스멀스멀 피어올랐다. 그런 악성의 감정이 나를 덮쳐 올 때마다 나 는 심술쟁이 장 여사를 기억의 늪에서 지우고 싶어, 엉뚱하게 용을 써댔다. 그것은 돈, 돈벌이에 대한 생각을 억지로 만들어 내는 일이었다. 그 생각에 취하다보면 장 여사에 대한 나쁜 기억이, 내 작은 꿈으로 바꿔주는 묘책을 만났다. 내 손 안의 얄팍한 돈을 한 번 키워보고 싶은 계획도 생겨나게 하 였다. 내 손으로 키운 작은 부가 장 여사의 코를 납작하니 만들어 주길 희 망한 것이다. 한편, 역시 돈의 위력이 필요하지만 괜히 그 돈을 저주하고 싶 었다. 그러나 세상은 저주를 해도, 돈만은 저주할 수 없는 그 속에서 사람 들이 살아가고 있지 않은가.

　매일 밤, 나는 두 손이 닳아 없어질 만큼 돈을 세고 또 세었다. 얄팍하니 작아서 말캉거린 돈을 한 장 한 장 세는 행위가 밑천 그 이상으로 나를 즐 겁게 했기 때문이다. 따라서 그 시간은 장 여사에 대한 미움도 잠시 희석이 되었다.

　나는 내 힘으로 주머니를 두툼히 채워보고 싶었다. 작은 내 주머니의 돈 을 키워야만 가능할 터였다. 만지고 또 만지고, 세고 또 세고, 닳도록 주물 렀던 나만의 비자금이 비전이 돼 주길 바랐다. 결혼 후 신행길에, 급할 때 쓰라고 삼촌이 몰래 쥐어 준 용돈에, 시댁에서 첫 생일을 맞던 날 시아버지로부터 받은 금일봉이 포함 돼 있다. 결혼식 날 폐백 드리고 받은 절값도 신랑 도명마저 모르는 알토란같은 내 몫의 비자금이랄까.

기회는 기다리는 사람에게 찾아오는 법이었다. 어느 날, 나는 아기의 예방접종을 하러 시내로 나간 길에 월산댁 아주머니를 만났다. 젊은 시절 보따리 장사로 돈을 번 분인데, 시댁의 친척뻘이다. 한 마디로 알찬 부자부인이다. 부자면 족하지 알찬 부자부인이란 표현은 사족일지 모른다. 여름은 물론, 추운 겨울에 값지고 따뜻한 옷을 입으며, 풍족한 살림을 꾸리는 댁이니 그런 표현을 하고 있다. 그 댁 부자살림만큼 그분이 부러운 건, 대도시의 번화가에 거대한 상가건물을 자녀들한테 물려준 점이다. 나는 기대하였다. 그런 분의 입을 통해서 듣는 거라면 기침소리만 빼고, 뭐든지 좋은 정보가 되리라는 것을.

나는 월산댁 아주머니를 찻집으로 모셨다. 기호를 몰라 쉬울 상 커피를 시키려는데, 그 분은 커피 대신 한방차를 원했다. 커피는 수면장애 때문에 한방 차를 애용했더니, 바쁘게 일할 땐 활력소가 되더라는 거였다.

내 찻잔의 커피가 절반이 비워져갈 즈음, 나는 은근히 안달이 났다. 돈을 벌었다는 월산댁 아주머니의 보따리 장사 비결을 듣고 싶었기 때문이다. 비결이든 정보든 일상적인 잡담도 좋고, 돈을 버는 방법이나, 도움 될 만한 상식을 들려준다면 그야말로 밑천을 들이지 않고 얻는 상식과 지식이 돼 줄 터이니 말이다.

나는 그 분의 표정을 읽고 이야기를 들으면서 흡사 유치원생처럼 진지해졌다. 그런데, 그분의 대화 풍은 내 욕심과는 동떨어진 화제에 머물렀다. 돈을 버는 정보를 얻고자 욕심을 품은 나는 좀이 쑤셨다. 그렇지만, 느릿느릿 용기를 내서 물었다.

"아주머님, 언제든 만나면 꼭 여쭙고 싶었는데요. 젊은 시절 보따리 행상으로 돈을 버셨다고 들었거든요!"

"뭐에 쓸라꼬? 벌써 오래 전에 지나간 일인데."

"아주머님! 무슨 이야기든 다 좋은 정보라 생각해요, 저는 이야기 듣길 좋아해서요. 아주머님께서 경험담을 들려주시면 좋은 정보로 삼으려고요. 전에 행상하셨다던 경험담이 엄청 듣고 싶은 걸요!"

그 분은 단정적으로 말했다.

"오래 전 이야긴데, 뭐에 쓸라꼬? 밖에서 돈 버는 것도 좋은데, 젊은 엄마가 살림하고 아기를 건강하게 키우모 가정을 부자로 맹그는 일이고 또, 나라를 부강하게 맹그는 일이제."

"……"

"엄마가 얼라를 정성껏 잘 키우는 일만큼 가치 있고, 거룩한 일이 어디 또 있겠노? 내 말 딱 맞제?"

그 분은 오히려 내게 반문을 하면서 본인의 경험담을 아끼는 눈치였다. 그렇지만 나는 그 분에게서 듣고 싶은 이야기를 단념하지 못했다.

나는 월산댁 아주머님께 좀 더 진지한 어투로 채근을 하였다. 아주머님 보따리 장사의 경험담을 듣는 게 소원이라고, 아주머님의 경험담을 못 들으면 생병이 날 것 같다고, 간청을 하였다. 그러나 그 분은 침묵으로 뜸을 들이는 거였다. 월산댁 아주머님의 머뭇거림을 더 이상 기다릴 수 없던 나는 다시 재청하였다.

"아주머님께서 보따리 장사의 경험담을 들려주기 싫으면, 장사하다가 본전을 털어먹지 않는 방법 정도는 알려 줄 수 있으시지요?"

나는 그 분께 정성을 다해 손바닥을 모으는 행동을 보였다. 드디어 바위처럼 무겁게 닫혀있던 월산댁 아주머님의 입이 조금씩 열리기 시작했다. 나는 괜히 긴장되었다. 내가 그토록 듣고 싶었던 월산댁 아주머니의 경험담 아니, 인생 선배의 돈 버는 비결을 듣는다 생각하니 기분이 달떴던 것이다.

"자네, 정성 한 번 놀랍대이 참말로! 기어코 장삿길로 나설라카나?"

나는, 그분의 질문을 놓쳐버릴 새라 얼른 대꾸하였다.

"그럼요, 아주머님! 제가 아기를 키우고 있지만요, 경제활동도 하고 싶어, 기회를 엿보는 중인 걸요!"

"그렇다카믄 자네, 돈 벌기가 얼매나 힘들고 어렵다 카는 것도 알고 있겠제?"

"예? 그, 그럼요! 돈 벌기가 죽는 것만큼 어렵다고 하던데요?"

"우쨌거나, 자네의 애살을 모린 척 할 수 없어서, 내 눈 딱 감고 두 가지만 아리키 줄라칸대이!"

"예, 고맙습니다!"

"장사가 얼매나 뼛골 빠지구로 힘든지부텀 알아야 될 필요가 있다카이!"

"……."

"여북하모, 장사꾼의 똥은 개도 안묵는다 안카나? 장사라 카는 거는 한 마디로 자존심은 몽땅 죽이야 된다 그 말이라!"

"……."

"그라고, 창자에 꽉 들어 찬 똥욕심부텀 버리야 된다카는 것도 맹심해야 된대이! 콕 찍어 말하모 첫째, 장사가 참말로 어렵다는 거고 둘째, 욕심은 무조건 쓰레기통에 몽땅 버려야 되는 거를 절대 잊어모, 안된다카이."

"……"

"세 번째는, 양심을 팔면 참말로 안 되는 기라! 장사를 만만하게 보고, 뱃속에 똥맨치로 욕심만 잔뜩 끌어안고 양심을 저당 잡히모, 그런 장사는 안 해야 되제! 장사꾼 자격도 없고, 본전 말아 묵기 딱 좋거든!"

"……"

"욕심 따문에 장사하모, 자살하는 짓인기라!"

나는 그 분의 말이나 눈짓, 표정에서 장사의 신 같은 느낌을 받았다. 그 분의 말 한마디 표정 하나도 놓질 새라 일거수일투족을 사진 찍듯이 눈에 담고, 귀 속에 새겼다. 또, 그 분의 말 속에 숨은 참 뜻이 궁금했는데, 뒤에는 요약 정리해 들려주었다.

"자네, 장사가 정 하고 싶어모, 세 가지는 꼭 지켜래이! 첫째, 장사가 어렵다는 걸 명심할 것, 둘째, 욕심은 절대로 금물! 셋째, 양심을 지킬 것!"

월산댁 아주머니는 요점을 한 번 더 상기시켜 주었다.

"자나 깨나 한 우물 판다 생각하고, 딱 세 가지만 명심하고 실천하모, 성공할끼대이!"

"예! 좋은 말씀을 들려주셔서 고맙습니다!"

"장사는 절대로 만만하지 않네! 욕심은 떨쳐내고, 양심만 지키모, 어렵지만 장사도 해볼 만 할끼다."

"……"

"하나 더 뽀나스를 주는데, 생필품 장사가 큰 실패 없다는 거를 명심하모 좋다카이!"

나는 그 분과 헤어진 후, 집으로 돌아오면서 머릿속에다 보따리 장사에 대한 그림을 그려보았다. 장사에 왕도는 없겠지만, 월산댁 아주머니가 보따리 장사를 했다는 메리야스 장사가 매력으로 떠올랐다. 공산품이니 유통기간에서 합격점을 얻었다. 나는 그때부터 지레 들떴다. 두려움 반 희열 반으로 어떤 설렘마저 생겨나고 있었다.

다음 날이다. 나는 아침부터 아기의 옷가지를 빨아 널고, 오후에 미용실에서 머리카락을 라면처럼 볶았다. 장사의 길을 나서기 위한 예행준비랄까.

다시 다음 날 아침, 아침밥 수저를 놓기 무섭게 나는 등판에 젖먹이를 들쳐 업었다. 아기 옷이며 천 귀저기를 챙겨 들곤 우리 모자를 걱정해주는 삼촌 내외를 뒤로 한 채, 시외터미널로 향했다.

시외터미널은 떠나는 이, 보내는 이의 인사와 차들의 엔진소리로 시끄럽고 북적거렸다. 시외버스에 몸을 실었는데, 월산댁 아주머니의 이야기가 하나하나 떠올라 뇌리를 맴돌았다.

"사람은 우짜든지 바빠야 쓴대이. 구르는 돌에 이끼가 끼지 않듯이 바쁘게 살모, 잡념도 없어지고 몸떵이가 아플 틈도 없는기라!"

나는 머릿속이 비빔밥처럼 복잡했다.

-메리야스 회사에서 나한테 물건을 내줄까?

-보따리 장사꾼이라고 손가락질하면 어쩌나? 아니, 아기를 혹 달고 나선 내가 장사를 해낼까?

-젖먹이와 고생만 실컷 하고, 밑천을 홀랑 까먹지는 않을까?

-장사에 무턱대고 뛰어드는 내가 용기 있는 걸까?

나는 자신에게 계속 질문을 던졌고, 잘하는 짓인지 못하는 일인지 저울

질하였다. 그런 중 작지만 나 자신의 장점을 발견한 건 대단한 소득이랄까. 혹시 보따리 장사를 실패하더라도 꼭 손해만 보는 건 아니란 생각을 하였다. 무슨 일을 시작하든 실패하면 눈물 젖게 슬픈 일이다. 그렇지만, 긴 인생에서 값진 경험이 되지 않겠는가. 어쩜 나만의 여유인지 몰랐다. 그것은 분명 내가 가진 작은 똥배짱에서 얻은 지혜라 해둘까?

내가 보따리 장사를 하기 위해 선택한 상품은 메리야스 속옷 종류인데, 두 가지로, 정품과 비품이다. 상품제작 과정에서 합격품과, 실밥이 건너뛰거나 원단 무늬가 어긋난 흠집물건 즉, 비품으로 나뉘었다. 그야말로 정품은 나무랄 데 없으나 반면에 값이 비쌌다. 흠집물건의 매력은 누가 뭐라 해도 싼 값에 있었다. 그렇지만 비품이라고 상품을 사용하는 데는 별 문제가 없으니 비품의 장점이 바로 그거다.

나는 보따리 상품으로 정품 비품 두 종류를 사이즈 별로 챙겨 받았다. 애로점은 물건보따리가 무겁다는 거였다. 순면인 만큼 착착 접어 포갠 물건이 차돌처럼 무거울 수 밖에 없었다.

묵직한 메리야스 보따리를 머리꼭지에 얹었더니 인생의 무게처럼 느껴졌다. 두 팔로는 무게 감당이 안 된 까닭에 머리에 인 것이다. 참으로 놀라운 것은, 등짝에 아기를 업었는데도 내 몸에선 어떤 힘이 방출되고 있었다. 정말 내 몸 어디서 그런 힘이 나오는지 스스로도 궁금했는데, 그 이유를 알 것 같았다. 엄마니까 가능했을 것이다.

고객층은 두 분류로 대별되었다. 값이 싸고 사용에 불편함이 없다며 흠집 상품을 찾는 이와 반면, 주머니사정이 빠듯해도 꼭 정품을 선호하는 고객층으로 나뉘었다. 어떤 이는 본인은 흠집상품을 사용해도, 선물할 것은 정품으로 구매하였다. 간혹, 아기 엄마인 나를 돕는다는 구매 고객도 양념처럼 섞여 있었다. 그때마다 내 용기는 배가되었지만, 간혹 보따리 장사꾼이라 홀대하면 서러움에 치인 나는 고개를 숙인 채 돌아서야 했다.

언젠가 까탈진 고객을 만났는데, 정품을 두고도 비품을 헐뜯는 갑질을 당했다 할까. 나는 초보인지라 화부터 불뚝 치밀었다. 마음속으로 그렇게 다짐을 했건만 고객의 매너가 갑질을 해대니 나도 모르게 심술이 삐죽삐죽 솟았다. 그런데, 그때 월산댁 아주머니의 말씀이 뇌리를 강타하였다.

－진상 고객 앞에서도 장사꾼은 자세를 낮추는 게 본분을 지키는 일이대이!

그때부터 장사의 본질을 깨달은 나는 얼른 자세를 바꿨다.

"고객님의 바른 소리를 잘 들었으니 유념하겠습니다!"

속으로는 나를 위로해 주었다.

－진상고객의 갑질을 잘 참아냈으니 장하다, 서양숙!

고객이 부린 까탈은 금방 잊혀져버렸다. 그것이 장사치의 본능일 테지만, 나의 장사법이 모범인가 하는 문제는 따질 필요가 없었다. 나 자신도 몰랐던 건 그거였다. 참으로 놀라운 발견인데, 쓸개를 빼버려야 돈을 번다던 장여사의 말을 나도 모르게 신봉하고 있었다는 점이다.

해거름 녘, 어둠이 노을빛을 삼켜대고 있었다. 처마 깃을 찾아드는 새들처럼 피곤에 지친 내가 여관을 찾는 저녁시간이다. 내 발걸음은 장사꾼의 피로로 휘청거렸다. 여관은 떠도는 객으로썬 제한적인 환경이지만, 그런대로 우리 모자를 받아주니 고맙고 편했다 할까.

218

여관은 건물 층층마다 세월의 때가 묻어 우중충했다. 그럼에도 여관집사장은 깔끔한 중년 아줌마였다. 은연 중 품위가 베어났지만 나는, 사장과의 첫 대면이 조금 어색하였다. 고객을 스캔하는 그이의 눈빛이 내 형색을 깐깐하게 훑었기 때문이다. 나는 비즈니스우먼인 걸 염두에 둔 채, 상냥하게 인사를 건넸다.

"사장님, 제 보따리가 궁금하시지요?"

"무, 물론, 그 보따리 물건 혹시 밀수품은 아니지 예?"

"그럼요, 속옷인걸요!"

내가 보따리를 풀어 보인 건, 사장의 궁금한 말소리가 내 귓속에 들어온 뒤였다. 사장은 내가 걱정스러웠을까.

"새댁! 우짤라꼬 얼라를 들쳐 업고, 장삿길 나섰능교? 엄청 힘들 낀데 예?"

처음 여관에 들 땐, 걱정하였다. 아기가 딸렸다고, 보따리 장사꾼이라고, 여관방 놓기를 꺼려하면 어찌나 하는 노파심에서이다. 나는 사장한테 홍보 겸, 부탁을 하였다.

"저는 팔팔한 새댁인 걸요! 사장님만 잘 봐 주시면, 보따리 장사쯤은 문제없는 걸요!"

사장은 더 이상 토를 달지 않았다. 오히려 잘 해보라며, 용기를 주었다. 그런 주인을 만난 건 객으로썬 행운이다.

아침저녁은 기사식당에서 매식을 하였다. 낮이면 등에 아기를 들쳐 업고 속옷보따리를 머리에 인 채, 이 골목 저 거리를 누볐다. 저녁때면 내 몸은 물먹은 스펀지처럼 피로에 젖었다. 그럼에도 나를 버티게 한 건 엄마란 자리였다 할까.

그 생활도 며칠 새 리듬을 타고 있었다. 나는 저녁이면 빨래한 걸, 여관집 옥상에 깃발처럼 주렁주렁 널었다. 감사한 건, 여관집 주인이 그 마른 빨래를 걷어준 점이다. 더욱 고마운 건, 손수 빨래를 개켜 줄 때였다. 나는 사장에게 홑지나마 속옷 두 벌을 선물하였다. 그것이 고마움의 사례이고, 오는 정 가는 정이라 생각했던 것이다.

*

식성 좋은 세월도 맛을 탓함 없이 달포의 시간들을 먹어치웠다. 물론, 왕초보인 내게 장사의 맛을 보게 해준 시간이었다. 그동안 얇고 말캉거린 내 돈의 몸집도 조금씩 키워지고 있었다. 출발은 초라하고 불안했지만, 모든 일에는 양면성이 있다 할까.

두 달째로 접어 들 즈음, 누적된 피로가 내 몸을 엄습해왔다. 전신을 왕창 침범한 몸살에 나는 금방 죽을 듯이 끙끙 앓았다. 금도 돈도 싫고, 모든게 정나미가 떨어졌다. 넘친 자신감도 상실돼버렸다. 오로지 푹 쉬고만 싶었다. 모든 일을 접어야 할 처지이고, 그 길만을 찾고 싶었다. 어디든 우리 모자가 거처할 곳이 필요했고, 휴식이 절박했기 때문이다.

돈은 아무나 버는 게 아니라고 여겼다. 돈 버는 일에 쉽게 덤벼 든 내가 잘못인가 싶었다. 원인은 그거다. 무거운 보따리에 치인 내 몸의 에너지가 바닥이 나버린 것이다. 왕초보 엄마이기에 아기에게 무척 미안했다. 장소불문, 시간불문, 체면불문, 가슴을 열고 아기에게 젖 물린 일들을 떠올리니 가슴이 아팠다.

나는 모든 걸 되돌리고 싶었다. 아니, 원점이 아니어도 좋았다. 그 새 내 몸은 너무 지쳤다 할까, 한계에 갇혀버렸다. 몸에 쌓인 피로물질이 펄펄 끓는 신열을 몰고 왔고 약해진 몸은 마음도 허약하게 만드는 법이었다. 돈 벌기 게임에서 내가 완패를 당했다 싶으니, 장사 일에 버티는 건 더 이상 무리란 걸 깨달았다. 하룻강아지 범 무서운 줄 몰랐던 이치이다. 보따리 장사를 쉽게 본 오류라 할까.

나는 미련 없이 보따리 장사에서 후퇴를 하였다. 밤낮을 끙끙 앓던 나머지 깨달음의 소산인데, 젊은 혈기가 부린 만용의 부작용이란 걸 알았다. 여관생활도 접어야 했다. 돈을 벌기 위해 의욕에 치인 나머지, 겁 없이 뛰어든 어리석음만 맛본 셈이다. 허탈했다.

나는 무작정 덤빈 보따리 장사를 손들기 무섭게 시외버스에 몸을 실었다. 눈에선 안타까움인지 미련인지 회한의 눈물이 줄줄 흘러내렸다. 눈물을 삼킨 채, 나는 아기의 야들야들한 뺨에다 두 볼을 비벼댔다. 젖비린내난 아기의 체온이 따뜻하게 전해져왔다. 그런데, 참으로 신기한 것은 우리 모자의 체온교류가 일그러진 내 얼굴 근육들을 쫙 펴 주었다. 아기는 내게 벅찬 기쁨이고, 완벽한 행복인 걸 새삼 확인하였다. 불행 중 다행이랄까, 안타까움에 취한 초보 엄마 역할에 나는 전율하였다.

두 달이 다 될 즈음에야 친정집으로 되돌아왔다. 먼저 나를 기다린 건 시댁소식이다. 시아버지가 아기를 보고 싶어 하니 얼른 집으로 오라는 거였다. 손자를 보고 싶어 한 시아버지 마음은 이해가 됐지만 나는, 시댁으로 들어갈 용기가 나질 않았다. 아니, 시댁에 들어갈 마음이 식어져 버렸다. 이유는 많지만, 제일 먼저 찌든 내 몸의 피로를 푸는 일이 더 급했기 때문이다.

친정에서 쉬는 동안 가장 귀찮은 일은 그거다. 날마다 시댁에서 그것도 장여사가 나를 불러대는 전화였다. 장 여사의 전화는 무턱대고 거부감이 생겼다. 누적된 피로와 싸우던 나는 시댁의 부름에 신경 쓸 여유조차 없었다.

나는 시댁의 호출을 무시한 채, 친정에 머물고 있었다. 물론, 내 몸의 활력을 위한 휴식 우선이 주된 이유지만, 나를 시댁에 불러들이려는 장 여사의 호출이 싫어서다.

친정에서 나를 기다린 또 다른 것은 삼촌네외의 거룩한 채찍이랄까. 죽어도 시댁에 뼈를 묻어야 된다고, 누누이 강조한 숙모의 채근이 바로 그거다. 적어도 나는 삼촌 내외의 가르침을 거역하면 안 되는 조카딸 신분이다. 그렇지만, 삼촌내외의 채찍은 못들은 척, 나는 죽은 듯이 널브러져 휴식만 탐했다. 그 와중에 나를 흔들어댄 갈등은 몇이나 되었다. 며칠간 휴식에 취한 후 시댁에 들어갈 것인지, 재차 보따리 장삿길을 나설 것인지, 산골마을의 맑은 공기를 탐하며, 아기를 키우고 주저앉을 것인지.

갈등에 치인 며칠이 바람처럼 사라져갔다. 장 여사가 다시 전화를 걸어왔다. 유선 전화마저 귀한 시절이라 나는 이장 댁으로 전화를 받으러 갔다. 그런데, 반갑기는커녕 귀청만 시달린다 싶고 짜증났던 이유는 장 여사의 쫀득거린 협박성 목소리도 한몫을 했다.

"에미는 뭔 일 한다꼬, 뭐가 새빠지기 바쁘다꼬, 전화도 제때 몬받노? 당장 얼라 들쳐 업고, 집으로 퍼떡 돌아 오라카이!"

내가 가타부타 응대하지 않았더니 장 여사가 짜증을 부렸다.

"새애기, 친정서 살다가 입이 붙어삣나? 집에 빨리 오라꼬 안카나! 내 말 까묵어모, 내가 당장 사돈댁에 쳐들어 갈란대이!"

한 마디로 장 여사의 강제통첩이다. 거듭된 호출에도 휴식을 빙자한 내가 쉬 응하지 않은 데 따른 장 여사의 급 처방인 셈이랄까. 나는 마지못해 장 여사의 말대로 하겠다고 했지만, 속에선 떫은 기분이 부글부글 끓었다.

며칠 더 쉰 후, 나는 기죽은 채 시댁으로 들어갔다. 그때 내 기분은 흡사 도살장으로 끌려가는 소의 심정이었다. 귀가 때부터 다시 장 여사의 시집살이가 기다린다는 심적 부담감이 나를 그렇게 만들었다.

 모정

입대한 도명의 소식은 잊을만하면 편지로 전해져 왔다. 내용은 대게 뻔했다. 추운 계절이면 어김없이 겪는 아버지의 기침병이 걱정된다고, 어머니의 해묵은 심장병은 관리가 잘 되고 있느냐는, 고답적인 궁금증이 지면 가득 꾹꾹 눌러 채워져 있었다. 사족처럼 덧붙인 당부는 매번 판박이로 똑같았다. 시간에 비례하여 기억력이 처진다 해도 법과를 고집한 동생 도치의 삼수 생활에 바람만 들어찼다고 탓하지 말고, 그의 의견을 인내심으로 들어주는 게 입시에 치인 수험생에겐 보약이라는 거였다. 정말이지 무척 아쉬운 점은 맨 끝 줄에 P.S로 보낸, 너무도 진부한 사연 한 줄이다.

　-양숙 씨, 우리아기 잘 키우고, 부모한테 효도 많이 해요! 대한의 남아가 귀가할 때까지 집안을 위해, 니 캉 내 캉의 미래를 위해 정성을 쏟아줄 줄 믿겠소!

　나는 도명한테 심술이 삐죽삐죽 솟았다. 물론, 섭섭함도 넘쳤다. 그렇지만, 위안을 삼았던 건 그거다.

　-도명의 마음이 거대한 드므 속처럼 깊어서라고, 깊고도 깊은 드므의 물은 함부로 출렁이는 법이 없다고, 쑥스러움을 타는 그의 팽팽한 젊음 탓이라고, 언젠가는 반쪽인 내게도 조건 없는 정 한 바가지를 퍼부어 줄 때가 올 거라고, 스스로를 위로했다. 그러면서도 나는 엄청 구차하다고 생각하였다.

　속담에 인왕산 그늘이 강동 팔십 리라 했던가. 두부를 뺀 콩비지처럼 팍팍해진 나의 시집살이는 신랑의 빈자리에서 더욱 더 벅찬 비빔밥이 되고 있었다. 도명이 집에 있을 땐, 장 여사의 까탈진 성격이 바닥을 보인 적은 특별히 없었다. 도명이 입대한 후부터 권위적인 장 여사의 왕소금역할은 조명을 밝히는 데서부터 그 심각성을 드러낸 것이었다. 흑백 텔레비전을 보거나 책을 읽는 중에도, 장 여사가 곧잘 전기 스위치를 말없이 찰칵 꺼버렸다. 도명이 군 입대 전에는 책을 보든, 그냥 놀든, 장여사가 실내조명으로 말썽을 부린 적은 없었다. 그런데, 도명이 입대한 뒤로는 전기요금이 많이 나온다고, 곧잘 권위의 칼날을 들이대기 시작했다. 다른 가족들은 할 일도 없는데, 전기를 낭비한 것처럼 매정하게 조명을 찰칵찰칵 꺼버리니 말이다. 그때마다 장 여사가 내세운 구실은 한결같았다. 귀한 아들이 군에 가고 없는데, 집에 남은 가족이 전기요금이라도 아껴야 된다는 거였다. 집에서 돈을 버는 일도 없이, 굳이 전기요금을 낭비할 필요가 없다는 그 이유가 군에 간 아들을 응원하는 일이고, 집안 경제를 살찌우기 위해서라는 구실이었다.

─돈 벌이도 없이 불까지 환히 밝힐 필요가 뭐 있노?

─밤마다 책은 와, 뭐할라꼬 보노? 학생도 아님서!

─아홉 시에 불을 꺼도 절약은 절반뿐이대이!

그런 환경을 저항심으로 견딘 어느 날이다. 시시콜콜 간섭해대는 장 여사를 향해 참고 견딘 시아버지가 버럭 화를 내고 나섰다.

"나 참, 뭣이거나 지나치모 중병 아니가? 전깃불 키는데 그렇기 아깝다카모, 앓지 말고 죽든가? 앓지 말고 칵 죽어모, 한 푼도 안 들낀데!"

시아버지의 지적에도 장 여사는 마이동풍이었다.

"당신도, 아들 생각 쫌 해보소! 군대서 새 빠지게 훈련 받는다꼬 똥 줄 타는데, 가족이 돼가이고 한 푼 벌이도 없이 빈둥빈둥 놀믄서, 전기세만 따박따박 갖다 바치모 식구 된 도리가 아니제, 안그런교?"

가족을 향한 장 여사의 언사는 시간불문 장소불문 야박스럽도록 강렬했다. 무슨 일이든, 누구에게든, 법률을 능가하는 강제력으로 밀어붙이는 것이었다.

다른 한편으론, 장 여사의 말을 듣다보면 이치에도 맞고, 상황에도 합당하였다. 그렇지만, 시아버지는 장 여사의 별난 언행에 곧잘 반기를 들고 나섰다. 장 여사가 암만 옳다고 우겨도, 돈이 삶의 절대적 근본이라 해도, 귀한 돈을 아끼는 게 부를 위한 최상의 방법이라 신봉해도, 지나치면 가족 간에도 민폐라 했다. 그만큼 주변 사람들을 불편하게 만드는 까닭이어서다. 그게 바로 시아버지의 속내였다. 피나게 쥐어짠 절약도, 상대를 배려한 아량도, 식솔들을 챙기는 가족애도, 지나치면 가족들조차 불편하다는 게 시아버지의 지론이었다. 그러나 장 여사는 그 어떤 누구의 충고도 마이동풍으로 군림하려 들었다.

나의 일 터 부엌에서도 장 여사는 예외가 없었다.

"쌀뜨물 한 바가지도 함부로 버리모 안되지르! 밥알 하나도 남김없이 싹싹 긁어 퍼 낸 솥에 쌀뜨물로 숭늉을 끓이모, 사촌네밥상까지 구수해진다카이."

내 두 귀는 그렇게 학습되어 익숙해지고 있었다. 그렇지만, 장 여사의 잔소리가 끝없는 주문이 되면 동하던 마음도 돌아서고 싶어졌다.

찬바람 부는 계절이면 퍼 담아 논 밥이 싸늘히 식은 나머지 뻣뻣하게 굳어지기 십상이다. 연탄불에 올려 논 숭늉 끓기를 기다리는 시간이 그만큼 길게 흘러가기 때문이다. 그땐, 당연히 장 여사의 무미건조 하고도 질깃한 잔소리가 귀청을 자극해댔다. 흡사 녹음테이프처럼 끈질기게 되풀이 됐고, 거기다 양념을 보탠 격인 장 여사의 주특기는 들을수록 점입가경이었다.

"얼룩덜룩 기미 낀 여핀 네 낯빛은 봐주지만도, 끼니 때 끓인 숭늉이 양반이마 씻은 물 맨치로 썰렁하니 일손 굼뜬 여핀네는 절대로 봐 줄 수가 없는기라!"

*

누가 뭐라 해도 아들사랑은 어머니의 본심 아니, 천심을 넘어 핵심에 가까울 터이다. 장 여사의 아들사랑 역시 본심을 넘어 천심인 사랑이 샘처럼 펑펑 솟아나는 것이었다. 시부모 내외가 도명의 면회를 한 번도 거르지 않고 계절마다 착착 다녀온 사실이 그걸 입증하고 남는다.

처음 입대한 도명의 옷이 부쳐져 온 건 그가 집 떠난 지 보름이 됐을 때다. 장 여사가 도명의 옷을 움켜잡고, 그 속에 얼굴을 파묻더니 펑펑 울어댔다. 군대에 간 도명의 옷을 받아 든 순간 장 여사의 모성애를 뜨겁게 달군 모양이었다.

"도명아, 내 새끼 으흐흐! 보고 싶구나 아덜, 으흐흐! 내 새끼 옷을 보니까네, 아덜 얼굴 보는 거 맨치로 반갑대이! 으흐흐!"

장 여사는 군대간 아들이 그리운 나머지 눈물 콧물을 펑펑 쏟아내기에 바빴다. 장 여사의 눈물에 전염이된 나도 도명이 보고 싶어 옆에서 훌쩍훌쩍 울었다.

시부모 내외가 부부동반해서 아들 면회를 간 날이다. 첫 훈련이 끝날 때라 시동생 도치도 함께 따라나섰다. 도명을 면회하러 나선 시부모 못지않게 정작 보고 싶은 사람은 나였다. 그런 내 맘을 시부모는 몰랐는지, 도명의 면회를 갈 때, 나더러 함께 가자는 사람은 아무도 없었다. 어쨌든 나는 단 한 번도 도명을 면회 가는 시부모를 따라나서지 못했다. 즉, 패밀리그룹에 동행하지 못한 것이었다. 도명이 제대할 때까지 날 향한 장 여사의 따돌림이

질기도록 계속됐기 때문이다.

범도 안 물어 갈 나이라지만, 갓 스물을 넘긴 우리부부의 정은 한 마디로 설익었다 할까, 무덤덤했다 할까. 아마 중매로 맺어진 까닭이거나, 철없는 탓이거나 둘 중 하나였을 것이다. 그럼에도 이따금 군에 간 도명을 향한 그리움이 내 가슴을 파고들었다. 무뚝뚝한 그의 목소리지만 기억을 넘나들어 그리웠고, 조각을 한 듯 각진 그의 턱 모습도 눈앞에서 어른거렸다. 날씨가 눈부시게 화창할 때, 아기가 칭얼칭얼 보챌 때, 날씨가 흐리거나 비가 우우 쏟아질 때도, 나는 도명에 대한 그리움이 모락모락 피어났다. 아기가 처음 태어나서 반응했던 그의 표정도 눈앞에 아른거렸다.

"왕도명 2세가 아니랄까 봐, 귀 뒤쪽에 점 하나까지 달고 나왔네!"

나는 도명을 면회 갈 기회를 기다렸다. 그러나 그 기회는 좀처럼 주어지지 않았다. 아니, 도명이 제대해서 귀가할 때까지 면회할 기회를 잡지 못했다. 장 여사가 그렇게 만들었기 때문이다. 언젠가 일부러 도명에게 면회 갈 기회를 만들고자 했었다. 그렇다고 나 혼자 일탈하듯 도명을 면회 갈 처지는 더더욱 못 되었지만.

하나의 계절이 더 흘렀을까, 드디어 시아버지가 날더러 도명에게 면회를 가겠느냐고, 의향을 물어왔다. 그러나 그때까지 신랑을 면회 갈 기회를 노렸지만 나는, 유감스럽게도 시부모를 따라 나서지 못했다. 장 여사가 삶은 호박에 이도 들어가지 않았기 때문이다. 그날, 도명을 면회 갈 기회를 따돌림당한 나는 심통이 덕지덕지 묻은 목소리로 장 여사한테 항의하고 말았다.

"저도요, 애 아빠를 한번만이라도 보고 싶은데요, 도명 씨 면회는 절대로 안 된다니 정말 유감이네요, 어머니!"

나는 면회라는 말에서 목이 메었다. 눈시울도 붉어졌다. 그래도 장 여사는 내 항의에 움쩍 하지 않았다. 오히려 장 여사는 나를 따돌리듯 거부감을 드러내고 있었다. 정색할 준비로 미리 무장을 했던 듯이.

"새애기, 뭐라꼬 케쌓노? 하늘이 무너지고, 땅이 꺼질라 칸대이."

나는 땅이 꺼진다는 장 여사의 말이 의미심장해서 물었다.

"무엇 때문에, 왜 땅이 꺼져요? 어머니!"

"얼라 에미가 철없이 떠든다 싶어 카는 말인기라! 에미가 당장 집밖을 나가모, 얼라는 누가 보고, 집안일은 우짜노?"

"어머니!"

"절대로 안 되는 줄 알믄서, 쓸 데 없이 민회(面會)는 간다꼬 열 내고 케쌓노?"

"어머니이?"

내가 어머니를 강하게 불러대자 장 여사도 강경모드로 나왔다.

"세상이 발랑 집어진다 케도, 절대로, 새애기가 민회 가는 거는 안된다카이! 뭔 일인고 하모……."

"……."

"집안일 팽개치고, 천리만리 쫓아가서 에미가 서방 민회한다꼬 치자! 뭐가 달라지노? 나중 도명이 제대하모, 눈에 진물 나구로 볼낀데!"

나를 향해 강한 반대를 쏟아놓고 조금은 겸연쩍다 싶었는지, 장 여사는 짧은 침묵 끝에 이렇게 말하는 것이었다.

"내가 한 말 섭섭다 카지마래이! 에미가 도명이를 민회 간다꼬치자! 그, 저, 뭐꼬, 흰떡에는 고물이 안 든다 카더나?"

사실 내가 장 여사 앞에서 신랑을 면회 가고자 청을 넣기는 했지만, 진짜로 따라 갈 마음은 없었다. 젖먹이를 데리고 집밖에 나가면 고생만 잔뜩 할 일이 겁나서이다. 그런데도 장 여사는 아들 면회 가는데 내가 섞일까 봐 극구 경계심을 늦추지 않았다. 그래도 장 여사가 그쯤에서 멈췄으면 보통의 시어머니라 여겼을 텐데, 장 여사는 끝까지 꼬랑지도 길게 토를 달고 있었다.

"혹시라도 에미가 도명이 민회간다꼬 집을 나서모, 데체 그 머릿수가 몇이고? 머릿수 떼거리로 움직이모, 돈은 또 얼매나 깨지겠노? 차비만 따져도 얼만지, 계산해 봤더나?"

"……."

"그보다도 젖먹이 딸린 에미가 어디를 나선단 말이고, 나서기를? 암만 케도 새애기 창자에 똥바람만 들어찬 증거밖에 안 되제?"

"……."

"그 말 들어봤나? 하고 싶은 푸닥거리는 하고나모 싱겁고, 감기 귀찮은 머리는 감고나모 깨반타 카더라! 민회가 끝나고 돌아서니까네, 내사 마, 걸음이 안 떨어지고, 눈물이 나서 미치겠더라 카이!"

나는 장 여사한테 심통이 나서 아이처럼 대꾸해버렸다.

"어머니! 딱 한 번만 애기 좀 봐 주면, 면회를 번개처럼 후딱 다녀오는 거, 자신만만한 걸요!"

"시끄럽다 고마! 내가 숨차기 씨부릴 때 귀는 귀양 보냈더나? 시에미 부려 묵을라꼬?"

"어머니이!"

"암만 철딱서니 읍다케도 글치, 시집을 와 가이고, 시에미 부려 묵을라카는 미누리는 세상에 니밖에 읎을끼다! 뭐를 모리제, 늙어빠진 시에미가 얼라 볼라꼬, 집구석에 퍼저 있겠노?"

나는 속으로 장 여사를 향해 비웃고 있었다.

'구실 한 번 풍부한 양반이다.'

"내사 마, 죽어도 얼라는 못본다카이! 허리가 아파가이고 내 몸 건사도 천근만근이라!"

나는 장 여사가 들으란 듯 일부러 비아냥거렸다.

"어련하겠어요? 장터분 여사님인데요!"

"잘 알끼대이! 에미가 에비 면회를 안가서, 철통보다 딴딴한 삼팔선이 무너질 리도 없고, 바닷물이 소금밭으로 변할 일은 절대로 없실 테이까네!"

그냥 한번 슬쩍 떠 본 거였다. 그런데도, 장 여사로부터 따돌림 당했다 싶은 나는 무척 섭섭했다. 아니, 눈물이 비질비질 새 나올 것 같았다. 나도 모르게 돌아선 나는 입을 삐죽거리며, 중얼중얼 상한 속내를 털어내고 말았다.

"어머니는 참 대단해요! 심통이 철통같아서 무너질 일이 전혀 없겠는데요! 삼팔선 철조망보다 더 세게 콕콕 찔러대고, 튼튼해서요!"

✳ 대박의 꿈

돈은 귀신도 부린다.

돈만 있으면, 의붓자식도 효도한다.

—외국속담

동녘 하늘을 선홍빛으로 물들인 아침 햇살이 눈부시게 솟았다. 자리에서 일어난 장 여사가 세수를 끝내자마자 마당을 어슬렁거리며 돌아다니고 있었다. 땅바닥을 발로 퍽퍽 밟거나 막대기로 툭툭 내려치면서, 뭔가를 탐색하는 모습이었다. 열 평이나 될까, 마당의 양지 녘에 장독대가 나란히 놓여 있고, 그 옆으론 암팡진 모과나무와 가지가 길게 뻗은 목백일홍이 나란히 서 있다. 비좁은 그 공간을 쳐다보고 다시 돌아보던 장 여사가, 아침밥을 끝내기 무섭게 시아버지를 향해 명령처럼 주문을 하고 있었다.

"나 좀 보소! 오늘, 당신 할 일이 뭐교?"

장 여사가 궁금증과 요청 반반의 질문을 던지자 시아버지가 심드렁하게 응대하였다.

"와? 존 일이라도 생겼나?"

시아버지의 무뚝뚝한 대답에 장 여사가 농담처럼 말했다.

"하모, 존 일이 있고말고!"

"뭐어? 조온 이일?"

"그거는, 두고 보믄 알끼고, 아침밥도 묵었겠다, 당신 오늘 마당이나 쪼매

232

파 봐 볼라능교?"

그 소릴 들은 시아버지는 짜증스럽게 말했다.

"별나 빠지기는, 하다하다 인자는 손바닥만한 마당까정 파 뚫으라꼬?"

언젠가 텔레비전 화면에 뉴스를 탄 사건이 있었다. 어느 가정집에서 아주 오래돼 낡은 집을 허물자 지붕 속에서 엽전들이 몇 가마니로 와르르 쏟아져 내린 장면이었다. 그걸 본 장 여사가 우리 집 벽이며 방바닥을 이리저리 두드려대면서, 보물을 찾고자 곳곳에 삽질했던 기억은 잊히지 않은 집안사건이다. 그런 기억 때문인지 시아버지는 장 여사를 향해 시비를 걸듯 다시 물었다.

"갑자기 마당은 와 파노? 뭐 할라꼬?"

"뭐 하가는."

"언제 맨치로 엽전이 마당에 묻혔다꼬 착각하는기가?"

경직된 시아버지의 질문에 장 여사가 발끈하였다.

"당신도 차암, 눈치없구로, 내가 와 당신을 시키겠노?"

"……."

"마당을 파라꼬 시키모, 파모 될 낀데, 꼭 말꼬리잡는교?"

시아버지가 민망한 듯 몇 번씩 헛기침을 하였다.

"거 참, 으흠, 흠."

"당신은 말꼬리 잡으모, 없는 재미가 생기능교?"

그때부터 시부모 내외의 입씨름이 티격태격 시작되었다.

"놀부 심보 당신이, 죽을 때가 됐나 싶어 칸다 아이가?"

시아버지의 비아냥거림이 거슬렸는지, 장 여사가 꽥 화를 질러댔다.

"또, 시작할란 가베?"

"뭐? 할란가베? 암만 남팬이 만만해도 글치, 비싼 밥 묵고, 헛소리는 와, 하노?"

시아버지의 불만 섞인 투덜거림에도 장 여사는 눈 한번 깜빡이지 않았다. 남편이 만만하니, 흔들림이 없다는 뜻으로 들렸다. 시아버지가 다시 볼멘소리를 해댔다.

"대체, 마당은 와, 파노? 뭐하러 팔라커노?"

장 여사도 언짢은 소리로 말했다.

"보이소, 쪼옴! 시끄럽다고 카잖능교?"

"아서라, 당신이 더 시끄럽다 안카나? 노망 부리는 것도 아니고……."

"아따, 당신은 무신 말을 뿐때 없이 그리 하능교? 한팽생 밥해주고 빨래 해주고, 새끼 낳아 주고, 등 긁어 준 마누라가 노망나면 좋다, 그 말인교?"

장 여사의 다그침에 시아버지는 잠시 멈칫거렸다.

"그, 그, 거기 아이모, 땅 속에 묻히고 싶어 카나?"

"저 꽁생원 양반이 또 뭐라 카노?"

"땅속에 묻히기 싫고, 할 일도 없으모, 띵굴띵굴 낮잠이나 자라, 낮잠!"

시아버지의 강한 지적에 장 여사는 섭섭한 모양이었다.

"뭐어? 얌전빼고 참으니까네, 당신 말 다 했능교?"

시아버지는 장 여사가 따지는 소리에 헛기침만 했는데, 장 여사가 다시 따졌다.

"내가, 날마다 마당 파라꼬 카던교? 달마다 시키던교?"

"으흠, 흠……."

"입 있으모, 말 쫌 해보소! 언제 또, 시키던교?"

시아버지도 지기 싫은지, 까칠하게 응대하였다.

"그라모, 말 되는 거를 시키던가?"

"남자꼭지가 돼 가이고, 팽생 첨으로 마당 한번 파보라 카는데, 몬 판다 카모, 참말로 한심하제?"

시아버지는 장 여사의 말을 끝내 거절하고 싶었을까.

"내는, 그 일은 몬한대이, 아니다 안한대이! 내 몸 다 짜묵고, 꼬꾸라졌는데, 무신 힘으로 마당을 파노?"

장 여사가 다시 날카롭게 대들었다.

"제발! 고마 쫌 하이소!"

시아버지도 밀리지 않았다.

"암만 짜증내고, 질러 봐라! 내가 마당을 파나."

시아버지의 거부에도 장 여사는 계속 뜻을 굽히지 않았다.

"뭐요? 끼니마다 밥 한 사발, 국 한 대접씩 뱃속에 잘도 퍼 넣더니마는, 꼴랑 땅 한 삽을 몬 판다 말인교?"

우여곡절 끝에 장 여사의 주문에 응한 시아버지는 조건을 달았다. 땅을 파야 할 목적을 말해주면 장 여사 말대로 응하겠다는 거였다. 잠시 머뭇거린 장 여사는 의미심장하고 기상천외한 이야기를 털어 놓았다.

"내가, 꿈을 하나 꿨는데, 한 보따리 쓸어 담을 꿈이라! 마당 저쪽을 파모, 보물 나올 꿈을 꿨다카이!"

시아버지와 옆에 있던 나는 깜짝 놀라 눈동자를 크게 키웠다. 장 여사의 이야기가 너무 허황하게 들렸기 때문이다.

"내 꿈이 족집겐데, 땅이나 얼른 파보소!"

시아버지는 결국 장 여사의 고집을 꺾지 못한 채, 곡괭이로 마당을 파헤치기 시작했다. 시아버지가 파워게임에서 진 셈이다.

한나절 동안 마당을 파던 시아버지는 한낮이 되자 곡괭이를 던져버렸다. 이유는, 일 미터씩이나 땅을 팠지만, 보물은커녕 쇳조각 한 개도 나오지 않았기 때문이다. 장 여사가 다시 억지를 부려댔다.

"당신은 참, 몬 말리는 위인이대이? 마당 한 질도 몬파모."

시아버지도 물러서지 않았다.

"그, 뭐에 홀렸나? 마당을 파도 똥도 안 나오구마는?"

장 여사는 그때까지 미련을 놓지 못한 눈치였다.

"꼴랑 마당 한 삽 파고 삽 던지믄서 구실도 많대이."

시아버지가 흥분을 가라앉히려 담배를 피워 물었다. 얼마나 지났을까, 놀랍게도 시아버지가 다시 마당을 파기 시작했다. 한참 후, 시아버지는 쿵 소리 나게 곡괭이를 장 여사 앞에다 세찬 몸짓으로 집어 던졌다.

"나는, 더는 땅 몬 판대이! 세 빠지게 팠지만도, 보물이 뭐꼬? 쇠못 동가리 한 개도 없구마는……."

장 여사는 그때까지도 아쉬워했다.

"쯧쯧쯧, 참말로 몬 봐 준다카이! 당신하고 포항 설두머리서 호박떡 장사를 해묵을라케도, 손발이 맞아야 해묵제!"

그 후로도 그날의 일을 두고, 시아버지는 심심할 때마다 귀한 보물 찾느라 마당을 팠다고, 장 여사의 심기를 건드렸다. 그 일을 계기로 장 여사는 약점이 잡힌 거랄까.

"돈 없다꼬 기죽을라꼬? 그 까이꺼, 곡괭이로 마당 한 구석만 파모, 보물이 펑펑 쏟아질낀데, 허허허! 참, 우습대이!"

시아버지가 장 여사를 골려주는 래퍼토리는 또 더 있다.

"뭐 그리 세빠지게 바빠서, 수족 몬쓰는 불쌍한 사람들 봉사한 번 몬 갔더노? 보물 캔다꼬, 몬갔나? 껄껄껄!"

꿈은 꿀 때가 좋은 법이었다. 장 여사의 주문에 따라 시아버지가 마당을 파헤친 대박의 꿈은 한낱 물거품 사건으로 막을 내렸다.

✱ 덧없는 시간들

힘겹기만 하던 나의 시집살이도 강산이 두 번째의 변화를 맞고 있었다. 물처럼 출렁출렁 흘러간 우리들 결혼생활 역시 무미건조한 시간여행이랄까. 청춘의 황금 시간을 속절없이 갉아먹은 청맹과니의 흔적으로 찍혔다 할까. 세월 앞에는 장사가 없는 법이다. 그렇듯 넓은 의미로는 황금 같은 내 청춘만 허비된 게 아니다. 영원할 것 같던 장 여사의 오만함의 위력도 시나브로 무너져갔으니 말이다.

이른 아침, 먼동이 트고 있었다. 눈뜨기 무섭게 이것저것 시비를 걸던 장 여사가 격분한 끝에 쓰러졌다. 막 기상한 도명은 장 여사가 쓰러지자 놀라서 119구급차를 불렀다. 그러곤 입술 퍼런 장 여사를 부랴부랴 구급차에 신고, 동네 근처 응급실로 향했다. 시아버지와 나도 뒤따라갔다.

응급실은 복도가 짧은 대기실 옆에 위치해 있었는데, 좌석이 없는 대기실은 물 밑처럼 조용하였다. 작은 동네병원이라 그런지 적막감이 돌았다. 응급실 특유의 음침한 기분을 눈빛으로 훑어가는데, 흰 가운의 닥터가 응급실로 들어섰다. 그는 장 여사가 누운 침대로 다가서자 축 처진 환자를 이리저리 살폈다.

"환자분, 어디가 불편하세요?"

그는 옆 간호사더러 턱짓을 하며, 어떤 지시를 내리더니 환자 가족을 향해 물었다.

"이분, 언제부터 이랬어요?"

옆의 도명이 멈칫거리며, 설명하였다.

"아 예, 어머니가 심장이 좋지 않은데, 아침 일찍 화를 내다가 쓰러졌어요."

"그래요오?"

"네, 어머니가 지병이 있거든요."

닥터가 장 여사한테 보내던 눈빛을 다시 도명 쪽으로 향했다. 그는 장 여사가 쓰러진 것은 병이 아주 나빠진 때문이라 했다. 돈밖에 모르던, 뭐든 성에 차지 않으면 앙앙불락 성질을 부려대던 장 여사가, 순간적 불만으로 화를 발산한 장 여사가, 그동안 병원을 다녔음에도 병색이 짙어진 모양이었다.

"음, 이 환자는 심근경색인데요……."

"……."

"쉽게 말해, 심장 근육이 굳어진다고 하면 이해가 되시는지요?"

우린 서로 눈빛을 맞추다가 도명이 말했다.

"입원하면, 좋아질까요?"

의사가 건조한 억양으로 대답했다

"물론 최선을 다하고 있으니, 조금 기다려 보세요. 아홉 시가 되면, 전문의 진료가 곧 있을 겁니다!"

도명이 닥터에게 꾸벅 인사를 했다. 이어 우린 절차에 따라 장 여사를 입원 시킬 준비를 하였다.

그런데, 입원한 며칠 만에 증세가 호전된다 싶은 장 여사가 스스로 퇴원하여 귀가해버렸다. 치료비로 나가는 돈이 아깝다는 이유였다. 그래서인지 장 여사는 며칠을 넘기다 다시 쓰러지고, 입원하기를 반복하였다. 병원에서 퇴원을 말리는데도 장 여사 특유의 황소고집 때문이었다. 달라진 건, 사사건건 간섭하던 장 여사의 잔소리가 차츰 줄어든다는 점이었다. 장 여사는 기운이 없다며, 자리에 눕는 시간이 잦아졌다.

달포가 지난 어느 날, 점심때이다. 내가 미음을 챙겨 장 여사의 방으로 들어갔다. 식욕이 없다고 거부의 손을 내젓던 장 여사가 갑자기 숨을 헐떡거리며, 가슴을 움켜잡았다. 한참을 그렇게 끙끙대던 장 여사의 이마에 식은땀이 방울방울 매달리는 것이었다. 퍼렇다 못해 거무튀튀한 장 여사의 입술은 바짝 타들어 갔다. 나는 숟갈로 물을 떠 갈댓잎처럼 바짝 마른 장 여사의 입술을 적셔주었다. 몇 번 입을 달싹거린 장 여사가 헐떡거리면서 말했다.

"고마, 됐대아."

"숨쉬기가 불편해요, 어머니?"

입을 쩝쩝 다신 장 여사가 중얼거렸다.

"미, 미, 미안태이. 내, 가⋯⋯."

힘없이 뱉어낸 장 여사의 토막 진 의사표현은 무슨 뜻인지 구분이 어려운데, 몇 번씩 깡마른 눈꺼풀을 끔벅거렸다. 나는 장 여사의 그런 모습을 보면서도 무덤덤하였다. 나를 시집살이 시킨 내내 곳곳에서 삿대질하고 힘을 빼던, 장 여사가 아닌가. 맘에 차지 않아 나무라며, 가르치느라 기 세게 굴던 장 여사다. 그러니 병석에 든 장 여사를 향해 나는 두터운 관심을 가질 맘이 생기지 않았다. 긴 세월 동안 시달리다 이제 와 늙고 병약한 장 여사라고, 작은 감정이나 값싼 동정이 생길리 없었다. 아니, 돌아보면 길게 지치고 너덜거린 자존심 탓에 내 마음 한 조각도 섞고 싶지 않았다. 그럼에도 움푹 내려앉은 장 여사의 눈두덩을 담담히 들여다보니 미움 그 절반은 안타까움인가 싶었다. 나는, 눈앞에 닥칠 죽음 앞의 장 여사 운명이 아슬아슬 아쉽거나 동정심을 발휘하고 싶은 생각은 먼지만큼도 생기지 않았다. 만약, 내가 장 여사 앞에서 아쉬움의 눈물 한 방울이라도 흘리면 그거야말로 지독한 위선이란 생각에 차있을 뿐이다.

내 손을 잡은 장 여사의 손이 바들바들 떨더니 그 강도가 조금 약해졌다. 잠시 후, 다시 숨을 헐떡거린 장 여사가 자기 가슴을 벅벅 쥐어뜯었다. 좀 더 후부터는 답답해서 숨이 막힌다며, 금방이라도 숨이 멎을 듯이 헐떡거렸다.

나는 휘휘 내젓는 장 여사의 손을 잡았다. 정황상 장 여사의 숨결이 최후를 치닫는다 싶은 예감이 들었다. 그때, 죽음에 다다른 생명을 처음 접한 나로썬 슬며시 공포가 몰려왔다. 차츰 시간이 갈수록 나는 무섬증에 전율하였다.

장 여사의 손아귀 힘이 서서히 빠지고 있었다. 흡사 풍선에 바람이 빠지는 것 같이 느껴졌다. 장 여사의 눈빛이 심상찮다 싶은 나는 마음이 다급해졌다. 힘 풀린 장 여사를 들여다보며, 몇 번씩 바튼 목소리를 질러댔다.

"어머니, 눈 좀 떠봐요! 어머니!"

그때, 장 여사가 자기의 앞섶을 마구 쥐어뜯던 손으로 내 손을 확 잡아끌었다. 장 여사의 강한 손길을 느끼자 나는 갑자기 무섬증이 확 덮쳐왔다. 모진 한 생명의 마지막 순간을 감지했다할까, 겁에 질려 벌벌 떨고 있었다.

나는, 장 여사를 향해 급하게 외쳐댔다.

"어머니! 어머니, 어머니이!"

얼마나 지났을까. 장 여사가 움켜잡았던 내 손을 스르르 놓아버렸다. 뒤이어 눈꺼풀도 스르르 감겨졌다. 나는 장 여사를 조심조심 자리에 눕혔다. 그러곤, 얇은 이불을 덮어 다독인 후, 밖으로 나가기 위해 상체를 돌렸다.

그때다. 딸꾹딸꾹 장 여사가 딸꾹질을 시작했다. 나는 딸꾹질 하는 장 여사의 표정을 본능적으로 훑고 있었다. 장 여사가 손을 몇 번 허공으로 휘젓다가, 누군가를 불렀다. 올 것이 왔다는 예감이 들었다.

무섬증 때문에 진땀 젖은 나는, 다급히 시아버지를 불렀다. 직장에 간 도명에게도 급히 장 여사의 상황을 전했다.

도명이 집에 들어오는 길에 119를 불러왔다. 우린 장 여사를 싣고 응급실로 향했다. 응급실로 가던 중에 장 여사의 숨소리가 턱에 걸리기를 몇 번씩 반복하였다. 움직임도 둔해졌다.

장 여사가 간헐적으로 딸꾹질하던 숨을 마지막 거둔 것은 그날 밤 자정을 막 지나서다. 짚불이 꺼지듯 조용히 생을 마감한 것이다. 생전에 별나게 군림한, 넘치던 그 위용은 다 어이하고 무소불위의 장 여사가 눈을 감았을까. 긴 잠에 빠져들었을까.

나는, 너무 지쳐 있었다. 아니, 허무함을 씹어댔다. 장 여사의 마지막이 측은함보다는 미움이 더 받혔다. 내게 빚진 장 여사가 도망쳐버린 느낌이 들어서이다. 참으로 알 수 없는 건, 내 눈에서 한 방울의 눈물도 나오지 않았다는 점이다. 장 여사의 상청을 지킨 사흘 동안 내내.

내 젊은 날의 시간들을 시도 때도 없이 흔들어 대다 결국 긴 잠에 빠져든 장 여사의 장례는 사흘 만에 끝이 났다. 사람은 만남의 관계에서 희망이나 정이 묻어나면 기대심리가 쌓이게 마련이다. 또한, 헤어진 자리엔 좋든 싫든 잡동사니가 남는다. 그걸 두고 사람들은 유산이라고 말한다.

장 여사의 유산은 무엇일까? 뒷자리 치우기를 하던 중, 빛바랜 통장 두 개를 발견하였다. 한 개는 일백만 원짜리 통장이고, 또 다른 통장에는 잔액이 삼백만 원이 모여져 있었다. 이름은 한 번도 들어본 적조차 없는 '엄순녀'로 돼 있었다. 개미가 성을 쌓듯 긴 시간동안 모은 것으로 보이는 장 여사의 비자금 통장을 어루만지며, 시아버지가 울먹거렸다. 목이 메는 모양이었다.

"밥통! 지 죽을지 모리고, 돈은 언놈 줄라꼬 꾸역꾸역 모았노? 끄응!"

장 여사의 장례가 끝나기 무섭게 나는 때때로 무서움 때문에 절절매고 있었다. 밖에도 나가지 못했다. 진즉부터 있는 정 없는 정을 전부 다 떼었다고 생각했는데, 장 여사한테 그때까지 무슨 정나미가 먼지만큼이라도 남았던 걸까?

✳ 제로섬 게임

절절 끓던 여름의 등에 업혀 온 가을도 어느새 음력 시월로 접어들었다. 나는 예년처럼 이번 가을에도 내년 봄에 장 담글 메주를 끓이고 있다. 남편이 먹게 될 간장과 된장의 재료인 메주를 쑤는 작업인데, 시한부인 내 삶에서 그를 위한 마지막 메주 쑤기가 될 것 같다. 작년과 다른 점은, 메주를 쑤는 이번 시월이 내게 있어 애타게 붙잡고 싶은 최후의 기회라 할까.

마지막, 마지막이란 단어를 나는 몇 번씩 중얼거리며, 마른 입술에 침을 적셨다. 마지막 가을이란 염세적 감정 탓인지, 내 몫의 하루하루가 쓸쓸한 최후로 닫힐까봐 겁에 질려있다. 사실 마지막 가을이 꼭 내게만 해당되는 건 아닐 터이다. 마당가에 떨어져 쌓인 노란 은행잎들도 나와 똑같이 생을 다해가는 운명이니 말이다.

나는 노란 은행잎들이 나뒹구는 마당가를 자박자박 걸어가고 있다. 발치엔 떨어져 뒹구는 노란 은행잎들이 군데군데 흩어져 쌓여있고, 이번 가을이 마지막이란 감상을 떨쳐내듯 나는 허리를 굽혔다. 그러곤 발치로 손끝을 뻗어 노란은행잎 한 개를 주워들었다. 이어 그것을 눈빛에 녹여 없앨 듯 찬찬히 관찰하고 있다. 은행잎은 흡사 노랑나비를 닮았다. 내 손바닥에 얹힌 노랑나비의 표면을 엄지와 검지로 살살 문질렀다. 손끝 감각으론 얇으면서도 가느다란 줄기가 만져졌는데, 그 감촉에 취하자 어떤 전율이 전해져왔다. 금방 말라 없어질 것 같은 존재의 불안이 엄습해왔다 할까. 어쩌면 황소의 눈알처럼 부리부리한 내 손가락 촉수의 느낌일 뿐, 나는 다시 마지막에 대한 궁금증을 두고 혼자 묻고 있다.

-마지막은, 세상을 다함인가?

-마지막은, 작은 먼지 한 톨이 세상에서 사라지는 건가?

-마지막은, 두 번 다시 기회가 없는 것인가?

-마지막은, 물 한 방울도 먹지 못하는 일인가?

-마지막은, 사랑하는 이들과 다시 만날 수 없는 슬픔인가?

-마지막은, 유에서 무가 되는 것인가?

아무리 질문을 해봐도 막막함 그 자체이다. 이번 가을이 마지막이든, 폐암 말기 시한부 내 삶이 끝을 보든, 공통적으로 닮아있다는 것만 확인할 뿐이다.

바닥에 떨어진 은행잎은 낙엽이다. 낙엽이 떨어지면, 몸통 나무는 겨울잠을 자다 내년 봄 다시 새잎을 피워낼 터이다. 내게 주어진 시한부 삶은, 생이 영원히 끝나는 말기 암 환자란 점이 다를 뿐. 나는 갑자기 식물의 겨울잠보다 못한 존재라는 감상에 젖어버렸다.

나는 허탈해졌고, 눈시울이 화끈 달아올랐다. 두 눈 가득 방울방울 이슬이 맺혔다. 사람 사는 세상이 번개처럼 빠르다는 아쉬움과, 질기고 허접한 탐욕도 끝에는 빈손이 된다는 사실이 슬펐다. 삶이 허무하고, 시시해졌다. 시한부 내 삶이 너무 시시해진 걸 깨닫자 문득, 내 머릿속에서 강렬한 깃발처럼 펄럭이는 단어가 떠올랐다.

'제로섬 게임'

누구에게도 이익이 없는 제로섬 게임. 제로섬 게임에 심취한 내 감정은 회한의 파도를 타고 있다. 가슴에 차있던 슬픔이 구름처럼 피어오르고, 뼛골 으스러진 전율이란 걸 깨달았다.

인간의 마지막은 사라지고 잊히는 슬픔만이 아니다. 마지막은 또 다른 시작이 열리는 이치이고, 불교에서의 윤회설도 태산처럼 믿고 싶어졌다. 중요한 것은 아직도 내가 꼬물꼬물 생존한다는 사실이고, 생존의 시간까지는 본분을 다 할 임무가 남아있다는 점이다. 내게 남은 마지막 임무는, 바야흐로 내년 봄에 장 담글 메주를 쑤는 일이다.

나는 마당가 창고에서 움푹한 양은솥 한 개를 꺼내왔다. 그리곤 꺼낸 솥 안을 맑은 물로 몇 번씩 헹구어냈다. 작년 이맘 때 사용한 그 양은솥을 마당가의 간이 화덕에 얹었다. 그런 다음 양은솥에 씻은 메주콩을 와르르 쏟아 넣었다. 바가지가 둥둥 떠다니도록 물도 넉넉히 부었다. 솥뚜껑을 덮고, 나는 아궁이에 불쏘시개를 깔았다. 불쏘시개에 성냥개비를 찌익 그어대자, 마찰된 성냥개비가 유황냄새를 확 뿜어냈다. 첫 번째 점화는 실패였다.

잠시 숨을 고르며, 나는 구긴 신문지에 다시 성냥을 그어댔다. 불씨를 구겨진 신문지 뭉치에 찔러 넣었다. 드디어 신문지에 점화된 불씨가 땔감으로 살금살금 옮겨 붙고 있다.

나는 다시 접은 신문지로, 아궁이 속을 일렁일렁 부채질 해댔다. 실실 연기를 게워내던 신문지의 불씨가 뱀의 혓바닥처럼 새빨간 불꽃을 날름거렸다. 그때부터 나는 마른 나뭇가지를 뚝뚝 분질러 불길 위로 소복하니 쌓았다. 이윽고 나뭇가지가 불꽃을 활활 피워냈다. 얼마나 됐을까, 더디어 메주콩 삶는 솥에서 콩물이 솥전을 흘러넘친다. 강렬하게 너풀거린 불꽃이 메주솥을 달군 지 한참만이다.

나는 허겁지겁 솥뚜껑을 드르륵 열어 제친다. 돌아가던 기계가 덜컥 멈추듯, 넘치던 콩물이 금방 멈추었다. 콩물이 넘치면 솥뚜껑을 확 열었다가, 잠잠해지면 다시 솥뚜껑을 드르륵 덮은 나는, 그 일을 몇 번째 반복하고 있다.

한참 후, 솥 안의 메주콩 몸피가 통통하게 불어난 걸 확인한 나는, 그때부터 거꾸로 아궁이의 불기운을 줄이기 시작했다. 잠시 후부터는 아궁이 속의 장작불을 한 토막씩 끄집어내서 물을 칙칙 뿌렸다. 아궁이의 잔불로도 콩이 삶아져 뜸이 들면, 구수한 냄새를 피우리란 믿음 때문이다.

나의 팔에선 간헐적으로 통증이 밀려와 쿡쿡 쑤셔댔다. 그럴 때마다 전신에서 힘이 빠져나갔다. 나는 익숙하게 양쪽 주먹으로 팔뚝 근육의 안쪽 바깥쪽을 번갈아가며 툭툭 치고 있다. 간헐적으로 찾아 온 통증을 잊기 위해서다.

*

내 삶은 언제나 웃음이 귀했다. 한 마디로 서러운 청춘이었다는 뜻이다. 언제, 어느 곳에서든 풀이 죽어 지냈는데, 풀이 죽은 삶은 흐린 날씨와 같았다. 흐린 날씨처럼 우중충한 내 가슴을 후벼 팠던 건, 누구 앞에도 털어놓지 못한 외로움이다. 젊음 그 한복판에 그득 차있던 외로움은 나의 뇌파에 숱한 물음표만 주절주절 안겨 주었다. 나는, 그 못난 분복이 서러운 내 몫인 줄만 알고 살았다. 아니, 피하지 못해 살았다면 구차한 변명이 될까?

나는 때때로 삶의 분복이나 정체성이 궁금했다. 그럴 때면 나를 부정의 숲에 가둔 채, 자아를 흔들어댔다. 자폐의 시간에 스스로를 가둔 셈이다. 그 자폐의 시간이야말로 누구에게도 이득이 없는, 제로섬 게임이랄까.

246

✳ 3세대 항암제

나는 최근에 아주 기대가 되는 메가톤급 뉴스 하나를 접했다. 너무너무 기대가 돼서 내 몸 속 폐암을 이겨낼 것 같은 희망에 차있다. 예방접종처럼 신체면역력을 이용해 암 치료를 한다니 얼마나 희망적인가.

"3세대 항암제로 효과를 보는 환자들이 늘어나면서 암의 완치까지 가능한 시대가 온 것으로 기대하는 3세대 항암제인 면역항암제는 우리 몸속의 면역세포를 활성화해 암을 치료합니다. 우리 몸의 면역시스템을 강화하는 것이어서 부작용도 적고 내성 문제도 극복했습니다. 면역항암제는 과연 암 환자의 희망이 될 수 있을까요.

현재 면역항암제는 '면역관문억제제'를 말합니다. 인체 면역세포인 T세포를 강화해 암세포를 스스로 공격해 파괴하도록 만듭니다. 암세포는 면역시스템에 걸리지 않고 계속 증식하기 위해 'PD-L1'이라는 회피 물질을 만들어냅니다. 이 물질이 T세포의 수용체 'PD-1'과 결합하면 T세포는 암세포를 정상 세포로 착각해 공격하지 않게 됩니다. 이때 면역항암제는 암세포의 PD-L1이 T세포의 PD-1과 결합하지 못하도록 먼저 결합합니다. T세포와 결합하지 못한 암세포는 면역시스템에 의해 공격받아 치료가 이뤄집니다.

1세대 화학 항암제는 세포독성 물질로 암세포를 공격해 사멸시킵니다. 하지만 암세포뿐만 아니라 주변의 정상 세포도 같이 공격해 손상을 입혀 부작용이 심했습니다. 2세대는 정상 세포를 공격하지 않기 위해 암세포의 특정 물질만 공격하는 표적항암제로 발전했습니다. 특정 물질만 공격해 부작용은 1세대에 비해 줄었지만, 암세포가 면역이 생겨 재발하면 항암제가 듣지 않는 문제가 있었습니다. 3세대 항암제는 이런 부작용이 거의 없습니다. 3세대 면역항암제는 우리 몸의 면역체계를 이용하기 때문에 기존 항암제보다 독성과 내성 문제가 적고 부작용도 현저히 적습니다."

그 얼마나 간절하면서도 빅매치한 정보이며, 호기심 돋는 흥미로운 소식인가 말이다.

나는 이제 무엇이든 도전해 볼 요량이다. 밑져야 본전인 말기 폐암환자이기 때문이다. 누가 아는가, 내 몸 속의 폐암이 물로 씻은 듯 깨끗하게 치유가 될는지. 비록 매력적이게 들린 3세대 항암제가 내 몸속 폐암을 치료 못하는 한이 있더라도. 나는 그 방법이야말로 최선의 길이라 믿고 있으니 말이다.